U0109457

古典詩歌研究彙刊

第二四輯

龔鵬程 主編

第 9 冊

黃景仁詞的注譯賞析

朱 元 明 著

國家圖書館出版品預行編目資料

黃景仁詞的注譯賞析／朱元明 著 — 初版 — 新北市：花木蘭
文化事業有限公司，2018〔民 107〕
序 4+ 目 8+246 面；17×24 公分
（古典詩歌研究彙刊 第二四輯；第 9 冊）
ISBN 978-986-485-446-2（精裝）
1.（清）黃景仁 2. 清代詞 3. 詞論
820.91   107011320

ISBN-978-986-485-446-2

9 789864 854462

古典詩歌研究彙刊
第二四輯　第九冊
ISBN：978-986-485-446-2

黃景仁詞的注譯賞析

作　　者　朱元明
主　　編　龔鵬程
總 編 輯　杜潔祥
副總編輯　楊嘉樂
編　　輯　許郁翎、王筑　美術編輯　陳逸婷
出　　版　花木蘭文化事業有限公司
發 行 人　高小娟
聯絡地址　235 新北市中和區中安街七二號十三樓
　　　　　電話：02-2923-1455／傳真：02-2923-1452
網　　址　http://www.huamulan.tw 信箱 hml810518@gmail.com
印　　刷　普羅文化出版廣告事業
初　　版　2018 年 9 月
全書字數　132295 字
定　　價　第二四輯共 9 冊（精裝）新台幣 15,000 元　　
版權所有‧請勿翻印

黃景仁詞的注譯賞析

朱元明　著

作者簡介

朱元明，江蘇東臺人，中學高級教師，江蘇師範大學碩士研究生畢業，江蘇省高考語文閱卷組專家組成員，連續八年參加江蘇省高考閱卷。2017 年為首屆鹽城市教師「讀書之星」獲得者，在讀書上主張：沉潛把玩，從容涵泳，像朱子一樣在知識的海洋中遨遊。主編作品：《三月》（為我校文學刊物），另外，在省內外多家刊物發表作品若干。在語文教學中，力求簡潔，踐行「生成性教學」教學，重視學生知識積累，偏於讓學生寫讀書感悟，長於作文與明清詩文教學。

提　要

一、對黃景仁的全部 219 首詞（收錄在《竹眠詞》）進行全部解讀：注釋（力求準確）──譯文（體現主旨）──賞析（獨特構思）。

二、對黃景仁的詞進行多方位解讀：如跟洪亮吉、汪中、左輔、孫星衍、楊倫等的友誼、與恩師的交往、對親情愛情的珍惜；還有對人民苦難的同情；對階級貧富的憤恨。

三、本書不僅有魯教授的序言、還有作者的自序，所有這些更有助於讀者領悟本書的思想內容。

四、為了幫助廣大讀者閱讀，我還加上了三部分內容：1、《一根常青藤結出的兩個苦瓜》（18 世紀中國黃景仁與德國荷爾德林的詩歌及探究）【以下簡稱《苦瓜》】，這是我對對黃景仁閱讀進行的拓展延伸。這位「乾隆六十年間，論詩者推為第一」（包世臣《齊民四術》）大詩人，恰巧跟德國啟蒙主義詩翁歌德出生在同一年，可是他沒有能夠像歌德那樣跨越兩個世紀。卻與歌德另一位同學好友荷爾德林有著相同的命運，不凡的成就。但我認為，並不妨礙黃景仁成為 18 世紀中國乃至世界上最具有悲天憫人襟懷和浪漫才情的偉大詩人之一。2、《書生》是研究黃景仁繞不過去的話題人物──洪亮吉。洪亮吉是「毗陵七子」之一，而黃景仁與洪亮吉是「毗陵七子」中主要人物。

序　言

　　黃仲則在清代詩壇上極負盛名，包世臣說他「聲稱噪一時，乾隆六十年間，論詩者推爲第一」。相形之下，他在詞壇上的名聲要小很多。就創作數量而言，他確實在填詞方面用力稍弱，今存詞作也只有詩作的約五分之一。後人有讚賞其詞的，如張德瀛《詞徵》謂「黃仲則小令，情辭兼勝」；也有嚴厲批評的，陳廷焯《白雨齋詞話》就稱「黃仲則《竹眠詞》，激昂慷慨，原非正聲」，「仲則於詞，本屬左道」同時，陳廷焯又指出：「仲則一代詩人，詞亦清奇桀驁，不落恆徑」。平心而論，黃仲則在清代詞壇，或許還不能位居大家之列。但他的詞有豪氣，有眞情，有纏綿，風格多樣，自具面目，洵爲極富個性色彩的名家之作。

　　不過，大家也好，名家也罷，對於作家個體而言，最有意義的莫過於百年之後仍有深情的知音。朱元明先生，也可算得上是黃仲則的異代知音吧。朱先生是一位高中語文教師，繁重的教學工作之餘，沉潛把玩《竹眠詞》，時有會心，常有所得。他視黃仲則爲精神偶像，又感慨今人對其詞尙少專研，歷數年之功，撰成《黃景仁詞的注譯賞析》。融注釋、譯文、賞析於一體，對於我們瞭解和體會黃仲則的詞，實在是功莫大焉。

　　最近半年來，得益於互聯網的便利，朱先生經常在微信上和我交

流讀詞心得。我於詞學素無研究，借著這微信讀詞的機會，我從朱先生那裡學到了不少新的知識，對黃仲則也有了更多的瞭解。朱先生乃謙謙君子，竟囑我作一篇序。我本後學，又是外行，豈敢為序？只不過是借著先生大著出版的機會，寫下以上幾句不成篇章的話，以表達我對朱先生潛心研詞的敬意。

　　祝願朱先生在學術的廣闊天地間一路飛翔！

武漢大學文學院教授、博士生導師魯小俊
2018 年 1 月 28 日

自 序

　　南京師範大學文學院古典文學葛恆剛教授問我：「你的讀書興趣
點在哪裏？」我脫口而出：「清朝詩詞。」，「那你就閱讀《全清詞》
（雍乾卷張宏生主編）吧。」以後，我遵從葛教授的意見：一字一字
地閱讀《全清詞》，一頁一頁地閱讀《全清詞》，一本一本的閱讀《全
清詞》。後來南京師範大學文學院李永新教授在指導我讀書時，也表
達了相似的觀點。

2014 年 6 月 16 日星期一

　　以上文字錄自我的日記，也可以認為這是我的清詞研究之旅的起
點。我向葛教授不斷學習，不斷得到他的精心指點；不知不覺讀到第
12 卷，一位詩人引起了注意──黃景仁，乾隆年間才子詞人，吸引
了我的眼球：黃景仁的詞語言不屬於佶屈聱牙這類，算通達上口，閱
讀上並無大礙。於是，每天的必修課是閱讀一首黃景仁的詞，並試作
鑒賞；同時，閱讀《兩當軒集》中的詩歌。隨著瞭解的深入，我知道
黃景仁只活了 35 歲，跟日本大正時代的小說家芥川龍之介的生存年
齡相同。

　　儘管天不假其年，但黃景仁給後人留下了寶貴的物質遺產：《竹

眠詞》兩卷 219 首詞、《兩當軒集》詩歌、書法、繪畫、篆刻等等。

更難忘的是，他從 19 歲開始，前後八次參加科舉考試（六次應江寧鄉試，兩次應京兆考試），竟然沒能考中舉人！我佩服他的勇於拼搏的精神，當然這種精神還是令人傷感的。

黃景仁的詞境界之高，超出想像。在他周圍聚集著文人群體：洪亮吉、趙懷玉、孫星衍等「毗陵七子」，他們以奇氣橫溢的才華、踔厲風發的氣勢、卓犖不群的個性，詩酒聯吟，縱橫文場，可謂聲噪一方、名動江左：黃景仁在其中是當之無愧的魁首。

黃景仁的詞反映他的家國情懷，他多次在詩歌裏要實現「致君堯舜上」的理想與目標。翻開他的作品：對師長的追懷；對親情的懷念，對友情的留戀，尤其是同學情；對早年愛情的追憶，使人感到情意濃濃；對社會人民疾苦的關注。

黃景仁儘管高傲狂狷但內心脆弱易碎，始終不屈服於命運，但有時為生活計，不得不低下那高貴的頭顱在安徽、北京做幕僚，他一如既往地在江南、中國北方的大地上飛翔，此時我想起了溫庭筠的一首詩《利州南渡》：

數叢沙草群鷗散，萬頃江田一鷺飛。

黃景仁不正是振翅飛翔江南天空的一隻白鷺嗎？

目

次

凡 例

一、茲文依照正文、附錄順序排列。正文包括注釋、譯文、賞析，附錄收錄的是黃景仁與葉爾德林這兩位中西文化名人的比較，以及洪亮吉與黃景仁兩位書生的異同命運。。

二、茲文的整理，是根據《竹眠詞》的全篇，即《全清詞·雍乾卷》（張宏生主編，第 12 冊）爲底本共 217 首，另加兩首軼詞，共 219 首。

三、茲文的校勘，以咸豐八年戊午（1858 年）黃志述刻本《兩當軒全集》爲底本，參照嘉慶四年己未（1799）趙希璜選刻、22 年（1817）鄭炳文爲之完工的《兩當軒詞抄》14 卷、《悔存詞抄》二卷，道光 14 年甲午（1834）許玉彬刊《兩當軒詩抄》、《竹眠詞》二卷及光緒二年（1876）重刊《兩當軒全集》。

四、茲文的校勘以對校爲主，重點校對版本之間語詞、文字的異同，並對語詞的訛、脫、衍、倒等錯誤進行匯總。

五、茲文的編年，以清人毛慶善、季錫疇《黃仲則先生年譜》、民國黃逸之《黃仲則年譜》以及今人許雋超《黃仲則年譜考略》爲基礎，參閱相關典籍作品考證詞作之年代。可考證創作年代的詞作，以夏曆紀日月，按年月日記錄，附於每首詞箋注之中。

六、茲文之箋注，唯以字詞訓詁爲重。詞中所涉之人名、地名、國家名、器物等均作注釋，辭藻語句化用古句者，都尋根掘源，注明出典，不作臆測。

七、茲文之集評，收有關諸家評語，附於每首詞後，若多則評語，依評論者時代先後次列之。

黃景仁詞的注譯賞析

減字木蘭花 · 夜泊采石

〔原文〕

　　一肩行李。依舊租船來詠史。四顧無人。君憶玄暉我憶君。

　　江山如此。博得青蓮心肯死。懷古悠然。雁叫蘆花水拍天。

〔注釋〕

1. 玄暉：謝朓，字玄暉，南朝齊傑出的山水詩人，世稱「小謝」，
　 又稱「謝宣城」，李白一生俯首謝宣城。
2. 青蓮：唐代著名詩人李白的號。

〔譯文〕

　　肩扛一擔行李，依舊租船來訪李白墓。四顧無人，君憶謝朓我憶
您。

　　江山如此嬌美，使得李白願意去死。懷古悠然，大雁鳴叫，蘆花
遍地，水天相連。

〔賞析〕

　　這又是一篇憑弔李白的詞，第四篇是《賀新郎》也是憑弔李白的
詞。太白墓在太平（今安徽當塗）采石磯，歷來文人詞客多有弔唁之
作。黃景仁的生平、性格、詩歌風格同李白均有相似之處，其詩「見

者以爲謫仙人復出也」（洪亮吉《黃君行狀》）；他對李白也極欽慕，詩歌創作受李白影響也很大，因而他憑弔李白，更有特殊的超越常人的深沉感慨與眞摯之情。

詩歌開篇，破空而出，開門見山指出此行的目的：「來詠史」。這樣來吸引讀者的注意，隱含了一種無限嚮往之情。但來到了采石磯，卻「四顧無人」。「四顧無人」語出李白的《行路難》：「拔劍四顧心茫然」，表達了寂寞之情和無人知的難過之感。「君憶玄暉我憶君」中「玄暉」是南齊著名詩人謝朓，李白「一生低首謝宣城」【王士禎《論詩絕句 32 首》之三】這句詩反映了作者對李白的崇敬之情。

下片，開始寫出「江山如此」與李白最終在采石磯江邊捉月仙去的傳說，再次寫出了對李白的崇敬。想起李白，他雖然是個大詩人，才華蓋世，有驚天地泣鬼神的篇章，卻一生不得志，最後因爲永王事牽連被流放，赦還後孤寂的死葬於此。又想到著名詩人謝朓，36 歲便被誣陷下獄而死。由此聯想到自古以來有多少文人墨客，才華橫溢，文章斐然，卻一個個壯志難酬葬身荒丘。再回想種種遭際，不禁百感交集，痛苦萬端，心靈深處充塞了悲涼與憤慨，所以「懷古悠然」這是自然流露的情感。最後「雁叫蘆花水拍天」以景結情，回到現實，與開頭相照應，道出了人生的無奈與苦楚，世界還是那樣繼續，我還要生活。

憶餘杭 · 夜起

〔原文〕

　　錄曲紅欄欹斷沼。潑刺游鱗窺夢悄。披衣四聽闃無聲。長夜可憐清。

　　愁中心似闌中月。一片模糊難擺脫。冷風吹月入雲端。連月不教看。

〔注釋〕

　1. 錄曲：玲瓏曲折的樣子。

2. 斷沼：斷開的池沼。

3. 潑剌：形容水的拍擊聲。

〔譯文〕

　　酒後沿著彎曲的欄杆欣賞斷開的沼池中美景，也許是酒喝多了，也許是池中的小魚太有靈氣了，詩人沉靜在這美的境界中，忘記了這個世界，夜很深了，還是回去睡覺。我脫下衣服，躺在床上，進入了夢境。突然間，一個大魚越出水面，讓我從美夢中驚醒。我披上衣服，從床上躍下，感覺到四周闃寂無聲。今晚月光如此美好，四周如此靜謐，真給人一種清冷的感覺。

　　我的心中的仇恨好似欄杆前水中的月亮，我想擺脫卻怎麼也不能如願。這個愁也許是：科舉落第的不甘？佳人另嫁他人？也許是家庭生計入不敷出？想著想著，剛才看到的明月卻被冷風吹走進入了黑雲裏面了，連月亮也不讓我欣賞了，這世界還有誰理解我呢？

〔賞析〕

　　打開《全清詞‧雍乾卷》之黃景仁篇《憶餘杭‧夜起》，好像聆聽蕭邦的《小夜曲》【著名文學理論批評家木心在他的《文學回憶錄》中將黃景仁比作波蘭著名的音樂家蕭邦】，真的是如怨如慕，如泣如訴，將我們帶進深沉的廣漠邈遠的寂寞天空。黃景仁的詩歌風格正如他的好友洪亮吉描述的一般：咽露秋蟲，舞風療鶴，給人以梗塞般，很像李商隱的詩歌：似小說，似長河等等。

　　這首詞寫的是詞人夜起後的所見所聞所感。上闋首先寫酒後沿著彎曲的欄杆欣賞斷開的沼池中美景。下闋繼續寫的無眠。「憶餘杭」是詞牌名，當與這首詞沒有聯繫。黃景仁的人生充滿艱難困苦，正如漫漫長夜，詞人的孤獨誰可理解？一般來說，一個優秀的詩人他不會直接告訴他人的山般的苦難，他會採取寓情於景抒情法來表達，這首詞中的月亮就成了詞人傾訴的對象，但她（月亮）也不能被看到，在這樣的生活中，痛苦的滋味何以堪！冷風象徵邪惡勢力的強大，導致黃仲則其人一生充滿悲劇色彩。

　　這首詞，我自然想起《望月懷遠》（張九齡），但這首詞詩人眼中的愁怨很深，想擺脫也無法掙脫。這種愁怨的苦楚，也許只有詩人自己清楚，黃景仁實際上就是李商隱詩歌的延續罷了。

大有·秋夜有懷，次洪稚存韻

〔原文〕

　　破帽尖風，逗窗斜月，耐十分、秋枕寒悄。數征期，重陽節候將到。夜長自擁蘆花被，共四壁、冷蛩都覺。幾處水上樓臺，一天雁聲籠罩。

　　狂蹤跡，空自笑。澤水任漂流，土人爭誚。來往江潭，回首驚魂堪弔。聞說故園霜菊，疏籬畔、數枝斜靠。還憶煞、歲歲花前，箇人清妙。

〔注釋〕

1. 共四壁：形容作者的孤單。
2. 冷蛩：感到寒冷的蟋蟀。
3. 澤水：洪水。
4. 誚：責備。
5. 堪弔：值得安慰。

〔譯文〕

　　秋天的夜晚，數數日子，重陽節快要到了。詩人一個人寓居在一家小旅舍裏，周圍是刺耳的風聲、一輪斜月照在窗戶上、寒氣襲人。詩人躺在床上，怎麼也睡不著，還聽見牆外蟋蟀的叫鳴聲。旅舍外，有幾座水上樓臺，整天雁聲不斷。詩人空有滿腹才氣，但爲了生活，卻被迫流落他鄉。大自然災難不斷，當地人怨聲載道。黃仲則牢騷滿腹，無可排遣，只好來往於江潭，思鄉之情、故友之情，怎麼也拋不開？這是突然想起，家鄉種植的菊花，幾隻開放，怒放在籬笆之畔。不要再想其他事情，還是珍惜眼前的景物，這種獨處的感覺太好了。

〔賞析〕

　　這是黃景仁寫於晚年生活的家中一首詞，抒發了詩人在異鄉生活的落魄、佳期快到對家鄉老人的思念以及對友人的追念及通達達觀的情懷。

　　這首詩的上闋寫詩人獨處他鄉的時間、生活環境和心中的淒涼心情。下闋繼續寫詩人的行蹤，揭示出詩人的處境。筆者喜歡黃景仁的詩歌，原因就是率真自然。就拿這首《大有》詞來說，黃景仁客居他鄉，佳節將至，自然而然產生思鄉之情。但詞人的情緒的發展是自然流露的，開始是孤獨寂寞、接著在心中不滿、最後經過眼前之景的感染變得通達淡然。我為這位性情中人的表現而拍案叫好。

　　其實，人生在世，不如意事常八九，有誰他事事順心，不遇挫折？困境對於強者來說，它是催化劑，激發著強者更加的奮發；反之，困境對於弱者，只能證明他的怯懦。所以，我們要好好珍視我們當下所擁有的：時間、健康，要好好地利用起來。事實上，誰成功的利用今天，誰就是最後的勝利者。

　　我們身邊也有些人，過多的糾纏過去，殊不知，牛奶瓶倒了，哭也沒有用。

　　最後，我提醒眾位：情緒的調整很重要，諸事應該往好處想，多考慮積極的東西，少考慮消極的方面，不可首鼠兩端。

醜奴兒慢・春日

〔原文〕

　　日日登樓，一換一番春色。者似捲如流，春日誰道遲遲？一片野風吹草，草背白煙飛。頹牆左側，小桃放了，沒箇人知。　　徘徊花下，分明認得，三五年時。是何人挑將竹淚，黏上空枝。請試低頭，影兒憔悴浸春池。此間深處，是伊歸路，莫惹相思。

〔注釋〕

1. 者似：這似。

2. 遲遲：日長而暄。出自《詩經·豳風·七月》：春日遲遲，采蘩祁祁。

3. 小桃：初春開花最早的桃樹。

4. 分明認得：清楚識得。

5. 莫惹相思：不再產生思念之情。

〔譯文〕

　　每天登樓，縱然春景一換一番，當不至於如席捲之速、如水流之疾，誰說春日日長而暄？一片野風吹著野草，草背著白煙亂飛。頹牆左側，小桃開放了，沒有人知道。徘徊在花下，清楚識得就是 15 歲時在桃花下痛苦的訣別的地方。這是什麼人將竹上的淚黏上空枝。請試低頭，池中映出的是自己的身影，又彷彿現出心上人的幻影。此間深處，是她的歸路，不再產生思念之情。

〔賞析〕

　　這首詞被張惠言《詞選》定為黃景仁的代表作，膾炙人口。上闋寫出春天的總體印象發端，引出詞人的惆悵之原，傷感之本，唯一的亮點是一株小桃，卻開放在殘垣斷壁的一隅，這種慘淡的氛圍吻合了詞人的心緒。下闋寫當年同表妹在此相會的記憶，儘管這是齣悲劇，但還可以看出詞人儘管絕望無奈，但骨子裏還是一往情深。此詞中「一片野風吹草，草背白煙飛。頹牆左側，小桃放了」確實是畫家筆下寫生的好筆。（民國·章衣萍《黃仲則評傳》）

貧也樂

〔原文〕

　　一匹馬。千金買。邯鄲少年有聲價。唱龍沙。拍胡笳。吾曹健兒，不聽箏琵琶。漢家邊釁今朝始。去去同生復同死。天蒼蒼，野茫茫，一片秦時明月，掛邊牆。

〔注釋〕

1. 邯鄲少年：泛指我國北方少年。聲價：名聲和地位。

2. 龍沙：我國的塞外沙漠地區。

3. 琵琶：我國古代北方地區的管樂器。

4. 邊釁：邊境上的爭端。

〔譯文〕

　　我國北方的守邊壯士已經準備好了健壯的馬匹，他們每個人唱著《龍沙曲》，拿著胡笳樂器來伴奏，我們的戰士不愛箏和琵琶，個個都是男子漢！他們的驍勇強悍的精神，正是我們時代的最強音！如果邊境發生戰爭，我們的守邊將士立即奔赴前線，不求同年同月生但求同死。廣袤的西北邊陲，天空廣闊遼遠，一片茫茫的草原，到了晚上的時候，一輪明月掛在天空，照射在邊疆的防衛牆上。

〔賞析〕

　　《貧也樂》是黃仲則少有的書寫邊塞生活的作品，作者向我們描繪了一幅我國西北邊陲生活的畫面，歌頌了祖國健兒們誓死保衛國土的獻身精神。

　　這首詞的上闋首先寫了我們的守邊壯士已經準備好來到前線，下闋寫戰士來到前線準備戰鬥。總的來說，這是一首歌頌邊疆戰士豪邁精神的頌歌，延續著唐代邊塞詩歌的輝煌。我們感受到中華民族源遠流長的文化魅力。

虞美人‧閨中初春

〔原文〕

　　繡罷頻呵拈線手。昨夜交完九。問春何處最多些。只在淺斟低唱、那人家。

　　半枝嫩柳當窗放。偷得新眉樣。晚霞一抹影池塘。那有者般顏色、作衣裳。

〔注釋〕

1. 頻呵：不斷地呵手。

〔譯文〕

　　繡罷不斷地呵拈線手。昨夜交完九。問春何處最多些？只在那淺斟低唱的人家。

　　半枝嫩柳當窗放，展示出新眉樣。一抹晚霞照進池塘，那有這般五彩顏色作衣裳。

〔賞析〕

　　這首《虞美人·閨中初春》詞，向我們描繪了一幅生機勃發的春之圖，在這幅圖畫中，表妹給這幅圖畫增添了無限的魅力，眞讓人流連忘返。

　　詞的上闋，出現在讀者面前的是：昨天結束了數九的寒冬，時節進入春天。在一個春寒料峭的傍晚，表妹在閨房裏刺繡，也許是一幅《紅梅花兒開》圖，刺繡的時間長了，拈線的手有點發酥了，顯得僵硬。她也許讀過《牡丹亭》，也許讀過《西廂記》，那杜麗娘、崔鶯鶯的形象縈繞於眼際，揮之不去。這時，一個問題忽然襲上心頭：外面春天在哪裏最多呢？也許春天應該在淺斟低唱、悠然自得的那些傳統的書香人家裏，因爲他們的心中有《詩經》、《唐詩三百首》，他們的文章中間有無限的美好的春天。

　　詞的下闋，詩人繼續上文來寫她眼中的春天：窗下半枝柳條，悄悄開放，人不知鬼不覺，偷偷地長出新模樣；表妹向附近池塘的望去：池塘中有一抹晚霞，上面有五彩繽紛的色彩，她頓時產生遐想：把這朵剪下，做一件衣裳，那多好啊！這個想像眞絕了，我爲這個美好的大自然點贊！更爲具有這個奇思妙想的作者點贊！此刻：我最想說一句：春天，我想擁抱你！

　　這首詞中，只有女孩、初春，色彩只有嫩柳、晚霞，生活中有理想中的詩書禮教。這幅春之圖，是黃景仁留給我們的絕唱！這種情懷，我將珍視永遠。

綺羅香・金陵懷古

〔原文〕

　　何處獅兒，半空飛下，橫惹江東多事。霜驟金戈，開出千年佳麗。渡永嘉、雜沓名流，實鍾阜、綿延王氣。到如今，一半興亡，南飛烏鵲尚能記。　　莫問臨春結綺。共澄心百尺，一樣南內。回首新亭，消得幾行清淚。歡曲裏、錦樣家山，禁幾回、北兵飛至。只添他、來往詞人，多少滄桑意！

〔注釋〕

1. 獅兒：比喻雄視一世的俊傑。語出《三國演義》中曹操語：獅兒難與爭鋒，中獅兒指孫策。

2. 渡永嘉兩句：出自「永嘉南渡」的典故，續寫西晉王朝偷安一隅，企圖續享盛世。鍾阜：鍾山。雜沓：眾多紛雜的樣子，語出杜甫的《麗人行》：簫鼓哀吟感鬼神，賓從雜沓實要津。

3. 南飛烏鵲：曹操的《短歌行》：月明星稀，烏鵲南飛。

4. 臨春結綺：閣名。陳後主建臨春、結綺、望仙三閣，都以沉香木為之。後主自居臨春閣、張貴妃居結綺閣、龔孔居望仙閣。

5. 南內：南宋皇帝的住所。《宋史・輿服志》：皇帝之居曰殿，總曰大內，又曰南內。這裡指南朝皇宮內院。

6. 回首兩句：語出南朝宋的劉義慶《世說新語・言語》：過江諸人，每至美日，輒相邀新亭，集會飲宴會。眾人皆相視流淚。唯王丞相愀然變色曰：當共戮力王室，克復神州，何至坐楚囚相對！後比喻憂國憂時的心情。新亭，在今天江蘇江寧縣南，即勞勞亭。三國時名臨滄觀。東晉時，南渡的名人都居住在此。

〔譯文〕

　　雄視一世的俊傑在哪裏？北方民族不斷南下，「六朝古都」遭受劫難。眼中的這座富麗繁華的都市是由金戈鐵馬，刀光劍影洗禮出的「千年佳麗」。永嘉南渡後，貴族統治者繼續過著紙醉金迷的生活，幻想可以偷安一隅，「綿延王氣」，反而加快他滅亡的速度。北宋滅亡烏鵲南飛。

　　莫問陳後主的住處，高樓心靜，南朝皇宮內院一樣。回首新亭，

禁得住幾行清淚？錦繡河山，如何禁得起戰火的考驗，只能讓愛國志士更加悲憤傷感，和個人壯志未酬。

〔賞析〕

　　1791 年，22 歲的黃仲則來到南京，觸景生情，聯想自己的身世之悲，寫下了這首千古絕唱《綺羅香・金陵懷古》，與劉禹錫的《金陵懷古》並稱爲雙璧，在文學史上有很重要的影響。

　　我們首先來看這首詩的上闋。「獅兒」這裡指雄視一世的俊傑，開頭三句，寫四百年來，北方民族不斷南下，「六朝古都」遭受劫難。接著黃景仁寫出眼中的這座富麗繁華的都市是由金戈鐵馬，刀光劍影洗禮出的「千年佳麗」。永嘉南渡後，貴族統治者繼續過著紙醉金迷的生活，幻想可以偷安一隅，「綿延王氣」，反而加快他滅亡的速度。」南飛烏鵲」是作者對南宋統治者的嘲諷與不滿。

　　下闋中「臨春結綺」指「陳後主的住處」，南內指南朝皇宮內院，開頭三句，繼續寫眼前之景。「回首新亭，消得幾行清淚？」，引用典故，【《世說新語言語》和辛棄疾《水龍吟》】，下面兩句感歎錦繡河山，如何禁得起戰火的考驗，只能讓愛國志士更加悲憤傷感而已。最後兩句「滄桑感」隱含了個人壯志未酬的感歎。

　　全詞沉雄跌宕，鏗鏘有聲追悼先賢，有稼軒遺風。總之，這首詞有濃鬱的民族情緒，多多少少有復明的思想在裏面。

臨江仙・中秋夜秦淮水榭

〔原文〕

　　三載紅橋舊路，輕塵暗換年華。依然燈火照香車，玉簫吹子夜，明月在誰家。

　　前度青衫淚濕，重來破帽簷斜。殢人風景又天涯。垂楊空繫馬，流水有歸鴉。

〔注釋〕

1. 殢：困擾，糾纏。

〔譯文〕

　　路還是熟悉的舊路，但人卻老了。今天晚上我又來欣賞五彩繽紛的花燈，聆聽悅耳的音樂，我抬頭仰望明月，不覺思念家鄉？前度青衫淚濕，重來破帽簷斜一切如舊。風景困擾人又在天涯。垂楊空繫一匹馬，流水處有一隻歸鴉。

〔賞析〕

　　這是作者中秋夜遊秦淮之作。眼前的景象是寶馬香車花滿路，而對比自己的生活，真是天上人間。

　　上闋向我們描繪了一幅秦淮節日之夜的熱鬧喧騰之景，給人以繁華富盛之感。「紅橋」本指揚州繁華的風景區，毗鄰瘦西湖風景區，這裡指南京繁華的秦淮區，路還是熟悉的舊路，但人卻老了。今天晚上我又來欣賞五彩繽紛的花燈，聆聽悅耳的音樂，我抬頭仰望明月，不覺思念家鄉？這裡接連用了三個典故：①唐朝盧照鄰的《行路難》：「春景春風花似雪，香車御輦恆闡咽。」②唐朝的杜牧的《寄揚州韓綽判官》：「二十四橋明月夜，玉人何處教吹簫。」③唐朝李白的《憶東山二首》：「白雲還自散，明月落誰家？」

　　下闋寫詩人的處境和目前的情況。開始兩句，寫詩人的窘迫貧困之狀，第一句運用白居易的《琵琶行》的典故，「座中泣下誰最多，江州司馬青衫濕」直接寫我的潦倒。接著的三句又運用典故，書寫了「我」的困頓落魄。「嬲人」中「嬲」是困擾、糾纏的意思。這三句化用了元代戲曲家馬致遠的《天淨沙・秋思》中的句子：「枯藤老樹昏鴉，小橋流水人家，古道西風瘦馬。夕陽西下，斷腸人在天涯。」

　　感謝黃景仁先生，給我們後人留下這些多感、精緻的詩篇，讓我們真實的感受到乾隆年間百姓的生活。

貂裘換酒・秋蟬

〔原文〕

　　聒耳真無賴，到風前、一聲知了，樹間秋在。漸似詩人才盡

日，尚作悠揚寒籟。只此後、青林難賣。疏柳幾行臨水驛，把吟軀、聽瘦斜陽外。巴山磬，清相賽。

魂銷齊女芳華退，更增他、淒涼宮鬢，愁紅慘黛。痀瘻林中休作惡，風露餘生堪貸。珍重吸、枝頭沆瀣。畢竟侍中冠上物，任孤高、難把深秋耐。仙蛻去，好相待。

〔注釋〕

1. 寒籟：淒涼之聲。語出北宋宋祁《擬杜子美峽中意》：驚風借壑爲寒籟，落日容雲作暝陰。

2. 巴山磬，清相賽：（蟬聲）跟寺廟的打擊聲，一比高下。

3. 齊女：蟬的別名。語出晉・崔豹《古今注・釋義》。

4. 堪貸：能夠給予。

5. 沆瀣：夜間的水氣，露水。舊謂仙人所飲。《楚辭・遠遊》：餐六氣而飲沆瀣兮，漱正陽而含朝露。

6. 仙蛻：道教稱人升仙後留下的遺體。此處指蟬蛻。

〔譯文〕

　　蟬聲的噪鬧，使人心神不寧；還有，隨著夏日漸去，蟬聲漸漸萎靡，真好像是詩人的才華已盡，給人以江郎才盡之感，但蟬還在樹上發出淒涼悠揚的聲音。蟬棲息不止在青林上，還棲息在幾行疏柳上，仍然不停止歌唱。蟬聲誓跟寺廟的打擊聲，一比高下。芳華消退，更討厭的是日漸蒼老。身體佝僂（駝背），只能靠餐風露宿來度過餘生。爲了活下去，他吸收枝頭的雨露。他侍奉樹冠之物，他就孤高一生，不肯低就，所以貧困潦倒，很難把深秋度過。待到退殼而去，功德圓滿後，應該好好的對待他。

〔賞析〕

　　這是黃景仁寫的一首詠蟬的詞，抒寫了蟬的孤高傲岸氣量，對君子獨善其身的美德進行了歌頌。

　　上闋詩人運用先抑法，寫出了知了的落魄情狀。下闋續寫蟬的後半生。聯想我前些日子發表的文章《人應該高貴地活著》，好好學習

那位希臘哲學大師第歐根尼，儘管貧寒，但有骨氣。

　　所謂「噤若寒蟬」，深秋時節的蟬聲叫一聲少一聲。然而即使是那微弱的叫聲，秋蟬也要盡情地鳴唱，唱出最悠揚的歌聲，就像走向末路的詩人，縱使才力將盡，也要用最後的力量吟唱出華美的篇章。這是一種精神，一種孤高倔強的精神。但是「任孤高、難把深秋耐」，詞人還是認清了現實的處境，自己無法改變深秋寒蟬的淒楚，只能「仙蛻去，好相待」，狂放中有一種現實的厚重感。（項姝珍的碩士論文《論黃景仁詠物詞的個性》）

貂裘換酒·秋雁

〔原文〕

　　蕭蕭穿雲縫。是無情、一天冷雁，將秋來送。白草黃榆經不盡，帶得商飆澒洞。早吹度、秦川朔隴，幾處高樓聞太息，把邊聲、攪入砧聲空。好防卻，金丸中。洞庭木落微波動。記清宵、蘆花明月，依依曾共。偏向霜前悲故國，叫得楚天如夢。渾似聽，伊涼數弄。聲漸不聞天更遠，更衡陽、萬里須珍重。回首處，離雲凍。

〔注釋〕

1. 蕭蕭：指迅疾、急忙的意思。語出《詩經·召南·小星》：蕭蕭宵征，夙夜在公，實命不同。
2. 商飆澒洞：商飆指秋風，澒洞指綿延、彌漫。語出西晉陸機的《賓連珠》：是以商飆漂山，天與盈尺之雲。這一句指風勢很大。
3. 秦川朔隴：指我國西北方邊塞地區。
4. 砧聲：搗衣聲。語出【金】元好問《短日》：短日砧聲急，重雲雁影深。
5. 偏向霜前悲故國，叫的楚天如夢：化用杜甫《九日》中的詩句：殊方日落玄猿哭，舊國霜前白猿來。
6. 伊涼：古代曲調名，唐朝天寶年間樂曲都以邊地名之。
7. 衡陽：此指橫陽雁，語出《方輿勝覽》：衡陽有回雁峰，至此不南去。

〔譯文〕

大雁高亢的穿過雲層，向人們宣告秋天的到來。它展翅飛翔，向下望去：到處是白草黃榆，由於飛得快，導致空中風聲很大。它越過西北的秦川朔隴，隱隱聽到高樓上歎息的聲音，其間摻雜著擣衣聲、邊疆的號角聲。由於飛得高，他不懼流丸的襲擊。

隨著樹葉的零落，洞庭湖上的波濤聲微微傳來。回想當初：我跟夥伴們，在月光皎潔的晚上，我跟夥伴們一起交談，一起度過的美好年華。可如今，我在他鄉霜前，思念我的朋友與故國，回憶那如夢似幻的過去。此刻我完全像聆聽數支《伊涼》曲。我在更遠的天空上翱翔，聲音越來越不清楚了，如果飛到萬里之外的衡陽，應知道及時返回，一路要小心。再回首，離別處更加的寒冷。

〔賞析〕

以寫大雁而著稱的是唐代崔塗《孤雁》二首，但清代詩人黃仲則則不遜於他。黃景仁筆下的秋雁就像振翅高飛的天鵝一般，它志存高遠，才能非凡，翱翔在理想之天國上。

詞的上闋，大雁一亮相，就高亢的穿過雲層。詞的下闋，繼續寫大雁的高傲飛翔。我知道，為了理想而執著前行的人，必有動力。而大雁的目的是什麼呢？簡而言之：就是飛得更高更遠，成就人生的華美樂章。儘管前行的過程中遇到處處阻力，如詩中所言「帶得商飆瀕洞」、「記清宵、蘆花明月，依依曾共。」有美好的記憶，這是現實的誘惑；有可怕的災難，這是現實的阻力；所有這些，都攔在胸有抱負者的面前，要成功只有一條路：聲漸不聞天更遠，萬里須珍重。向更遠的領域、向更大的目標，奮然前行。

《秋雁》這首詞，自然使我想到科學領域上的屠呦呦、鄧稼先、李政道；社會學領域上的費孝通；文學領域上的沈從文、莫言、高行健；繪畫領域上的徐悲鴻、齊白石；文學評論領域上的錢鍾書；音樂領域上的郎朗、李雲迪；……

我願像大雁一樣，在高遠的天空自由自在的飛翔，飛得更高、更遠。

滿江紅‧感舊

〔原文〕

酒渴香消，夢汝在、意錢庭院。依舊是、春潮生頰，露桃如面。病後腰成花一捻，別來淚纔珠千串。訴侯門、多少苦和辛，紅妝賤。

鸞掩鏡，蟬分鈿，南去鵲，西飛雁。嘆崔郊戎昱，千秋空羨。二月竹枝辭峽恨，三更柘舞臨湘怨。夢回時、斜月滿關山，無人見。

〔注釋〕

1. 這首詞寫於1768年，時詞人20歲，這首詞回憶兩年前冬遊揚州的往事，詞人追憶的是一位歌女。
2. 意錢：一種博戲。《後漢書‧梁冀傳》：「性嗜酒，能挽滿、彈棋、格五、六博、蹴鞠、意錢之戲。」一說猜枚。清‧黃生《義府》卷下：「意錢即今猜枚。」多用為酒令。
3. 依舊是三句：寫的是女子嬌羞狀。春潮生頰，暈春潮之意。清代陳維崧《菩薩蠻‧題青溪遺事匯冊》：羞走暈春潮。露桃如面，以桃花比喻女子容顏美麗。露桃，語出《樂府詩集‧相和歌辭‧雞鳴》：桃生露井上，李樹生桃旁。後以「露桃」稱桃花、桃樹。
4. 「鸞掩鏡」等四句，運用排比用典的手法。分別出自【南朝宋】劉敬叔《異苑》、（唐）溫庭筠《彈箏人》中的「鈿蟬金雁今零落，一曲伊州淚萬行。」、【東漢末】曹操《短歌行》中的「月明星稀，烏鵲南飛。」、【南北朝】《樂府詩集‧雜曲歌辭‧東飛伯勞歌中「東飛伯勞西飛燕，黃姑織女時相見。」
5. 崔郊戎昱：二人都是唐代詩人，都與歌女相戀傳為佳話。此處作者自喻。出自（南宋）尤袤《全唐詩話‧崔郊》和【唐代】孟棨《本事詩》。
6. 竹枝：樂府《近代曲》之一，劉禹錫用來歌詠三峽風光和男女戀情。
7. 柘舞：曲名，因柘舞而名之。

〔譯文〕

　　兩年前，我們在庭院的酒會上相逢，你我玩博戲，其樂融融。你春潮生頰，面如桃花，嬌羞滿懷，遠看像一朵花般，你向我訴說著別後的思念、訴說著作爲歌女的辛酸苦辣、地位的低賤。

　　你我兩人難分難捨。可歎我，命該如此。我用手中的筆無法描述我的情感，我用我的舞蹈無法展示我的怨恨。夢醒時，只有斜月滿關山，但你永遠不會相逢，此刻淚眼漣漣。

〔賞析〕

　　這是黃景仁懷念情人的一首詞。這首詞既有回憶時的美好，又有分手時纏綿繾綣，眞是「此情可待成追憶，只是當時已惘然。」

　　上闋回憶兩人在揚州的一段美好經歷。下闋別後的情況。作者運用排比用典的手法，寫出了兩人的難分難捨。

　　記憶中的美好或苦難，它會成爲一種永恆。我們無法拋卻，因爲它曾讓你我經歷過。

昭君怨・初夏

〔原文〕

　　一自護花消瘦，病過折綿時候。春去已天邊，又今年。擁住薄衾如水，守得篆灰心死。簾動有誰來？是風開。

〔注釋〕

1. 折綿：氣候極寒的樣子。語出【魏晉】阮籍《大人先生傳》：陽和微弱隆陰竭，海凍不流綿絮折，呼吸不通寒傷裂。

2. 篆灰：香灰。

〔譯文〕

　　由於護花消瘦，氣候極寒的時候病過。今年春天已過。擁住如水薄被子，守得香灰心死。簾動有誰來？原來是風吹動的。

〔賞析〕

　　這是一首作者大病初癒後寫的自傷詩，一顆詩心已經死去，正不

使人卒讀。

詩歌的上闋，詩人可能由於科舉失利，再加上一場大病，這時候氣候又極度寒冷，真是痛定思痛，痛何以堪！

再看下闋，詩人坐擁床上，床上被薄如水，室內點起香灰，霧氣繚繞，但我那顆心已經死去。真傷心，不知誰掀開門簾來？原來是風。

詩歌雖短，但包羅萬象，代表了詩人的創作風格，同時，寫出了詩人苦難的一生。

拋球樂・元日病中作

〔原文〕

　　驀然沉睡驚醒，一歲今又。聽紛紛、試庚傳勝，塵容難耐，閒情非舊。有無限、好景低徊，拌只向、蒲團消受。可憎二豎尋人，攪著吟魔，按住呼盧手。歎眼前兒女，背人貪長，祝來富貴，於吾何有。強起捧金巵，揮淚眼、含笑為親壽。幸妝成椎髻、操作前來，梁鴻有婦。

　　去歲一葉扁舟，正此日、襆被瀟湘口。楚巫喧，蠻鼓賽，對景幾回首，敗葦驚風，今日團圞豈偶。也被似水流光，似夢前塵，愁釀成哀醜。任飛揚跋扈，鳶肩火色，流連落拓，婦人醇酒。且莫負名山，論事業、尚有今而後。問春到誰邊，門前凍柳。

〔注釋〕

1. 這首詞作於乾隆 36 年辛卯（1771），當時詞人 23 歲。
2. 試庚：舊時於歲終夜聚，以勝負占來年的命運，謂之試年庚。語出（南宋）陸游《歲首書事》
3. 蒲團：用蒲草編成的圓形墊子。多為僧人坐禪和跪拜時所用。
4. 二豎：病魔。語出《左傳・成公十年》。
5. 呼盧：古時一種賭博。語出（唐）李白《少年行》：呼盧百萬終不惜，報仇千里如咫尺。
6. 金巵：酒器的美稱。

 7. 幸妝成三句：化用東漢梁鴻與孟光相敬如賓的典故。

 8. 敗葎 ：草根脫落的皮或者葉子。語出《詩經·豳風·七月》

 9. 團團：團聚。語出（唐）杜荀鶴《亂後山中作》：兄弟團圓樂。

10. 鳶肩火色：中火色指人面紅光；雙肩上聳。

11. 婦人句：沉湎酒色。語出《史記·魏公子列傳》。

〔譯文〕

　　「爆竹聲中一歲除」，新的一年又來到了。今年的運氣真好，試年庚傳來捷報，我內心喜悅，不再有愁容，不再有舊心情。新年給我以新的希望，但我身體單薄，坐在蒲團上也難受。可恨病魔纏上了我，我身患重病，只能在遊戲中苟且度過。可喜的是，我的兒女們生龍活虎，來向我問安，給我祝福，可是我又有什麼給他們呢？我只得勉強端起酒杯、強睜雙眼、含淚為雙親祝福。幸好家有賢妻，溫柔賢慧，跟我舉案齊眉、相敬如賓。

　　去年的今天，我坐在一條小船上，來到湖湘一帶，感受到楚巫沸騰、舞龍燈的盛況，這種場景我還記憶猶新。面對此落葉悲風，今日的團圓怎麼能夠成為偶然的呢？不要使眼前景成為水中月霧中花，不要沉湎於酒色之中，還是珍惜眼前的生活吧。我還是莫負才華，寫成佳作，藏之名山，流傳千古。到時候，定會春暖花開。

〔賞析〕

　　這首詞寫了作者在春節這天的感受，回憶了去年的春節在湖湘一帶的孤獨感受，抒發了一種事業無成、蹉跎歲月，對現實不滿之感。

　　上闋，寫了春節這天的見聞感受。詞的下闋，回憶了去年今日的生活。這是一首詩人在困境中寫成的給人以無限希望的詩歌，正如詩中所說：莫負名山，論事業、尚有今而後。「風物長宜放眼量」，趁年輕，還是幹出有意義的事情來。

虞美人 · 吳淞道中

〔原文〕

　　吳淞江上行人去，細雨征帆騖。此時無限是離心。卻似五湖煙水、萬重深。

　　鴟夷一舸今何處。徙倚煙花暮。消沉吳苑太匆匆，只在前溪一曲、棹歌中。

〔注釋〕

1. 這首詞是作者離家由常州沿運河赴蘇州途中作。
2. 開頭兩句：寫舟行雨中之景。吳淞江：即松江。征帆：遠行之船，語出【南朝梁‧何遜】《贈諸遊客》：無由下征帆，獨與暮潮歸。騖：奔馳。
3. 五湖：指代隱逸之所。
4. 鴟夷：春秋越國范蠡之號。語出《史記‧越王句踐世家》和李白《古風》：何如鴟夷子，散髮棹扁舟？
5. 徙倚：徘徊，逡巡。語出《楚辭‧遠遊》：步徙倚而遙思，怊惝悅而乖懷。
6. 吳苑：春秋吳王的故苑。

〔譯文〕

　　松江上行人去，細雨裏遠行之船在前行。離別之心浩渺廣闊，卻似隱逸之所的煙水萬重深。

　　春秋越國范蠡的船今天在何處？煙花暮中徘徊。我停留在吳苑的時間太匆匆。還是回到船上，在船槳的劃動聲中，聆聽那吳儂軟語、蘇州評彈吧。

〔賞析〕

　　這是一首由常州夫蘇州而寫的感懷詩。上闋首先寫的是在船上所見所聞：細雨征帆，行人遠去。我的內心充滿了離愁，比太湖的水還要深啊！下闋繼續書寫情懷：想當年，范蠡輔助越王成就春秋五霸之大業，然後隱逸江湖，而我呢？一事無成，只能在煙花時節的一個傍晚流連於此。我停留在吳苑的時間太匆匆。還是回到船上，在船槳的

劃動聲中，聆聽那吳儂軟語、蘇州評彈吧。

　　總的來說，閱讀黃景仁的詞怎麼也輕鬆不起來，也許是他的才氣過大，也許他的憂鬱過多，也許他的抱負過盛。二百餘年後，我閱讀於此，無限惆悵。

沁園春 · 閶門夜泊，遇鄭十一，即席有贈

〔原文〕

　　君來維揚，我來毗陵，相逢古吳。正水搓鴨綠，剛搖畫艇，甕浮蟻白，飽貯金壺。柳結同心，花開異地，紅燭題詩興有無。君須飲，看吳宮走鹿，越樹啼烏。

　　青衫失路啼噓。剩詞客江東老鷓鴣。歎絮雖泥染，因風思起，灰非心死，向暖還蘇。帳底清歌，樽前白髮，醉矣還教紅袖扶。明朝事，且歸須緩緩，唱莫烏烏。

〔注釋〕

1. 本詞作於乾隆三十六年辛卯（1771），這年黃景仁 22 歲。這年正月，黃景仁由家赴嘉興途中，在蘇州遇到鄭濯夫，兩人有酬贈之作。閶門：城門名，蘇州城西門。鄭濯夫：鄭十一，生平不詳。

2. 開頭三句：敘述兩人相聚情形。維揚：指揚州，語出《尚書·禹貢》中「淮海惟揚州」。毗陵：古地名，今江蘇常州的古稱，本春秋吳季札封地。古吳：古代周代諸侯國名，指其國都吳（江蘇蘇州）。

3. 浮蟻：浮於酒面上的泡沫，後借代酒。（唐）白居易《問劉十九》：浮蟻新醅酒，紅泥小火爐。

4. 吳宮走鹿：語出【清】錢謙益《干將行》：君不見延津龍去有餘悲，還憶吳宮走鹿時。此指由盛轉衰時。

5. 青衫：指官職卑微，本指唐朝文官八品、九品穿得衣服的顏色。語出（唐）白居易《琵琶行》。失路：比喻不得志。（唐）王勃《滕王閣序》：關山難越，誰悲失路之人。

6. 詞客：指詞人自己。

7. 唐代詩人鄭谷，因賦鷓鴣聞名，被譽為「鄭鷓鴣」。這裡指鄭十一。

8. 烏烏：歌唱聲。

〔譯文〕

　　君來自揚州，我來自常州，相逢在蘇州。正水搓鴨綠，我們坐在花艇上，欣賞的是：藍藍的天，綠綠的水，飄拂的柳枝，怒放的花朵；喝的是美酒佳釀，千杯萬杯，酣暢淋漓。我們一邊飲酒，一邊欣賞這古城姑蘇的吳宮走鹿、越榭啼鳥，一邊賦詩留贈。

　　你我都不得志在科考上，但我們應該學習柳絮，儘管遭遇困境，但心靈不死。還是回到眼前吧，飲酒、唱歌，今宵還是一醉方休吧，等醉後，還是有美女攙扶。明天的事，還是放一放吧，現在還是淺斟吟唱吧。

〔賞析〕

　　黃景仁的詩歌可以稱之爲有太白遺風，友人相逢，本是尋常事，但在他的筆下，寫出如此美妙的詩句，眞能稱爲清詞的絕唱。

　　詞的上闋，寫作者與老友相逢的故事，有說不出的眞摯的話語，只能把這種情感交與美酒和佳境。我們坐在花艇上，欣賞的是：藍藍的天，綠綠的水，自然中美景；喝的是美酒佳釀，千杯萬杯，不忍放開。我們一邊飲酒，一邊欣賞這古城姑蘇的吳宮走鹿、越榭啼鳥，一邊賦詩留贈。

　　詞的下闋，勉勵友人，還須及時行樂，你我都不得志在學業上，但我們應該學習柳絮，儘管遭遇困境，但心靈不死。還是回到眼前吧，飲酒、唱歌，今宵還是一醉方休吧，等醉後，還是有美女攙扶。明天的事，還是放一放吧，現在還是淺斟吟唱吧。

　　黃景仁不愧爲「毗陵七子」中的翹楚，這麼好的作品應屬於熱愛生活的人，懂得生活情趣的人。

減字木蘭花・題鄭濯夫圖照

〔原文〕

　　千年風葉，四面秋聲聲摵摵。窈窈冥冥，如此林嵐大有人。

一株枯樹，是我十年吟斷處。展卷沉吟，觸起聞雞五夜心。

〔注釋〕

1. 此詞跟昨日的《沁園春》同時作。

2. 摵摵：象聲詞，出自東晉盧湛的《時興》。

3. 窈窈冥冥：渺茫恍惚的樣子，出自《淮南子》。

4. 吟斷：吟盡。語出唐李商隱的《晉昌晚歸馬上贈》：征南予更遠，吟斷望鄉臺。

5. 聞雞：即「聞雞起舞」，出自《晉書·祖逖傳》，爲仁人志士奮發之楷模。五夜：五更，夜裏3點到5點。

〔譯文〕

千年風葉，四面秋聲聲摵摵，像這樣林中霧氣彌漫，給人以渺茫恍惚之感。

一株枯樹，這是我多次吟誦的對象。合上這幅畫，我展卷沉吟：我應該奮發有爲，學當年的祖逖劉琨。

〔賞析〕

此詞是一首題畫詞，由畫面之景觸發詞人奮發之志，我爲這位年少有爲的青年擊節叫好。

詞的上闋，描繪了畫面之景：秋天來了，樹林裏到處是落葉，這是一個很古老的森林，林中的雲氣彌漫，給人以恍惚渺茫之感。詞的下闋繼續寫畫面之景：這時我面前出現一棵千年古樹，這是我刻意矚目處。合上這幅畫，我展卷沉吟：我應該奮發有爲，學當年的祖逖劉琨。這首詞，言簡而意深，更加觸發了我的積極進取的精神，有爲方可不平庸。

酷相思 · 春暮

〔原文〕

猶記去年寒食暮，曾共約、桃根渡。算花落花開今又度。人去也，春何處。春去也、人何處。

　　如此淒涼風更雨，便去也、還須住。待覓遍、天涯芳草路。小舟也、山無數。小樓也、山無數。

〔注釋〕

1. 寒食：節令名。在農曆清明前 1 至 2 日。
2. 桃根渡：即桃葉渡。渡津名。原地在江蘇南京市秦淮河畔。
3. 度：過。
4. 人去也，春何處？春去也、人何處？語出【北宋】黃庭堅《清平樂》：春歸何處？寂寞無行路。若有人知春去處，喚取歸來同住。

〔譯文〕

　　猶記去年寒食節的晚上，曾共約在桃葉渡。看花落花開今年又經過。人去了，春在哪裏？春去了、人在哪裏？

　　風雨交加如此淒涼，便去了、還須住。待找遍天涯芳草路。乘小舟、找遍無數的山，找遍無數小樓、無數的山，也要找到。

〔賞析〕

　　這是一首懷舊的詞。作者飽含熱淚，回憶去年的今日，曾經海誓山盟，但今天天涯海角，無法實現當初的夢想 ──你我相逢，這是人間最大的憾事之一。

　　上闋首先回憶了去年的寒食節的傍晚，我跟您在桃葉渡相約明年我倆再相逢。可是，今天再也遇不到您了。

　　下闋再次表達與您相逢的心願。就是淒涼風雨，尋遍天涯，乘小舟走遍世界，也要跟您相逢。

　　黃景仁的詞給我以青春，給我以活力，要是正逢青春時讀到他的詞真好！

昭君怨

〔原文〕

　　門外月明如畫。窗內一燈如豆。何物影空梁。水雲光。

　　忽聽遠鐘微度。又被曉風約住。此際惱閒情。是浮名。

〔注釋〕

1. 一燈如豆：形容燈光微弱。
2. 空梁：形容房子內空無一人。語出【隋朝】薛道衡《昔昔鹽》。
3. 浮名：指虛名。語出（唐）李白《留別西河劉少府》詩：「東山春酒綠，歸隱謝浮名。」

〔譯文〕

　　門外月明如畫，窗內燈光微弱，房子內空無一人，只有水中雲朵光彩。

　　忽然聽到遠處微弱的鐘聲隱隱約約傳來，但被外面的風聲止住。此際是虛名惱閒情。

〔賞析〕

　　這是一首感時傷懷的詞。詞人在燈下享受人生，不想追求虛名（功名富貴）。詞的上闋寫景。詩人在家中獨坐，也許閱讀詩書文章，也許欣賞門外的風景。此時門外月明如畫，但家中燈光暗淡。那什麼外物的影子投射到家裏呢？也許是水中雲朵的光彩。

　　下闋，繼續寫景，此刻，縈繞在我的心中惱恨的不是閒情而是追求浮名。這句話，應是正話反說，應是惱恨的是浮名。詩人告誡我們應該充分享受人生，不求身外之物。

　　黃景仁的詞像一幅白描畫，文字質樸，但清新悅人，餘味無限。

鳳凰臺上憶吹簫 · 洪稚存悼殤女，和韻廣之

〔原文〕

　　來是何心，去耶真幻，為他放下簾鉤。算浦珠初孕，嵐黛旋收。略似一灣新月，初生也、即使難留。惆悵處、紅茵繡褓，觸眼成愁。

　　休休。西風又起，早一葉梧桐，吹下高樓。莫聽簫午夜，挑斷銀籌。擺脫紅塵浩劫，彭殤盡、一樣荒丘。休頻憶、經春鶴夢，總付悠悠。

〔注釋〕

1. 此詞寫於乾隆三十四年乙丑（1769），作者 20 歲。根據《洪北江先生年譜》本年條知：此年洪亮吉的長女出生不久天折。洪稚存：就是洪亮吉。

2. 浦珠：比喻寶珠。此處比喻洪亮吉的長女。

3. 彭殤：壽天。彭祖：古之長壽者。殤：未成年而死。出自《莊子・齊物論》：「莫壽於殤子，而彭祖為天。」

4. 鶴夢：指超凡脫俗的嚮往。語出【唐代】司空圖《與李生論詩書》這裡借來寬慰洪亮吉。

〔譯文〕

你匆匆地來，匆匆地走，為你放下簾鉤。寶珠剛孕，遽歸道山。她略似一灣新月，初生的月亮，卻無法生存，一步步走向滅亡。惆悵處、紅色的墊褥，覆裹嬰兒的繡被，觸眼成愁。

不要再說了。西風又起，早晨一葉梧桐，吹下高樓。午夜莫聽簫，挑斷銀質的薰籠。擺脫人世間浩劫，人死後最後總歸於荒丘野外。不要再想了，超凡脫俗的嚮往總付悠悠。

〔賞析〕

這是哀悼友人之女早逝的挽懷詩。

上闋寫洪亮吉之女的誕生與去世的短短一生。第一句寫出了洪氏之女，來去的短暫一生。接著寫她在母體受孕，接受精華的賜予，出生時的美好——像一灣新月，可是來到這個世界，很短暫，就香消玉殞。

下闋，借景抒情。西風起，吹落梧桐樹葉；無心情欣賞音樂，只能不斷挑斷薰籠來取暖。可歎人世間，壽命長也好，壽命短也好，都擺脫塵世間的煩惱，都一起歸於黃上問。還是不要超凡脫俗吧，人就這麼一回事，看破紅塵吧。

洪亮吉與黃景仁都屬於「毗陵七子」，兩人是莫逆之交，志同道合，所以，友人痛失愛女，愛屋及烏吧，這種情感就像發生在黃仲則身上。但此刻，寬慰友人還是第一要務。此刻，我感悟最深的還是友

誼的力量，我爲 250 年前左右這對哥兒們的友誼點贊。由他倆我想到了偉大馬克思恩格斯、歌德席勒、范仲淹王質、管仲鮑叔牙、周恩來張學良、元白、魯肅周瑜等等。

蘭陵王・十六夜偕稚存泛月溪上次韻

〔原文〕

　　清光足，卻似君才萬斛。把琴樽、挈下扁舟，拂袖凌空入空廓。一更天似沐，兩槳亂衝寒玉。展眼處、枯木蒼葭，古意茫茫墮高閣。慇懃杯共屬，歎錦瑟年華，幾時堪復？姮娥此景休相促。待五岳遊過，九州閱遍，者回攜手白雲宿，禽魚共徵逐。滅燭，溯寒淥。鐵笛將殘，葛衣嫌薄。一聲歸櫓空林角。倘此間無爾，今宵少僕。城南明月，可也淒慘孤獨。

〔注釋〕

1. 這首詞作於 1769 年八月十六日，黃景仁在月夜與洪亮吉放舟白雲溪上。
2. 清光：月光清亮。
3. 寒玉：比喻清冷雅潔之物。此指月亮在溪中的倒影。
4. 慇懃：指情意懇切。語出【北宋】晏殊《清貧樂》。
5. 錦瑟年華：指美好時光。語出（唐）李商隱《錦瑟》
6. 姮娥：即嫦娥。借指月亮。
7. 者回：這回。
8. 寒淥：寒冷的清水。
9. 白云：指常州的白雲溪。

〔譯文〕

　　月光清亮，就像您的才華橫溢、無止無境。我們倆坐在小船上，面對著一張琴、一壺酒，進入空茫茫一片的水的世界。老天象洗過澡一般，天空一片乳白色。我倆劃動船槳，衝破月亮在水中的倒影。向遠處望去、枯樹蘆葦，古意茫茫好像從高閣跌落下來般。

　　我跟你把酒換盞，情意懇切，可歎的是，美好時光就這樣虛度，

再也回不來。此時月下的美景還是要珍惜的。等登過五嶽、走遍華夏大地。我們再回到這裡，欣賞美景，與遊魚共嬉戲。

　　吹滅蠟燭，逆著清澈的寒水而上。逐漸笛聲逐漸消失，衣服單薄。我還是回去吧。倘若今晚沒有你，我會更加孤單，好在還有一輪明月陪伴著我。

〔賞析〕

　　這首詞書寫作者與友人在八月十六的夜晚泛舟白雲溪，一方面欣賞大自然的美景，另一方面感慨虛度年華及時遊樂的情懷。

　　這是一首長調。第一支首先寫月景；第二支曲敘事；第三支曲抒情感慨。

　　喜歡黃景仁，喜歡他的大氣文字，好像漂洗過一般，不雜一些雜物。與您相逢，是我的福分。我這輩子足了。

鵲踏枝・寄龔梓樹

〔原文〕

　　記得去年寒食暮，細馬輕衫，花裏揚鞭去。一路樓頭招袖語，銀箏彈遍蕭郎句。

　　三五冰輪簷際吐，爲問驚烏，今夜棲何處？兩地相思無一語，燕南趙北多紅樹。

〔注釋〕

1. 龔梓樹：名怡，字愛督，號梓樹，江蘇武進人，官布政司經歷。與兄龔克一，皆爲黃景仁讀書的同學和至交。
2. 一路樓頭招袖語：（唐）韋莊《菩薩蠻》：騎馬倚斜橋，滿樓紅袖招。
3. 蕭郎：這裡指龔梓樹瀟灑不凡，惹得眾多女子傾慕。
4. 三五冰輪：十五的月亮。語出王勃《銀河》：歷歷素榆飄玉葉，涓涓清月濕冰輪。

〔譯文〕

　　友人身著青衫，駕著瘦馬，跟我在節日賞花遊玩，引得眾多女子

的仰慕。今晚月光皎潔使得烏鴉無法入眠，何況人呢？此時無聲勝有聲，你在他鄉一定有美景與您相伴：別忘記了，燕南趙北的紅樹要仔細欣賞啊！

〔賞析〕

　　這是一首追念友人的詞。上闋追憶了作者跟友人相聚、分手的情景。詞的下闋寫今年對友人的思念之情。黃景仁的詩歌永遠有一種魅力，寫常人情但常人道不出的味道，這是絕了。

鵲踏枝・幾度緘詩愁共寄

〔原文〕

　　幾度緘詩愁共寄，望斷樓頭，不見雙雙鯉。常是故人書一紙，手香三載留懷裏。

　　我亦飄零無定止，君贈梅花，莫問江南使。日暮紅塵飛又起，天邊何處無歸騎。

〔注釋〕

1. 緘詩：詩作。緘：信件。
2. 雙雙鯉：運用「魚傳尺素」的典故。語出《文選・飲馬長城窟》。後指書信，都抒發相思之情。同時見【北宋】秦觀《踏莎行》。
3. 君寄梅花：運用「驛寄梅花」的典故。語出《荊州記》中陸凱與范曄的故事，這裡表達對遠方親友的思念之情。

〔譯文〕

　　我經常愁情滿腹寫詩，站立樓頭，可是得不到您的消息。我經常拿起您過去寫給我的書信，放在我懷裏不忍拋棄。我飄零他鄉居無定所，您從遠方給我問候，我深表謝意。遠方的飛塵不停地揚起來，可就是看不見您的身影。

〔賞析〕

　　這又是一首黃仲則懷念友人龔梓樹的詩歌，抒發了朋友間的深情厚誼。上闋寫懷著對友人的思念；下闋繼續寫盼望而又不見得心

裏狀態。詩歌末尾的「又起」與詩的開頭呼應，形成一篇完整的文章。歌頌友誼是人類永恆的話題，它像春天開放的玫瑰花，永遠綻放著清香。

採桑子 · 虞山旅舍送稚存歸里

〔原文〕

　　荒雞喔喔山鐘歇，醉也麼哥，睡也麼哥，酒味爭如別味多。

　　送君歸去吾仍客，歸意如何，客意如何，雁叫霜天月浸波。

〔注釋〕

1. 荒雞：指三更前啼叫的雞。語出《晉書・祖逖傳》：「〔祖逖〕與司空劉琨俱為司州主簿，情好綢繆，共被同寢。中夜聞荒雞鳴，蹴琨覺曰：『此非惡聲也。』因起舞。」
2. 也麼哥：元曲常用的語氣助詞。
3. 霜天：世界潔白如霜。語出張繼的《楓橋夜泊》。

〔譯文〕

　　三更前啼叫的雞喔喔地在山裏鐘聲中歇下來，醉也不是，睡也不是，離別之情愁更多。我送你離別，你歸意如何呢？我送你離別，我情何以堪呢？哎，還是回到眼前吧！大雁在天空鳴叫，外面是潔白如霜的世界，一輪明月掛在天空，遠遠望去，月光好像浸入了水中。

〔賞析〕

　　這是一首送別友人洪亮吉的詞，抒發了作者對友人的依依惜別之情，有一種心心相惜的感覺。上闋寫景，荒雞晚鐘，寫出了凄涼之景，渲染了悲涼的氣氛。下闋描寫抒情，這樣的時令，這樣的地點，怎叫人分手呢？

念奴嬌 · 虞山旅舍夜起，是日稚存歸里

〔原文〕

　　迷茫煙樹，算離腸曾斷，幾回南浦。遮莫九龍山下月，今夜

是君行處。一葉舟輕，片帆風飽，欲住何能住。憑君孤棹，引吾鄉夢歸去。

　　夢到阿母闈前，須臾復向，高館和君語。此際烏啼星作作，涼露碧天如水。好事纔圓，羈鴻又唱，一枕瀟瀟雨。蘭釭細剔，淒淒城上更鼓。

〔注釋〕

1. 南浦：指古人送別友人的地方。語出（南朝）江淹《別賦》：送君南浦，傷如之何。

2. 遮莫：莫非，或許。

3. 作作：星斗光芒四射的樣子。

4. 闈：父母的居室。

5. 涼露：夜晚涼爽的樣子。語出《秋夕》：天階夜色涼如水，坐看牽牛織女星。

6. 蘭釭：指精緻的燈具。語出（南朝）王融《詠幔》：但願置樽酒，蘭釭當夜明。

〔譯文〕

　　在煙樹彌漫的夜晚，我離腸曾斷，好幾回回到分手的地方。或許九龍山下的月亮，照亮你經過的地方。你乘一葉小船，風吹船帆，帆只飽滿，今夜你將歸何處。跟隨你的小船，今夜我做夢也跟隨你而去。我夢回到家裏：我來到了母親的房裏，立刻問安，與她老人家商談家裏面的事情。這時候，天空群星燦爛，天階夜色涼如水。可是，剛剛團圓，又要分手，我在枕頭前面灑下一行行淚水。再向外面看去，燈火闌珊，城牆上隱約傳來更鼓聲。

〔賞析〕

　　這首詞與上一首《采桑子·虞山旅舍，送稚存歸里》寫於同一年，即乾隆 39 年（即公元 1774 年），當時黃景仁 25 歲。這首詞寫詩人在旅舍裏，觸景生情，對老友洪亮吉的思念與懷念，更有對親人的想念。

上闋寫思念，下闋繼續寫想像。這首詞構思巧妙，寫了一場完整的夢。意境淒涼悲傷，真是「男兒有淚不輕彈，只因未到傷心時」。

醉春風·幽約

〔原文〕

望斷青鸞信，寂寞瑤階冷。昨宵已下死工夫，肯、肯、肯。嫋盡爐煙，敲殘棋子，移來花影。

懶步挑釭燼，珠斗斜還整。柳梢月上已三更，等、等、等。憶著幽歡，縱教沉醉，也應驚醒。

〔注釋〕

1. 青鸞信：書信。青鸞：即青鳥，指傳送信件的使者。語出【北宋】趙令畤《蝶戀花》：賴有青鸞，不必憑魚雁。

2. 瑤階：玉階。

3. 敲殘棋子：（南宋）趙師秀《約客》：有約不來過夜半，閒敲棋子落燈花。

4. 珠斗：北斗星。語出王維的《同崔員外秋宵寓直》：月回藏珠斗，雲消出絳河。

5. 柳梢月上已三更：語出歐陽修《生查子·元夕》：月上柳梢頭，人約黃昏後。

〔譯文〕

與情人約定：約會的時間和地點。但隨著時間的流逝，爐煙嫋嫋將盡，我只好閒敲棋子，遠處只有斑駁的花影。時光很晚了，把油燈上的燈捻的餘燼挑盡，天上北斗星仍斜在，月上柳梢，但是情人還是沒來。即使沒來，也應跟我打個招呼。回憶著這次幽歡，即使我沉醉，也應在夢中驚醒。

〔賞析〕

這是一首與情人約會但情人沒來約會的過程，寫的細膩感人。上闋寫與情人約定：約會的時間和地點。但隨著時間的流逝，爐煙嫋嫋

將盡，我只好閒敲棋子，天上北斗星仍斜在，月上柳梢，但是情人還是沒來。即使沒來，也應跟我打個招呼。心理描寫很有特色。

　　我也有過類似的經歷，現在回憶起來，即使痛苦惘然，也真美好極了！

減字木蘭花・中秋夜感舊

〔原文〕

（其一）

　　露濃煙重，一陣衣香何處送。倚遍回廊，九曲欄杆九曲腸。
去年今夕，木犀花底曾相識。此夜花前，只有清光似去年。

（其二）

　　相思誰說，水晶簾外朦朧月。憎煞嬋娟，偏對樓頭作意圓。
綺窗人靜，露寒今夜無人問。廿四橋頭，一曲簫聲何處樓。

〔注釋〕

1. 倚遍回廊，九曲欄杆九曲腸：指思念之甚，而腸為之回轉。
2. 木犀：指桂花。語出（南宋）范成大《嚴桂》。
3. 嬋娟：指月亮。語出蘇軾的《水調歌頭》。
4. 廿四橋頭，一曲簫聲何處樓：語出【晚唐】杜牧的《寄揚州韓綽判官》：廿四橋明月夜，玉人何處教吹簫。

〔譯文〕

（其一）

　　霜濃煙重，等待那人來卻不來。去年的中秋夜，你我在桂花樹下相識；但今年已物是人非事事休，只有月光跟去年相似。

（其二）

　　跟誰說相思，只有水晶簾外那輪朦朧的月；討厭月亮的圓，偏偏遇到樓頭那輪圓月。綺窗（刻有花紋的窗子）人靜，今夜無人問露寒。在二十四橋上我吹奏一曲簫，但無人能解。

〔賞析〕

　　黃景仁的兩首《減字木蘭花》，情眞意切的寫出了詩人與情人相識、思念的過程，令人不忍卒讀。第一首詞首先寫景。第二首詞繼續述說相思之情，最後杜牧的典故運用，恰到好處，在橋上我吹走一曲簫，但無人能解。黃景仁的詞結構精巧，乾隆 60 年罕有人媲美。

蝶戀花

〔原文〕

　　我是揚州狂杜牧。似水閒情，占得煙花目。酒醒月明花簌簌，小紅樓上春寒獨。

　　猶記綠陰深處宿。簾捲東風，重把幽期續。淚眼細將紅豆囑，那人家住雷塘曲。

〔注釋〕

1. 開始三句：作者以杜牧自喻，敘述自己留戀歌臺舞榭的生活。
2. 紅樓：青樓，妓女所居之處。
3. 幽期：幽雅的約會或者男女間的約會。
4. 紅豆：指愛情或者相思的信物。語出王維《相思》。
5. 雷塘：揚州城北。語出【清代】鄭板橋《揚州》：新開小港透雷塘。

〔譯文〕

　　我是一個狂狷之人，閒情似水，淪落市井成爲平庸之人。月明酒醒之夜，我在小樓上獨自徘徊。你我相逢在綠蔭深處、東風吹來，卿卿我我，你淚眼漣漣贈給我信物，分手時只告訴我你在揚州城北的雷塘住。

〔賞析〕

　　這首回憶過去年輕生活的閒適之詞。上闋寫我現在的生活。先總寫，然後分寫；下闋回味過去的生活，揚州是黃景仁精神之故鄉，那

裡留下無數的故事，隨便撿起，都是一首詩、一首詞。真使人眼羨煞不已！

醜奴兒令 · 春夜（二首）

〔原文〕

其一

春陰底事濃如結，半是離愁。半是春愁，釀得廉纖雨一樓。

霎時雲散天如洗，月似銀鈎。涼似新秋，嫩綠池塘濕未收。

其二

珊珊弱骨臨風倚，遮莫衣單。況是春寒，一半憐伊不忍看。

欲行乍卻羞眸睞，背立欄杆。偷整雲鬟，半臂清涼露未乾。

〔注釋〕

1. 底事：何事。
2. 廉纖：微雨。語出韓愈《晚雨》：廉纖晚雨不能晴，池岸草間蚯蚓鳴。
3. 銀鈎：彎月。語出（宋）李彌遜《遊梅坡席上雜酬》：坐看銀鈎上晚川。
4. 珊珊：輕盈、舒緩的樣子；美好的樣子。
5. 遮莫：任憑。蘇軾《次韻答寶覺》：遮莫千山更萬山。

〔譯文〕

其一

你徹夜難眠，困於離愁跟春愁，任憑春雨連綿。月似銀鈎，池塘嫩綠，仍然無心欣賞。

其二

你不顧衣單，登上欄杆，把遠方的游子思念。夜深了，還是整理好雲鬟，站立在欄杆上，把遠方的你想起：不管它外面露重，還有我的臂膀清涼。

〔賞析〕

這兩首詞都是寫的是春夜裏的離愁與春思。第一首詞的女主人公徹夜難眠。第二首詞女主人公形銷骨立。兩首詞寫的內容不同：第一首，全部寫景，有：春雨、雲朵、彎月、池塘，透過春景，人隱藏在文字後面。而第二首，思婦出現了：羞眸睇、背立欄杆、偷整雲鬢，一位很有教養、多情善感、感情專一的形象無遮攔出現在讀者面前。這就是一流大家的文字工夫，教你不得不佩服！

減字木蘭花・登吳山遇雨

〔原文〕

亂山無數，試問春歸歸底處。天際鵝毛。一髮錢塘暮雨潮。

雨來江市，黯黯半天雲掛地。白鷺飛還，片片輕舟盡落帆。

〔注釋〕

1. 這首詞寫於乾隆33年戊子（1768年），黃景仁20歲，這年他去江寧參加鄉試未售，他在仇養正家盤桓多日，流連多日。吳山：在杭州西湖東南，又名胥山。
2. 江市：瀕臨江的集市。語出杜甫：江市戎戎暗，山雲澹澹寒。

〔譯文〕

我在吳越大地攀登了無數的山，但找不到春在何處。今天傍晚登山，錢塘江上一片茫茫，下起了瓢潑大雨。

我來到集市，昏暗暗，黑雲掛滿天空。向遠處看去：天空上不見白鷺的身影，片片小船上都掛滿了船帆。

〔賞析〕

這是一首詩人借登山而排解憂愁的詩歌。上闋寫回憶過去的經歷，看今天能否新的收穫；下闋寫雨。雨勢之大，暗示詩人心情之糟糕透頂；更可敬的是，詩人還可以寄託登山之事上。這種情懷，值得我學習：每天遇到不如意事，如何排遣？還是登山、看水，與大自然同呼吸、共命運吧。

滿江紅・題岳仲子《鄂渚吟》詩後

〔原文〕

第一首

老子當年，曾幾醉、南樓夜月。但慘淡、獅兒霸氣，斷戈沉戟。一片武昌秋柳綠，三更鵠渚寒濤急。問扁舟、誰叫落梅風，聲聲笛。

高宴會，西園集，狂嘯傲，南州客。向殘山剩水，射棚行炙。安樂宮門無片瓦，呂蒙城畔餘殘堞。想先生、憑弔日登臨，悲秋極。

第二首

鄂國王孫，認一片、精忠餘烈。想當日、偏師背水，旌旗獵獵。帳外濤衝猿鶴警。軍中夜冷魚龍寂。到而今、急雨打空江，猶嗚咽。

沈不盡，橫江鐵，燒不斷，臨江壁。儘茫茫古意，亂塡胸臆。十載雄名留幕府，興酣如此方搖筆。把新詩、點染舊江山，都生色。

〔注釋〕

1. 岳仲子：岳夢淵，號仲子，河南彰德人，寓居江蘇江寧府。康熙38 年（1699）生。諸生。遊幕四方，世以奇才目之。著有《海桐書屋詩抄》。鄂渚：在今湖北武昌黃鶴山上游 300 步長江中。
2. 南樓：古樓名，在今湖北省鄂城縣南，又名玩月樓。
3. 獅兒：雄視一世的俊傑。
4. 斷戈沈戟：語出杜牧的《赤壁》。
5. 誰叫落梅風，聲聲笛：語出李白《黃鶴樓聞笛》：黃鶴樓中吹玉笛，江城五月落梅花。落梅就是《梅花落》，樂府橫吹曲。
6. 西園：園林名，相傳爲曹操所建。文本指宴會的隆重。
7. 南州：豫章郡。
8. 殘山剩水：語出杜甫《陪鄭廣文遊何將軍山林 10 首》其五：剩

水滄江破，殘山碣石開。常用義是殘破的山河，也比喻前人詩文發揮未盡的意境。

9. 射棚行炙：宴會的場景。射棚：箭靶；行炙：宴會時上菜。

10. 安樂宮：在武昌縣東。

11. 呂蒙城：在湖北公安縣東北。

12. 帳外濤沖猿鶴警。軍中夜吟魚龍寂：語出【晉】孔天胤《秋懷》：水冷魚龍息，山空猿鶴吟。

13. 燒不斷，臨江壁：指赤壁之戰。

14. 搖筆：動筆。語出（唐）李白《江上吟》：興酣落筆搖五岳，詩成笑傲凌滄洲。

〔譯文〕

（第一首）

我當年夜晚在南樓，曾經醉過幾回。但俊傑高屋建瓴，贏得和平的局面。武昌秋柳一片綠，三更武昌寒濤急。問扁舟、誰叫吹《梅風落》笛聲。高端的宴會，隆重的相聚，壯志凌雲，南昌作客。比賽詩文、射穿靶心時才上菜。安樂宮上無片瓦，呂蒙城僅有殘留的堞城。在先生憑悼口登臨，傷秋至極。

（第二首）

這是一座英雄後裔的城市。想當日背水一戰的偏師，旌旗獵獵。水冷魚龍息，山空猿鶴吟。到如今急雨打空江，還嗚咽。沉不盡橫江鐵，赤壁之戰鏖戰急。茫茫古意亂填胸臆。十年英名留幕府，壯志滿懷時動筆。用新詩點染舊江山，一切都生色。

〔賞析〕

第一首詞借寫武昌的美好秋色，抒發了物是人非之感，昔盛今衰之情感。第二首在回顧歷史的基礎上，對岳仲子的才能、業績進行歌頌，一掃前面的陰霾，給讀者以希望與光明。

對這兩首詞，應作比較閱讀。就拿抒發的情感來說，前面這首詞是：叫落梅風，聲聲笛；想先生、憑弔日登臨，悲秋極。第二首十載

雄名留幕府，興酣如此方搖筆。把新詩、點雜舊江山，都生色：感受到書生意氣揮斥方遒，指點江山，激揚文字之理想與抱負。

滿江紅・題岳仲子《鄂渚吟》詩後（其三）

〔原文〕

僕本狂奴，頻掩卷，壯懷陡發。翹首處、大江西上，暮雲明滅。樓上有人題健句，郢中自古生詞客。算浮生、何日駕扁舟，衝雙屐？

高吟罷，雞聲歇。獨酌倦，殘釭沒。忽天風吹夢，長鯨噴雪。下界霜鐘催去急，倒看萬頃蘋洲白。驀驚回、風雪鎖嚴城，空淒切。

〔注釋〕

1. 郢中：指古楚地。
2. 殘釭：油盡將熄的燈。語出（宋）蘇軾《宿餘杭山寺》：暮鼓晨鐘自擊撞，閉門孤枕對殘釭。
3. 長鯨噴雪：指波濤洶湧，水花四濺。
4. 蘋洲：古代水路的送別之地。

〔譯文〕

我本是一名狂徒，多次合上書卷，激情滿懷。抬頭向遠處看，大江西上，晚上的雲朵忽明忽暗。樓上有人留下使人積極向上的詩句，自古楚地人傑地靈。這一生什麼時候乘長風，會破浪，掛雲帆，濟滄海？

吟過詩歌，雞聲寂靜。獨自飲酒，油盡將熄的燈熄滅了。忽天風吹夢，波濤洶湧，水花四濺。下界鐘聲催去急，回看萬頃水路的送別之地一片銀白。突然驚回，風雪鎖嚴城，我更加淒切。

〔賞析〕

這是《滿江紅》組詩的第三首，詩人繼續觸景生情，寫出無限感慨。上闋寫作者壯懷激烈，胸有四海之志，抱負遠大。讀完岳仲子《鄂

渚吟》詩後，更是受益匪淺。下闋寫詩人的處境，儘管抱有濟世之志但現實是如此的殘酷：天風吹夢，長鯨噴雪。霜鐘催急，同志之人又要遠別。最後詩人猛然驚醒：風雪鎖嚴城，空淒切，作者又要單槍匹馬去鏖戰了。

　　真是理想是那麼的美好，可現實卻是如此的骨感，好一個愁字了得！這三首詞卻是清詞中真正的好詞。

虞美人・弈

〔原文〕

　　昨夜博簺宵弈，曲院雲屏隔。月明猶界粉窗梅，只此春宵一局、不須催。

　　金枰碎玉敲還寂，覓箇中心劫。心知負了暈紅腮，忽地笑拈雙子、倩郎猜。

〔注釋〕

1. 博簺：簺 sài 古代一種賭博性遊戲，亦稱「格五」：「酒酣博簺為歡娛，信手梟盧喝成採。」
2. 曲院：妓院。
3. 雲屏：有雲形彩繪的屏風，或用雲母作裝飾的屏風。
4. 金枰：嵌了金絲的木枰（棋盤）。
5. 今金枰碎玉敲還寂：棋子落在金枰之上，如同碎玉之聲。清脆之聲過後，更覺寂靜。
6. 中心劫：圍棋術語，打劫就是難在連下兩手的利益判斷。劫與結，有雙關之意，中心劫，這裡暗指「心中之結」，形容男女雙方下棋時，觸動了心弦的感覺。

〔譯文〕

　　昨夜弈格五，妓院用雲屏隔開。月光皎潔，梅花映著粉窗，美美地享受這春宵。

　　棋子落在棋盤之上，如同碎玉之聲。清脆之聲過後，更覺寂靜。你下棋時，觸動了我心弦的感覺。你心知輸了雙腮暈紅，忽地笑拈雙

子請我猜。

〔賞析〕

　　這是一首春天晚上跟友人下圍棋的過程，寫出女主人公細膩、聰慧的心理。上闋寫下棋的地點與環境，春天晚上，月光皎潔，梅花盛開映著窗戶，趁此美好環境，我跟情人一起下棋來度過這良宵。

　　下闋寫圍棋的過程，對手尋覓到了一個「中心結」，到了心有靈犀的境界，這時候，她雙腮暈紅，她緊抓住兩個棋子讓我猜。這首詞寫出了我跟情人之間的纏綿悱惻之情，真叫人羨慕之至！

疏影·秋思

〔原文〕

　　塵衣初典。卻一番商信，吹下空館。半枕還鄉，裊作輕雲，隔斷楚天來雁。請看十萬江南戶，只一夜、秋聲都遍。作朝來、微雨簾纖，失卻越山數點。

　　尚有濛濛遠樹，捲湘簾細認，煙水無限。划艇溪橋，幾陣金風，流出敗荷一片。小橫塘唱愁眸睇，正賀老、臨風瘦減。忽低頭、瓜果筵前，孤負深閨歡讌。

〔注釋〕

1. 商信：秋風。
2. 金風：秋風。語出【西晉】張協《雜詩》：金風扇素節，丹霞啟陰期。
3. 橫塘：古堤名。在江蘇省吳縣西南。語出（宋）賀鑄《青玉案》：凌波不過橫塘路，但目送芳塵去。
4. 賀老：唐代詩人賀知章的尊稱。語出（唐）張祜《偶題》：唯恨世間無賀老，謫仙常在無人知。一說賀鑄，解釋同注釋3。

〔譯文〕

　　剛剛典了衣服，秋風卻吹來了，不知不覺涼爽起來。在夢境裏回到故鄉，夢境醒來，秋天真的來到了。早晨，微雨茫茫，遠處的越山越發模糊了。

坐在遊艇內,掀開帷幕,看到濛濛的遠樹,煙水無限。划艇溪橋,幾陣秋風,吹倒一片敗荷。這時候,想起了我們分手的地方、想起了與你執手相看淚眼。忽然,我低下頭,我驚奇的發現在瓜果筵前,我一定要吃掉,不能辜負你的情意。

〔賞析〕

這是游子在他鄉思鄉懷人的一首詞。

上闋首先寫的是夢境,下闋回到現實.讀黃景仁的文章是需要才氣的,沒有一定的文化積澱,是不可能深入到文本的。

滿江紅 · 京口感懷寄洪大稚存、左二仲甫

〔原文〕

蒜嶺西頭,曾醉過、幾場明月。屈指算、經年抱恙,三秋作客。白浪驅人貧有效,西風刮夢愁無跡。到江山、勝處忽悲來,頭堪白。

萬里下,岷峨雪,千古瀉,英雄血。只茫茫人海,無聊之極。二十年來堪悔事,一聲山寺霜鐘歇。問南徐、風景近何如,歸來說。

〔注釋〕

1. 洪稚存即為洪亮吉。左二仲甫即為左輔,乾隆癸丑年進士,官至巡撫。
2. 蒜嶺:蒜山。
3. 刮夢:鏟夢。
4. 岷峨雪:峨眉山中國佛教名山,世界文化與自然雙遺產。

〔譯文〕

我在蒜嶺西頭,曾醉過幾次。在他鄉多年作客,我貧病交加。白浪驅人使人更加貧困,西風刮夢導致憂愁無影無蹤。到江山優美的地方忽悲從中來,鬢髮斑白。

行萬里路,讀英雄書,我在茫茫人海中鬱悶之極。二十年來能夠

後悔的事情，都付與山寺的一聲霜鐘裏。洪、左二公，你們在他鄉，過得還好嗎？

〔賞析〕

　　這首詞繼續抒發作者虛度年華、人生一事無成、功名不成的無限感慨。

　　上闋前兩句寫黃景仁在他鄉異地的奮鬥史，但後兩句寫目前的狀態：年事已高，但一事無成。下闋抒情，從時間、空間兩個方面來寫，到最後，奮鬥 20 年，一無所成。但過去我們一起學習的時光，怎麼也不能忘記？

點絳唇・春宵

〔原文〕

　　宿酒初醒，閑情似水和腸軟。細雨三更，簾外春陰捲。

　　一樹梅花，落向閑庭院。無人管，冷風過處，點點春愁糝。

〔注釋〕

1. 一樹梅花，落向閑庭院：語出歐陽修《漁家傲》：閑庭院，梅花落下一片片。
2. 糝：散開，散落。

〔譯文〕

　　昨夜的飲酒剛剛清醒，閑情似水，心情不錯。凌晨時下著細雨，卷著窗簾，享受著春陰。閑庭院，梅花落下一片片。這時，庭院冷寂，微風吹過，將那點點春愁吹得影蹤全無。

〔賞析〕

　　這是黃景仁寫春景的著名詩歌。上闋寫酒後初醒，世人的閑情逸致得到釋放：三更細雨，捲著窗簾，享受著春陰。下闋寫梅花，化用歐陽修的詞，春愁影蹤全無。

　　詞人為何春宵酒醒難眠？僅僅因為是宿酒嗎？為什麼看見凋落的梅花而春愁頓消，個中緣由值得探究。

這段文字裏：有微雨、有庭院、有落梅，更有佇立庭院中解開憂愁的形銷骨立的詩人，眞是一幅傳統的中國水墨畫。

點絳唇・雨霽

〔原文〕

瘦骨無情，年年此際憮憮病。小立風前，討箇傷春信。

淡月微雲，作出春宵景。斜還整。斷無人處，卍字闌干影。

〔注釋〕

1. 憮憮：精神不振的樣子。
2. 信：使者。
3. 卍：梵文，不是文字，是如來胸前的符號，象微吉祥幸福，這句是卍字紋飾的欄杆。語出（唐）慧苑《華嚴音義》。

〔譯文〕

精神憔悴，每午的此時都是如此；今天。我小立風前，討個吉祥的使者。(這是反話正說)。淡月微雲。我沿著欄杆踽踽而行，儘管斜形，但欄杆的形狀還是卍字。

〔賞析〕

這是一首絕有味的詩歌。上闋首先寫我的平常表現。下闋寫春景的特點和我的憂愁心情。文筆還是那麼簡潔，淡月微雲、欄杆、風前小立的詩人，白描手法，感受到中國繪畫之美，寫出了春大雨後初晴的詩人對未來的渴望之情。

浪淘沙・幽會

〔原文〕

連日愛新涼，更短更長。昨宵沉醉甚心腸。百樣溫柔呼不起，裊盡爐香。

今夜醉柔鄉，且費商量。和衣霍地倒銀牀。不合郎來偷一覷，漏了春光。

〔注釋〕

1. 新涼：初秋涼爽的天氣。語出（唐）韓愈《符讀書城南》。

〔譯文〕

　　初秋來到，天氣涼爽，日子越來越短。昨晚酩酊大醉，千呼萬喚，爐香燒盡，還是不醒。今夜儘管也醉了，但和衣躺在床上，不想你來偷看一眼，漏了春光。

〔賞析〕

　　這是一首寫幽會的詞，寫的精緻巧妙，給人以跌宕起伏之感。此詞寫了一次幽會，寫得繾綣纏綿。當然，這是黃景仁寫情詩，但更多透出滄桑與失意。

　　此詞巧妙借女性的視角來寫，寫得很有機智，給人以無限想像。

浪淘沙・懷閔季心

〔原文〕

　　交識滿浮生，健者惟卿。憶從相識在蕪城。一揖四筵皆失色，氣是幽并。

　　荷戟靖邊庭，歸去呼鷹。生憎脆管與繁箏。箭叫一聲雕落地，笑絕冠纓。

〔注釋〕

1. 這首詞是作者回憶幾年前同遊揚州的情況。閔季心：名貞，南昌人，官都事，這是一名武官。
2. 蕪城：今揚州。鮑照有《蕪城賦》。
3. 氣是幽并：指豪俠之氣，幽并指幽州、并州。
4. 靖：平定。
5. 脆管：指笛子，語出白居易的《霓裳羽衣曲和微之》。
6. 笑絕冠纓：形容笑得酣暢痛快。語出明高啓《感舊酬宋軍咨見寄》詩：「達人若相遇，大笑絕冠纓。」亦見《史記・滑稽列傳》：「淳于髡仰天大笑，冠纓索絕。」

〔譯文〕

一生跟您相識，健康的人只有您。回憶從前在揚州相識，初次見面滿座皆失色，眞有豪俠之氣。

一身戎裝平定邊疆，歸去呼鷹。一生不愛笛子與繁箏。箭叫一聲雕落地，閔季心笑得痛快。

〔賞析〕

這是一首書寫友人的詩篇。閔季心是作者的老友，這首詞寫了黃景仁幾年前跟老友交往的過程。上闋寫了我跟閔季心相識的地點【揚州】、場合【酒席上】、氣度【神采飛揚】。下闋寫他的愛好：呼鷹射雕，不好音樂，喜騎馬打獵的豪俠形象。

很少讀到作者此類作品，今天有幸拜讀，陡增幾分英雄之氣。

浪淘沙・洪對岩

〔原文〕

古渡白雲封，今雨樓空。我歌紅豆恨重重。纔出新詞君拍手，花底相逢。

驪唱各匆匆，流水西東。馬頭細草又春風。檀板金樽山月曉，懊煞吳儂。

〔注釋〕

1. 驪唱：告別的歌。語出【明】杜介《送張子良還燕》。
2. 吳儂：吳地之人。語出（唐）劉禹錫《福先寺雪中酬樂天》。

〔譯文〕

我在古渡白雲封，外面煙雨迷蒙，人去樓空。我歌紅豆恨重重。我剛寫出新詞，你拍手叫好，相約花底相逢。唱完告別之歌，流水匆匆、秣馬細草之後，我想在另一個酒廳裏，我端起酒杯，山月西下，接近拂曉，好好把你想起。

〔賞析〕

這是黃景仁寫給友人洪對岩（也許是女友人）的告別詞。上闋寫

了告別的時令、地點、分手前的難捨。紅豆代表一種相思之情，下闋寫分手時的情景，黃景仁的詩詞別具一格，意象尋常，但境界不同凡響，值得研究者們字斟句酌，好好玩味。

浪淘沙・徐芸圃

〔原文〕

　　人靜露漙漙，別意闌珊。桂花庭院捲簾看。今夜月明應夢我，同倚欄干。

　　世味各鹹酸，工到愁難。風前玉立瘦無端。只恐夜深應化去，化作幽蘭。

〔注釋〕

1. 漙漙：露多。語出《詩經・鄭風・野有蔓草》
2. 闌珊：衰落。語出（唐）白居易《詠懷》。
3. 工：事，功效。
4. 無端：無緣無故的；沒有盡頭。
5. 最後兩句化用了蘇軾的《海棠》中的句子。

〔譯文〕

　　露水眾多，別意衰落。我捲起珠簾看桂花庭院：在這美好的時光裏，你夢見了我，昨日你我同倚欄杆的畫面不時在眼前浮現。人世間世味不一，最傷心的還是憂愁。我每天都在憔悴，只好在風前佇立。夜深了，我久久不眠，要是化作空谷幽蘭就好了：我好與你並排站立在一起。

〔賞析〕

　　這是黃景仁懷念友人徐芸圃之作。上闋寫景抒情，下闋議論：人世間充滿了酸甜苦辣，最傷心的還是憂愁。我每天都在憔悴，只好在風前佇立。夜深了，我久久不眠，要是化作空谷幽蘭就好了：我好與你並排站立在一起。黃景仁喜出奇句，詞的最後兩句就是明證。

如夢令 （其一）

〔原文〕

　　細雪乍晴時候，細水曲池冰皺。忽地笑相逢，折得玉梅盈手。肯否，肯否。贈與一枝消酒。

〔注釋〕

　　1. 消酒：醒酒。語出（唐）韓竑《送王少府歸杭州》。

〔譯文〕

　　在細雪乍晴時候，細水曲池冰皺的初冬的早晨，忽然與你相逢，你滿手摘得梅花。可以嗎？可以嗎？贈給我一支梅花讓我來好好嗅嗅，直至解酒、醒酒。

〔賞析〕

　　這是一首歌頌青春、歌頌愛情的小令。「此曲只應天上有，人間難得幾回聞」如此純潔、如此活力，真使人不勝嚮往之至！

如夢令 （其二）

〔原文〕

　　聞說玉郎消瘦，底事清晨獨走？報導未曾眠，獨立閒階等久。寒否。寒否。剛是昨宵三九。

〔注釋〕

　　1. 玉郎：舊時女子對丈夫或情人的稱呼。語出《敦煌曲子詞》。

　　2. 三九：一年中最寒冷的季節。

　　3. 底事：何事；此事。

〔譯文〕

　　聽說您身體憔悴，你為什麼清晨獨自離開？據說昨夜未曾眠，苦等這位女子，但是久等而不來。昨晚，那麼冷，可是三九之天氣，怎麼不直接跟我講呢？

〔賞析〕

　　這是黃景仁借女子之口，抒發對愛人的關愛與不捨。這首小令，首先提出問題：你為什麼清晨獨自離開？接著，回顧了男主人公的昨晚經歷，苦等這位女子，但是久等而不來。最後，女主人公發出感慨：昨晚，那麼冷，可是三九之天氣，怎麼不直接跟我講呢？「報導」二字，極其準確，寫出女子對那位癡情男子的厚愛與關心。

　　這首詞很短但意味無窮之作，令人回味無窮。

如夢令（其三）

〔原文〕

　　一陣雀聲噪過，滿院沉沉人臥。此去是書齋，只在春波樓左。且坐，且坐，我共卿卿兩箇。

〔注釋〕

1. 沉沉：深邃的樣子。這句意思是滿院深邃幽靜。
2. 卿卿：男女間的昵稱。語出【晚唐】溫庭筠《偶題》：不將心事許卿卿。

〔譯文〕

　　春天來到，屋外麻雀上聒噪不息，整個院落深邃幽靜。我們走在去書齋的路上，它坐落在春波樓的左側。就坐在這裡，坐在這裡，讓我們一起討論問題。

〔賞析〕

　　讀書真好，與心愛的人一起讀書討論更好，真挺羨慕這種境界的。

如夢令（其四）

〔原文〕

　　一抹蓬鬆香鬢，繡帶綰春深淺。忽地轉星眸，因甚紅潮暈臉。不見。不見。日上珠簾一線。

〔注釋〕

1. 香鬖：女子鬢髮的下垂。
2. 星眸：明媚的眼睛。語出【北宋】柳永《木蘭花》：星眸顧指精神峭，暖袖迎風身段小。
3. 綰：繫結。

〔譯文〕

　　女子下垂的鬢髮一抹蓬鬆，繡戴這晚春的深淺。忽地轉明媚的眼睛，因爲什麼紅潮暈臉？這位妙齡女子，突然看不見了，原來太陽出來了，人們漸漸出來活動了。

〔賞析〕

　　黃景仁的這組詩，寫得優美、值得玩味。這首小令寫出了一個情竇初開的女子面貌，使人回味那個難忘青蔥歲月。這是一位鬢髮下垂、繡帶綰春、明眸善睞、紅潮暈臉妙齡女子，突然看不見了，原來太陽出來了，人們漸漸出來活動了。觀察之仔細、刻畫之逼眞，值得後人好好學習。

沁園春 · 夢斷

〔原文〕

　　裊若輕煙，疾若驚鴻，噫嘻怪哉。正幽幽咽咽，鴟啼古屋，淒悽楚楚，月冷窗梅。幾載相思，連宵入夢，今夜銅鐶風動開。聞說道，有千重巨浪，萬頃驚雷。

　　如今雨打風吹。只一點殘燈未死灰。倘飄零重訴，卿應有恨，蛟龍未醒，僕願相隨。去是何心，歸還底處，鶴唳橫空到枕來。高樓外，有荒雞喔喔，戍鼓哀哀。

〔注釋〕

1. 裊：煙氣冉冉上升的樣子。
2. 噫嘻：歎詞。
3. 鴟：貓頭鷹之類。

4. 銅鐶：銅製的門環。語出蘇軾《武昌西山》：銅鐶玉鎖鳴春雷。

5. 死灰：消沉失望的心情。語出《莊子》：形若槁骸，心若死灰。

6. 底處：何處。

7. 鶴唳：鶴鳴。

8. 荒雞：指三更前啼叫的雞。舊以其鳴爲惡聲，主不祥。《晉書·祖逖傳》：「〔祖逖〕與司空劉琨俱爲司州主簿，情好綢繆，共被同寢。中夜聞荒雞鳴，蹴琨覺曰：『此非惡聲也。』因起舞。」

〔譯文〕

冉冉上升的煙氣象輕霧，快若驚鴻，眞奇怪！正幽幽咽咽，貓頭鷹在古屋裏啼鳴，淒悽楚楚，月冷窗梅。幾年的相思，通宵入夢，今夜銅製的門環被風吹動。我聽說就是前有萬丈深淵，我也義無反顧。如今風吹雨打，只一點、殘燈沒有消沉失望。如果重訴飄零，你應有恨，蛟龍未醒，我願相隨。去是何心，歸還何處？鶴鳴橫空到枕頭上來。高樓之外，有三更前啼叫的雞喔喔聲，戍鼓中夾雜著哀慟聲。

〔賞析〕

黃景仁的這首詞寫出了夢想之滅給詩人帶來的巨大創傷。上闋寫夢斷就是相思夢斷，追求的情人就這麼離開作者而去。下闋繼續寫悲觀之心情，假如我倆重新相逢，「如今雨打風吹，只一點、殘燈未死灰」，我不變初心，「僕願相隨」。但這總是夢想，現實無法實現。「高樓外，有荒雞喔喔，戍鼓哀哀」情景交融，渲染了無比淒涼之情。

總之，這首詞借寫夢斷，虛實相生，寫出了詩人在人間的苦惱，「有千重巨浪，萬頃驚雷」現實就是這麼無情，但我堅信他（詩人）有一顆未死之心，再加上勇敢的行動，定會走出一條光明之路來。268年後的今人，不免增加幾分力量與鼓勵。

醉花陰 · 春困

〔原文〕

錦幕輕風吹又動，放去惺忪夢。生怕捲珠簾，尺五春陰，壓得眉尖重。

　　滿院姊歸花外哢，惻惻寒飆送。昨日上高樓，南北東西，芳草何曾空。

〔注釋〕

1. 惺忪：形容因剛醒而眼睛模糊不清。
2. 尺五：不足，近。語出杜甫《贈韋七贊言》：時論同歸尺五天。
3. 姊歸：即子規，杜鵑鳥。花外哢：鳥鳴聲。
4. 惻惻：鋒利的樣子。語出韓偓《春食夜》。這句話寫出了寒風凜冽。

〔譯文〕

　　詩人剛剛從睡夢中醒來。卻怎麼也打不起精神來，很怕捲上簾幕，靠近時光，時光流逝得快，讓我感到沈重。原來是春意困人。院外子·規鳴叫，寒風刺人。回首昨晚，登上高樓，芳草剛剛吐綠，原來是春天已經悄悄來了。

〔賞析〕

　　這是一首寫春困的詞。上闋寫春風蠢動，下闋繼續寫景。這是春天特有的滋味，想要教人擺脫這種困覺，談何容易？

千秋歲·花朝

〔原文〕

　　花朝到了，扶病披衣早。春只半，愁先老。數聲風共雨，一片煙和草。閒情似、游絲一縷空中裊。

　　牒報東君道，蜂蝶休相擾。別來久，依然好。一杯為汝壽，千萬君應保。休只似、年年歲歲教人惱。

〔注釋〕

1. 花朝：農曆二月十五，據說這天是百花的生日。
2. 扶病：支撐病體，帶病行動。
3. 東君：司春之神。
4. 牒：文箋；公文。

〔譯文〕

花朝節到了，支撐病體，帶病行動披衣早。春天已來到一半了，但我愁怨更重。外面風夾著雨，一片煙和草。閒情似游絲一縷在空中纏繞。分別以來，各種花依舊好，假借上級來文，巧妙地請求蜜蜂蝴蝶不要來干擾。今天我端起酒杯，為你祝壽，希望你保重身體，每天遠離煩惱。

〔賞析〕

這是一首寫於 1769 年的詞，作者時年 21 歲，作者寫於這天的詩歌較多，值得關注。上闋寫花朝節到了，但正直青春的詩人，卻扶病憂愁。外面天氣不佳，詩人內部的情懷如「游絲一縷空中裊」。下闋寫分別以來的祝詞，這豈止是說給花神聽的，其實是說給所有關心與幫助過詩人的眾位女神們言的。

作者儘管地位卑微身體有恙，但有一顆優人之心，值得敬仰。這就是人活著的一種境界，我差之太遠，永遠需要學習。

鶯啼序・鄭誠齋先生招集白雲庵，周幔亭圖為小冊，分賦，用曹以南韻

〔原文〕

童子何知，解領略、溪山詩酒。也繾綣、折柬招來，追隨許附塵後。迭嶂忽嵌高閣，聳巉磯、怒拍江聲吼。只畫圖深處，幾箇閒人消受。

兩袖空中，長襟風際，真箇雲生肘。認微茫、城西十寺，疏鐘飄度溪皋。界隨青眼放時寬，情到醇醪傾處厚。忽清談、天外吹來，霏霏璠玖。

書生此際，頓露昔時狂態，幾曾言擇口。更十五雲郎，喚向尊前，歌聲清瀏。客解吹簫，郎能顧曲，當筵相對移情否。問此樂、天涯幾人有？閒情豪興，一齊迸向吟腸，難按處傾一斗。

夜雲深矣，飽酌金罍，四座交相壽。待到歡闌，綺席推起，

山窗明星欲滴，蒼煙如糅。堤邊燈火，酒人歸去，數聲爆竹千山響，更深潭、驚起蛟龍走。者般高會曾逢，他日溪山，多應不朽。

〔注釋〕

1. 乾隆 34 年己丑（1769），周榘招集鄭虎文、曹學詩、黃景仁等集城西白雲庵，周榘作畫，分韻填詞。同日所作有鄭虎文《吞松閣集》。鄭誠齋即鄭虎文，乾隆壬戌進士。周榘：工詩、善金石、能度曲、善八分書，與袁枚友善。曹以南：乾隆戊辰進士，曾做過知縣，喜歡隱居山中。

2. 童子何知：謙辭，典出王勃《滕王閣序》：童子何知，躬逢勝餞。這次聚會由鄭虎文（1714～1784）召集，黃景仁小他 35 歲，自稱童子。

3. 繾綣：纏綿，感情深厚。語出白居易《寄元九》：感君心繾綣。

4. 追隨許附塵後：謙辭，大意說能被邀參會，附於驥尾，甚感榮幸。

5. 疏鐘：稀疏的鐘聲。語出【清】陳廷敬《送少師衛公該轉還曲沃》。

6. 界隨青眼放時寬，情到醇醪傾處厚。這兩句寫朋友聚會，情深義重。青眼：知心朋友，語出《晉書阮籍傳》醇醪：味厚的美酒，語出高適的詩歌。

7. 清談：清雅的談論。

8. 璚玖：帶狀的霧氣。

9. 雲郎：少年郎，這裡指小童。

10. 尊：酒杯。

11. 金罍：盛酒的金杯。語出《詩經周南卷耳》：我姑酌彼金罍，維以不永懷。

12. 者般：這樣，黃景仁喜用這個詞。

〔譯文〕

　　最難忘溪山詩酒會：承蒙客人殷勤，用請束將我們招來。我們在高聳連綿的山上，下面面對著奔騰著的江水。進入圖畫深處，無法掩飾我們的喜悅。

　　在宴會上我們推盤換盞，遠眺微茫的城西十寺，稀疏的鐘聲依稀

傳來。朋友聚會，情深義重。忽在清雅的談論中，天外吹來，連綿帶狀的霧氣。

咱們幾個讀書人，頓露昔時狂態，幾曾言不擇口。另外十五小童，歌聲嘹亮。客人明曉吹簫的樂曲，知曉吹奏的曲調，面對佳餚豈不沉醉其中？問此樂天涯能有幾人有？閒情豪興，付與酒盅，一曲新詞酒一杯。

夜很深，酒足飯飽，四座鄰人爭著祝酒。待到宴席將盡，推起山窗，明星欲滴，蒼煙如粿。岸邊燈火，我們回去，數聲爆竹在千山裏震耳欲聾，在深潭裏驚起蛟龍飛翔。這次高會永遠定格在他溪山之上稱作不朽。

〔賞析〕

這是一首寫於 1769 年的詞（作者時年 21 歲），作者敘述了一場宴會的全過程。周榘招集鄭虎文、曹學詩、黃景仁等集城西白雲庵，周榘作畫，分韻填詞，黃景仁根據周榘的韻來填詞，寫了這場不朽的朋友聚會：真是感情深似海。

第一節寫聚會之因：接到友人的請柬，以及聚會的地點：「迭嶂忽嵌高閣聳，巉磯怒拍江聲吼。」和人物：周榘、鄭虎文、曹學詩、黃景仁等。

第二三兩節寫聚會的過程：不僅有美酒，更有音樂相伴（有嘹亮的歌聲、悅耳的簫聲）：在友人們推杯換盞之時，盡寫風雲變幻之詩。

第四節對這次宴會的追念：高會曾逢，他日溪山，多應不朽。

這是文人的聚會，堪比王羲之的會稽蘭亭聚會，文學史上應不忘記這一天、一地：1769 年某一天，常州白雲庵。

木蘭花慢（其一）月下登虞山，哭邵叔山先生

〔原文〕

君來因底事，今依舊、主芙蓉。空廿載經窗，半生闈苑，名

落寰中。只何故、奪君恁早，詎天心、眞箇忌才工。萬里月明慘慘，五更海霧濛濛。

九原休恨別匆匆。天上更相逢。待鶴唳歸來，鐘鳴蕭寺，影落青楓。今宵故人來此，問吟情、可與舊時同。千點淚珠零雨，數絲霜鬢臨風。

〔注釋〕

1. 主芙蓉：宋人傳說石延年、丁度死後爲芙蓉城主。蘇軾《芙蓉城》：「芙蓉城中花冥冥，誰其主者石與丁。

2. 空廿載經窗：二十年書窗生涯，如今皆已成空。經窗：放經書的房間，也指書房。白居易《宿東林寺》：經窗燈焰短。

3. 閬苑：原指神仙居住的地方，這裡指宮苑。

4. 寰中：宇內，天下。

〔譯文〕

先生來此依舊擔任芙蓉城主。二十年書窗生涯，如今皆已成空，但薪火相傳，名震海內。可是天妒英才，過早地奪取了您的性命。江河爲之鳴咽，月亮爲之流淚。

恩師去世後，再也不能相逢，只能以後在天上相遇；如果可能相遇那就在蕭寺、青楓山旁。今晚故人來此，共敘往事與舊情。我再也控制不了自己的情感：淚飛頓作傾盆雨。頭髮又添上了無數根銀絲。

〔賞析〕

這是一首悼亡詩，正如這首詞的副標題所寫「月下登虞山，哭邵叔山先生」，作者追念的是那個影響黃景仁一生的恩師邵叔山先生。

上闋，作者追溯往事，最後兩句直接抒情。

下闋，展開想像。

這是我讀過的令人動容的悼念恩師的作品之一，堪與元稹《悼亡妻》、蘇軾的《江城子》媲美。

木蘭花慢（其二）

〔原文〕

　　人間呼殆遍，君似醉、也應醒。但枯樹黏天，浮雲掛地，有影無形。痛一點、墓門紫火，空嘔將、心血誤浮名。一自子期去後，曲終江上峰青。

　　南沙城枕尙湖濱。曾約共登臨。怎芒屩來時，青山有恨，流水無聲。此間玉霄不遠，叩天關、風雨泣山靈。千載仲雍言偃，一般蔓草荒城。

〔注釋〕

1. 痛一點、墓門紫火：懷著悲痛，在墓前點著紙錢。
2. 仲雍言偃：古代常熟的先賢。

〔譯文〕

　　先生你去了，我差不多在人間呼了個遍。你似醉似醒著，但是就像枯樹連接著天空，浮雲懸掛在大地上，有影無形。懷著悲痛，在墓前點著紙錢。我捶胸頓足、痛哭流涕、無法把持。自從您去後，這人間決無知音。曾約共同登山，但恩師已去，無法相約共同登山了。無奈我穿草鞋來時，但您已不在了。這裏離天界不遠，我叩問天門，淚水似雨般流在山陵之上。眼前先生的墳墓，只有蔓草纏繞，令人徒添唏噓之情。

〔賞析〕

　　這首詞寫於乾隆 39 年（1774）時，詞人 26 歲。

　　上闋寫恩師去世對自己的影響是不可估量的。前三句形象地寫了恩師逝世是不爭的事實，以及我的痛苦之情。特別是最後用了兩個典故：一是伯牙與子期的典故，高山流水成為佳話；二是唐代詩人錢起的詩句《省試湘靈鼓瑟》：曲終人不見，江上數峰青。只聞其聲，不見其人，令人頓生無限悵惘之情。

　　下闋回憶過去的遺憾。（前者仲雍是周文王的次子；後者言偃是孔子的弟子）

黃景仁是性情中人，更是理性之人，他的這類詩歌的影響是深遠的。

風流子 · 月下登虞山哭邵叔山先生

〔原文〕

余年剛弱冠，曾飲博、慣縱狹斜場。幸北海尊前，容吾跌宕，東山座上，恕我疏狂。相將久、庭前逢玉樹，帳後識諸郎。綠酒黃花，時陪歡讌，風晨月夕，每話行藏。

其間頻離別，空江明月，野渡清霜。幾度詩緘遠道，瓣祝名香。詎半生落拓，天憎遇合，數行風雨，碑斷文章。一夢蟻窩醒也，萬古斜陽。

〔注釋〕

1. 北海、東山：指孔融、謝安。
2. 行藏：出處或行止。
3. 遇合：相遇而彼此投合。

〔譯文〕

我二十歲的時候，不務正業，流連於妓院。幸好先生對我的精心栽培。先生循循善誘，同學友好相處。我最難忘的是在一起走過的日子。

師生之間通過鴻雁傳遞友情。可是，老天無眼，哪管先生的落魄，過早奪取了恩師的性命。這種情懷，這種記憶，稱得上不朽！與日月同在。

〔賞析〕

這詞寫於 1774 年，又是一篇悼念恩師的詞作，反映邵叔山先生對黃景仁的影響之深遠。

上闋回顧了師生相處的畫面，指出老師對黃景仁一生的影響。接著運用兩個典故：孔融好客、謝安納賢，說明先生對我的精心栽培。然後，回顧了師生相處的難忘歲月。最後一句話引用《論語》的典故：用之則行，舍之則藏，唯吾與爾有是乎。

下闋繼續寫師生分手後，兩人的交往。喜歡黃景仁的詩作，更喜歡他的率眞、感性。每天閱讀黃景仁的詩歌是這天最舒暢的日子。

風流子

〔原文〕

哲人今萎矣，算百歲，齒髮未凋殘。怪庚子日斜，妖禽有驗，龍蛇歲在，惡夢無端。佇望處、徵車來地下，丹詔別人間。講院歸來，半床書掩，夜臺吟罷，數杵鐘闌。

楓林紅於血，荒崗淚灑，萬樹齊殷。下有累累古冢，不辨何年。想先生當日，也曾憑弔，此時弟子，空哭青山。月落屋梁時候，想見蒼顏。

〔注釋〕

1. 齒髮未凋殘：先生正值當年。齒：指年齡。

2. 庚子日斜，妖禽有驗，龍蛇歲在，惡夢無端：指先生遭遇不測，過早離世。

3. 徵車：徵召賢達所用的車子。

4. 丹詔：帝王用朱筆寫的詔詞。

5. 數杵鐘闌：夜深了，鐘聲將盡。杵鐘：棒敲鐘的聲音。

〔譯文〕

邵叔山才華橫溢、英年早逝。先生正值當年，卻遭遇不測；恩師不改其志，講學歸來，不輟讀書，在陰間讀罷，已是很晚很晚了。楓林紅葉、荒崗淚灑、萬樹齊紅，這是怎樣的哀景。下有層層古墓，不知有了多少年。想起先生當時埋葬之時，我曾憑悼慰問；此時弟子，空哭青山。正想看到先生的蒼顏的臉色，在這月落時光。

〔賞析〕

這又是 1774 年黃景仁悼念恩師的一首詞，但寫法更爲獨特。

上闋寫邵叔山這段文字，全憑想像。「哲人今萎矣」一句話使人生歎惋之情，我不得不佩服他是學界的大師級的人物。

下闋寫眼前之景。「此時弟子，空哭青山」折射出先生異樣的人格魅力。這首詞儘管沒有寫老師怎樣諄諄教誨弟子，但師生情已盡在紙中。「人生得一知己足矣，斯世當以同懷視之。」邵淑山更是人生的精神導師。

風馬兒‧幽憶

〔原文〕

　　子規窗外一聲聲。把醉也醒醒。夢也醒醒。細憶別時情狀、忒分明，盈盈。

　　夜長孤館更清清，把鐘也聽聽，漏也聽聽。知道五更斜月、落疏櫺，冥冥。

〔注釋〕

1. 盈盈：神情快樂的樣子。
2. 漏：古代的一種定時器。
3. 櫺：舊式房屋的窗格。
4. 冥冥：晦暗。語出屈原《楚辭九歌山鬼》：杳冥冥兮羌晝晦。

〔譯文〕

　　子規窗外一聲聲，我似醉似醒，似夢似醒。細憶別時情狀真令人難忘。我在孤館裏無法成眠，想念心中的她。這時候到了五更天，月亮掛在窗櫺上，我的心情真晦暗、難過。

〔賞析〕

　　這是一首追憶往事的詞，寫得情真意切，讀來美不勝收。上闋寫躺在床上追憶相處時的美好情狀。下闋寫相思之情。這首詞景寫得感人，但情更動人。迭詞的使用，也是特色。這首詩儘管短，但意味雋永，令人思緒萬千、遐思綿綿。

鳳凰臺上憶吹簫‧秋感

〔原文〕

　　試望平原，悲哉氣也，人間無處宜秋。被幾番哀樂，白了人

頭。休道虎頭燕頷，誰曾望、萬里封侯。空惹下，一天憔悴，半世恩仇。

漂流。意殊自悼，嘆人皆欲殺，我定何尤。只風聲鶴唳，聽也都愁。堪笑百年終盡，瀛州遠、大藥難求。聊自廣，逍遙齊物，隨化悠悠。

〔注釋〕

1. 虎頭燕頷：形容相貌威武，古代相者說是萬里封侯之相。
2. 風聲鶴唳：這是運用前秦符堅的典故，指驚慌失措或者自相驚擾。
3. 瀛州遠、大藥難求：指運用秦始皇求取不老的藥。

〔譯文〕

　　人生在世肯定是不如意，我歷經艱辛，還是「白了人頭」。我曾經也有萬里封侯的志願，但現實就是如此的殘酷：整天憔悴，恩仇半世。我注定一生都要漂流，心情確實悲傷。人都被殺，我不能怨恨誰，否則，只會導致驚慌失措；還有人都要死亡的，就是偉大的秦始皇都擺脫不了這樣的命運。我還是不放棄我的追求，領略自然的美好，盡人力聽天命。

〔賞析〕

　　這首詞寫了作者屢遭挫折但不甘沉淪、奮發進取的心態。上闋寫人生的不如意。下闋矢志追求人生的美好，「世上我曾努力，成敗不必在我」枉不負我來人間走一遭。這首詞典故的運用，十分精當，說明了人類在自然面前還是十分渺小的，擺脫不了被宰被殺的悲劇命運。

南浦·泊鎮海

〔原文〕

　　蛟門中劈，看天邊、一葉破空來。又向斷磯荒嶼，泊入浪花堆。多少鶿帆蜃雨，和龍吟、夜半似驚雷。更颶風驟起，含腥帶濕，白日冷於灰。

　　此地孫盧戰後，警烽煙、幾度海門開。還笑建炎南避，君相

總傖才。回首亂鴉殘堞，聽沉沉、戍鼓有餘哀。嘆蕭條身世，海
天空處獨銜杯。

〔注釋〕

1. 這首詞寫於 1769 年，作者時年 20 歲，準備前往楚地遊覽，中途
   停留在鎮海而寫的一篇詞。
2. 蛟門：指蛟門山，在今天的嘉門山。
3. 蜺帆蜃雨：蜺讀 hou，指虹帆暴雨。
4. 此地孫盧戰後，警烽煙、幾度海門開：孫盧指東晉的孫恩、盧循
   率領義軍攻打會稽山。這句話指明朝倭寇不斷在此登陸，侵擾邊
   界。
5. 還笑建炎南避，君相總傖才：運用歷史上南宋趙構秦檜的典故，
   指君臣都是鄙陋無能之人。
6. 亂鴉殘堞：混亂的烏鴉聚集在破舊的城牆上，形容衰敗的景象。
7. 戍鼓有餘哀：戍邊的鼓聲傳達出悲哀的情調。
8. 銜杯：口含酒杯，多指飲酒。語出晉劉伶《酒德頌》。

〔譯文〕

我登上旅遊船，乘船破江而去，超越斷磯荒嶼，泊入浪花堆之
中；此時，遭遇暴風驟雨，颶風驟起，含腥帶濕，真有另外的享受。
沿海遭遇到的外族侵擾，君臣無能。再看現狀，邊境陰沉破敗荒涼。
可歎的是，我這一生身世蕭條，時刻不得志，跟這環境相似，我只
能在天涯海角處獨自飲酒悲傷。

〔賞析〕

這可以稱得上是一首記遊詩。上闋寫詞人現實的無奈。下闋寫更
可怕的是社會是如此的動盪不安，我無法改變這現實，我只能徒然悲
傷。哎！這命就是如此？

水調歌頭

〔原文〕

一事與君說，君莫苦羈留。百年過隙駒耳，行矣復何求。且

耐殘羹冷炙，還受曉風殘月，博得十年遊。若待嫁娶畢，白髮待人不？

　　離擊筑，驪彈鋏，粲登樓。僕雖不及若輩，頗抱古今愁。此去月明千里，且把離騷一卷，讀下洞庭舟。大笑揖君去，帆勢破清秋。

〔注釋〕

1. 這首詞寫於 1769 年，作者時年 21 歲，這是作者的別友之作，拒絕了朋友的好意，遠赴湖湘出遊。

2. 羈留：挽留。

3. 過隙駒：形容光陰迅速流逝，語出《莊子‧知北遊》

4. 且耐殘羹冷炙，還受曉風殘月：承受生活苦難，忍受離別的愁苦與旅途的艱難。曉風殘月：語出《雨霖鈴》「今宵酒醒何處？楊柳岸，曉風殘月」。

5. 博得十年遊：換來十年的遊歷。

6. 嫁娶畢：這是向子平之典故，語出《後漢書‧逸民列傳〉〉。

7. 離擊筑：語出《史記‧刺客列傳》，高漸離擊筑的故事，寫出俠義之士的慷慨豪放行為。

8. 驪彈鋏：語出《戰國策‧齊策》，敘述的是馮諼客孟嘗君的故事，懷才不得施展的苦悶牢騷之情。

9. 粲登樓：王粲，建安七子的冠冕，建安文學的代表人物之一，代表作《登樓賦》，抒發了王粲懷鄉之情與壯志難酬的感慨。

10. 帆勢破清秋：帆船行進之勢不可阻止。

〔譯文〕

　　有一件事跟你說，你不要苦挽留。百年流逝很快，走吧我浪跡江湖，還求什麼？承受生活苦難，忍受離別的愁苦與旅途的艱難，換來十年遊樂經歷。若待兒女嫁娶畢，我還在不？

　　高漸離擊筑，馮諼彈鋏，王粲登樓。我雖然不及前輩諸人懷抱古今愁。此去月明千里，且帶一卷離騷，在洞庭湖的船中飽讀。我大笑著與君告別，帆船行進之勢不可阻止。

〔賞析〕

這是黃景仁抒發人生抱負的名作，踐行「讀萬卷書，不如行萬里路」的人生主張。

上闋講趁年輕時，應該飽遊祖國的名山大川。這裡列出了兩點理由：一是時光如流水，稍縱即逝；二是我忍受得了旅途的勞苦和離別的愁苦。最後一句點出如等到嫁娶畢，那就晚了。拒絕了朋友的好意。

下闋寫出作者的志向、抱負。首先列舉出高漸離、馮諼、王粲這些很有抱負的人，以及不同凡響的行為。我也不意外，「頗抱古今愁」境界之大，超出普通人一大截。我此去湖湘，一定要帶《離騷》去，一邊乘舟，一邊閱讀，與古人對話，與自然結伴。「大笑揖君去，帆勢破清秋」立下誓言，趁船離去，「我輩豈是蓬蒿人」，應該幹出大事來。

這是我讀過的黃景仁的作品中的上乘之作，值得反覆推敲、欣賞、品味。

金縷曲

〔原文〕

勞濂叔手書《大悲咒》以贈，云『誦此可卻一切魔障』，報之以此。落魄吾之分。歎年來、病魔窮祟，公然作橫。君說驅除真易耳，此事吾能為政。論慧力、圖澄堪證。一卷貝多魑魅避，更波濤、可與蛟龍迸。還說與，堪續命。檀那衣缽何曾吝。更兼他、雄詞辟瘴，光芒難近。此去天南山鬼哭，脫卻女蘿逃盡。更鑿險、降魔杵奪。只恐夜深驚屈宋，月明中、難把騷魂認。一長笑，謝君贈。

〔注釋〕

1. 這首詞寫於 1769 年，作者時年 21 歲，在杭州抱病，病體未愈，有遊湖湘之意，友人以手書《大悲咒》勸之，作者以這首詞謝之。

2. 勞濂叔：指好友勞宗茂。

3. 落魄吾之分：我想這一生必定落魄。

4. 爲政：採取措施使之正確。

5. 慧力：佛教用語，指智慧之力。

6. 圖澄：即佛圖澄，西晉後趙時高僧，西域龜茲人。傳說他善誦神咒，能役使鬼神，預知吉凶。

7. 貝多：梵語，指佛經。

8. 魑魅：鬼怪。

9. 檀那：佛教用語，施捨的意思。

10. 雄詞辟瘧：形容大悲咒文辭雄健，本身就有祛病之效。

11. 女蘿：指松蘿。出自屈原的《楚辭・九歌・山鬼》中「被薜荔兮帶女蘿」。

12. 更鑿險、降魔杵奮：有讀者見天神隨獲。

13. 屈宋：指文學史上的屈原、宋玉。語出劉勰的《文心雕龍》。

14. 難把騷魂認：當是玩笑之語。意謂大悲咒降魔之力太強，擔心連屈宋也被驚擾了。他們是騷魂，不是魔障啊。

〔譯文〕

　　這些年來，我身體有病，一直未痊癒。這時好友勞宗茂給我送來佛教經典──《大悲咒》，以此作爲回報：爲我驅除鬼怪，爲我辟邪。他說驅除疾病眞容易，此事吾能採取措施使之正確。論智慧之力、圖澄堪證。一卷佛經避免鬼怪，遠離蛟龍。還說能夠延長生命。更重要的是：大悲咒文文辭雄健，光芒難近，更加使得天南山鬼哭，松蘿逃盡，天神隨護。我眞擔心這些佛教經典驚擾了屈原、宋玉，嚇跑了楚國的精靈。我放聲大笑，謝謝勞兄的贈書。

〔賞析〕

　　這首詞是婉拒了朋友的盛情，表達了繼續遊玩湖湘的心意。上闋寫我身體有病，好友爲我贈書。下闋寫友人給我的佛教書所起到巨大精神力量。這首詞寫得情眞意切，朋友的關愛之情一覽無餘。

金縷曲・仇麗亭邀飲吳山，即用前韻

〔原文〕

飲啄皆吾分。笑年年、屠門大嚼，老饕太橫。脫帽翻尊狂不減，管甚森嚴酒政。問潦倒、霜毛作證。賤子胸中饒塊壘，盡枯腸、甘與糟丘迸。任百罰，諸公命。緒言領略何曾吝。聽懸河、分棚對壘，詞鋒難近。忽忽臨風來苦語，此地一杯須盡。更鯨吸、為君重奮。別意酒悲渾不辨，待重來、再把吳山認。雲海誼，好投贈。

〔注釋〕

1. 仇麗亭：就是仇養正。
2. 屠門大嚼：比喻羨慕而不能得，聊為己得之狀以自慰。出自東漢桓譚的《新論》。
3. 老饕太橫：太貪食，語出蘇軾《老饕賦》。
4. 霜毛：白髮。語出唐朝韓愈《答張十一功曹》。
5. 賤子：自謙之稱，語出《漢書・樓獲傳》。
6. 塊壘：鬱積在心中的不平與愁悶。
7. 糟丘：指釀酒之多，湎酒之盛。
8. 緒言：已發而未盡的言論。
9. 鯨吸：狂飲。語出杜甫的《飲中八仙歌》。

〔譯文〕

飲酒是我的本分。可笑的是每年遇到宴會狼吞虎嚥。脫帽打翻酒杯不減狂放，更不談酒令。我貧困潦倒有白髮作證。我胸中多不平和愁悶，只有酒能解悶。聽從諸公命任你百罰。已發而未盡的言論，何曾吝惜。聽賓客口若懸河、分棚對壘，詞鋒難近。有人勸酒，一飲而盡。海量飲酒，不辨酒悲。待將來，回味吳山之宴，雲海之誼，怎叫人欲罷還休！

〔賞析〕

這是一首應朋友之邀寫飲酒之樂的詞，道出了朋友間的深厚情

誼。上闋寫飲酒場面之熱鬧以及自己飲酒之多，興致之高；下闋寫飲酒的過程。最後抒情這首詞堪與李白的《將進酒》、杜甫的《飲中八仙歌》媲美。文人之歡，沒齒難忘！切記。（寫於落魄之際）

滿江紅·贈王桐巢

〔原文〕

　　何物書生，曾躍馬、炎天雪窖。論家世、過江棨戟，文章忠孝。蕉鹿幾番驚往事，關山若箇常年少。更飄零、一夢落青樓，從頭覺。

　　湘月落，青猿笑，楚天闊，哀鴻叫。把離騷痛讀，千秋同調。好賦十年留恨別，雄心獨夜歸屠釣。訂他時、書卷換漁蓑，吳淞棹。

〔注釋〕

1. 這首詞寫於 1770，作者客湖南按察使王太岳幕中。
2. 炎天雪窖：炎熱和寒冷的地區。
3. 棨戟：有繒衣或油漆的木戟，古代官吏出行時作前導的一種儀仗。
4. 蕉鹿：語出《列子》，比喻人世真假雜陳，得失無常。
5. 從頭覺：從頭覺醒。
6. 千秋同調：千古同味，相同的情調。
7. 屠釣：宰牲口和釣魚，古代指操賤業者。

〔譯文〕

　　我是一介書生，曾躍馬在炎熱和寒冷地區。友人文武全才，有顯赫的家族背景，而且品德高尚。就是這樣一個出色的少年，多年之後，渾渾噩噩，卻淪落青樓，幸好覺醒。我再三叮囑友人離開楚國後，品味湖光山色，把玩《離騷》，千古同一種情調。應決心寫好十年好文章，留作紀念，回去重操舊業。然後在吳淞之上，邊讀書，邊划船欣賞風景。

〔賞析〕

　　這是給友人王桐巢的一首贈別詩。上闋首先寫友人起伏的一生。

下闋叮囑友人回歸田園生活，享受其中之樂。回歸自然，享受田園，讓心靈放假，這是多麼愜意的事啊！

齊天樂二首 · 二月十三夜，宴汪笛舫宅

〔原文〕

（其一）

　　楚天一夜東風到，吹綠萬家煙井。新燕樓臺，早鶯門巷，寫出異鄉風景。歌筵坐穩，算年盡逢丁，夜將達丙。紅燭如山，唱徹金元院中本。

（其二）

　　主人好客絲難繡，看紛紛投轄，重門鑰冷。切切鵾絃，淵淵羯鼓，不醉教人怎肯。當杯猛醒。道此是天涯，陶然滿引。檀板驚飛，笑山禽村甚。

〔注釋〕

1. 次詞寫於乾隆 35 年庚寅（1770）2 月 13 日，是宴歸之作。汪笛舫：長沙人，其餘不詳。
2. 煙井：冒著暖煙的井。
3. 開頭五句：寫春天景色，中化用了白居易《錢塘湖春行》。
4. 歌筵：有歌者唱歌勸酒的宴席。語出南朝何遜《擬青青河畔草》：歌筵掩團扇，
5. 金元院中本：這裡指宴席間的歌舞。
6. 主人好客絲難繡：用平原君典故。黃景仁有「行買千丈絲，一繡平原趙」之句（《兩當軒集》卷 10《三月十三》）。
7. 投轄：主人殷勤好客。語出《漢書·陳遵傳》。
8. 重門鑰岭：岭，上海古籍 1983 年版《兩當軒集》P145 作「冷」。關起多重門，加上層層鎖，形容留客之意甚殷。
9. 切切鵾弦，淵淵羯鼓：具體描寫宴會演奏的場景。
10. 陶然：舒暢快樂、怡然自得的樣子。

〔譯文〕

春風一夜到楚天，吹綠萬家冒著暖煙的井。樓臺新燕，門巷早鶯，別是一番異鄉風景。坐穩有歌者唱歌勸酒的宴席，算年終將盡，夜將大亮。如山的紅燭，唱徹宴席間的歌舞。

主人殷勤好客，關起多重門，加上層層鎖，不捨您離開。宴會演奏的場景精彩紛呈，怎肯教人不醉。當杯猛醒，感覺還是在天邊飲酒快樂。檀板驚飛，驚煞村人。

〔賞析〕

這首詞寫出了黃景仁參加的一次宴會的盛況。上闋總寫宴會的時間以及歌舞的概況，下闋寫主人的好客與宴會演奏的場景，這種場合，叫人不醉怎能？

這詞寫盡了主人的殷勤，和朋友間的友好自得之情。

換巢鸞鳳（二首）

〔原文〕

（其一）

日煖新晴。正柳青客舍，花放春城。南樓裙屐滿，西閣管絃盈。主人談是過江清。口雜四座，齊諧楚聲。聽歌忽似，一縷游絲初定。

（其二）

夜靜。孤月正。銀燭光寒，中酒人微病。趙魏謀歡，應劉作劇，意氣公然豪橫。算二十年幾曾逢，再三千里吾何恨。鞚歸鞭，有輕塵、把馬蹄襯。

〔注釋〕

1. 這首詞寫於 1770 年 2 月 14 日，作者在王昆圃家做客。
2. 裙屐：原指六朝貴族子弟的衣著，後泛指富家子弟的時髦裝束。
3. 齊諧楚聲：齊諧指人名或者古書名，楚聲指長江中下游地區。

4. 中酒：飲酒半酣時，語出《漢書・樊噲傳》。

5. 應劉：指應瑒、劉楨，這裡指賓客中的有才華的人。

〔譯文〕

　　日暖剛放晴，正柳青客舍，花在春城開放。南樓高朋滿座，西閣樂聲鼎沸。主人是過江清談。四座客人來自五湖四海。聽歌使得我精神不定。

　　夜靜孤月正。銀燭光寒，飲酒半酣時人微微生病。座中賓客出謀劃策，氣氛活躍。這樣的聚會，我打算 20 年後，奔馳 3000 里再次搞。勒緊馬籠頭準備歸鞭，塵土輕揚、把馬映襯。

〔賞析〕

　　作者向我們描繪了一幅宴會圖。上闋在這個美好的季節裏，親朋好友相聚在一起，但我的心情卻不爽。下闋繼續寫宴會，外面一輪明月，家中銀燭光寒，我飲酒正酣但身體有點小毛病。來自各地的友人，公開勸酒，我睿智地拒絕了。這樣的聚會，我渴望 20 年後，飛馳 3000 里再聚會。到那時，我準備了馬匹，隨時舉起馬鞭，來到目的地。這首詞可以說得上寫得盪氣迴腸。

氐州第一・花朝

〔原文〕

　　昨夜狂風，拔木發瓦，五更大雨而止。一睡薈騰，醒來獨怪，嫩日軟陰如水。莫道春猶淺，青上柳梢來矣。猛記今朝，百花生日，舊愁提起。

　　猶憶去年曾懺汝，向繡佛、旃檀香裏。一喘吟魂，廿番花事，薄福都如紙。昔時風亭月榭，曾消得、幾遍彈指。且掩重門，任戶外、剪紅揉紫。

〔注釋〕

1. 薈騰：形容模模糊糊，神志不清。

2. 繡佛：用彩色絲繡成的佛像。

3. 旃檀：檀香。

〔譯文〕

　　昨夜狂風，拔木掀瓦，到五更時大雨而止。一睡神志不清，醒來獨自奇怪，天氣陰沉，月光如水。不要說還是早春，但是柳梢上已發芽了。猛然記起今朝是百花生日，舊愁重新提起。

　　猶憶去年曾懺悔，倦於在檀香裏拜佛。人間時事，薄福如紙。昔時風亭月榭曾經值得幾次光臨。且掩重門還是好好休養身心，哪管外面的世界喧鬧如潮呢？

〔賞析〕

　　此詞寫於 1770 年 2 月 15 日花朝節。

　　上闋寫經過狂風驟雨的摧殘，今日，迎來了百花的生日。下闋寫看破了人間的一切世情風味薄似紙，還是好好休養身心，哪管外面的世界喧鬧如潮呢？心還是要安靜下來吧。

　　讀罷這詞，內心默然：黃景仁的這種心境我還有很遙遠的距離？咱關注世俗的事太多了！

虞美人·春風

〔原文〕

　　連晨驟煖春衣脫。一雨寒幾雪。舉杯長笑問天公，作盡炎涼何必、在春風。

　　晚來孤館苔痕閉。冷冷清清地。小窗破紙本無多，吹過廿番花信、更如何。

〔注釋〕

1. 廿番花信：花信風，應花期而來的風。

〔譯文〕

　　凌晨一下子暖和脫下春衣，下一場雨寒於下雪天。天氣的冷暖無常，但是面對此種氣候，我端起酒杯笑對自然。我一個人坐在孤單的旅館裏，冷冷清清。旅館裏沒有窗戶，只有幾張破紙擋風，可是，面

對更強烈的花信風怎麼辦呢？

〔賞析〕

　　這首詞是借景抒情的名作。上闋寫了天氣狀況，下闋寫晚上我的孤獨。儘管人生遭遇挫折，但詩人已經做好了準備，隨時應對大風大浪的考驗，這是強者的態度，我輩豈可旁若視之？

　　歷來詠春風，多寫其吹蘇萬物，帶來春日的生機盎然，而黃景仁卻寫出新意：吹寒孤館，吹破窗紙，吹過花信，在「炎涼」上做文章，展示自己的孤介和與社會的相逆，這種審美意趣是由生命體驗和個人性格所決定，這是「盛世寒士典型的逆反情緒以及變態心理的反映」（嚴迪昌《清詞史》）。

七娘子·山行遇雨

〔原文〕

　　一鞭裊入千山裏，樵歌洗胃鶯針耳。忽露青帘，低飄竹塢，典衣爛醉今朝始。

　　孤村流水桃兼李，此間小住真佳矣。似有風來，驟聞澗響，子規啼處春陰起。

〔注釋〕

1. 裊：繚繞。
2. 竹塢：竹林中的低凹處。
3. 青帘：酒店的招牌。
4. 小住：短時間居住。

〔譯文〕

　　騎馬山行，一鞭繚繞八千山裏，樵歌之聲洗胃、鶯鳴之聲刺耳。忽然看到酒店的招牌，在竹林中的低凹處低飄，還是今朝有酒今朝醉。一路走來：有潺潺流水；有開花的桃樹李樹；我不願前行，願意在此短時間地生活下去。這時忽然感到有一陣風吹來，從山澗深處傳來聲響：原來是杜鵑鳥在春陰處啼鳴。

〔賞析〕

這是寫農村山村美景的文章，真有田園味道。

上闋寫一路山行所欣賞到的自然美景：樵歌之聲、黃鶯啁啾，確有天籟之感。忽逢酒店，情不自禁去喝了幾碗酒。人醉了：不僅僅是美酒，更是大自然。下闋繼續寫山村美景。這是一幅典型的中國淡水畫；更是一首春之歌：我無法用語言描述我的感受。

感謝黃景仁，感謝那個時代！

摸魚兒 · 寒食漫興

〔原文〕

夢驚回今朝節冷，天陰難得窗亮。弄晴作雨春無賴，不管有人惆悵。休惆悵。猶喜是、天涯對酒人無恙。酒杯莫放。算落盡辛夷，將飛柳絮，好把碧欄傍。

鄉園樂，今日榆羹花釀。餳簫吹煖門巷。歲歲風前悲蕩子，愁煞棠梨鬼唱。登樓望，問風景、江南半點何曾像。離波新漲。但芳草天涯，遠山一角，不語黯相向。

〔注釋〕

1. 弄晴：呈現晴天。語出〔宋〕陳克《謁金門》。
2. 辛夷：玉蘭花。
3. 餳簫吹暖門巷：化用宋祁的詩句。
4. 蕩子：離家遠遊他鄉的游子。
5. 黯：陰暗。

〔譯文〕

夢醒回到現實，今天寒食節陰冷，天氣灰濛濛一片。春天的陰晴不定，導致人的心情無法把控，想喝酒，但又不想放下酒杯，處處遲疑之中。就算是玉蘭花，楊柳絮，也依靠在碧欄旁邊。還是家鄉好，此刻的家鄉正是「榆羹花釀」、「餳簫吹暖門巷」的季節，可是我流落他鄉無法回去。別無他法，只好登上樓去，把家鄉眺望。家鄉看不到

了，只看見芳草、一角遠山，無語相向。

〔賞析〕

　　此詞主要抒發了游子思鄉的情懷。上闋寫景，概括天氣特點和人物的心情。下闋懷想起了家鄉，想起家鄉的種種美好，來對比襯托我日前處境的不如意。

憶秦娥

〔原文〕

　　湖天闊，清湘望斷三更月。三更月，猿聲是淚，鵑聲是血。

　　曲終數點煙鬟沒，此間自古離愁窟，離愁窟，幾叢斑竹，臨江猶活。

〔注釋〕

1. 三更月，猿聲是淚，鵑聲是血：化用唐朝詩人崔塗《春夕》：「蝴蝶夢中家萬里，子規枝上月三更。」和劉禹錫的《松滋渡望峽中》：巴人淚應猿聲落，蜀客船從鳥道回。

2. 曲終數點煙鬟沒：湘女女神鼓瑟的神話傳說，語出錢起《湘靈鼓瑟》。煙鬟：雲霧繚繞的峰巒。

3. 幾叢斑竹，臨江猶活：運用娥皇女英的典故，寫出思夫情深義重。

〔譯文〕

　　我流落在湖湘大地上，感受到猿聲哀鳴。在三更月下，杜鵑啼血，猿聲是淚，鵑聲是血。既無遠山可以陪伴，更無音樂可以共賞，還是離愁的滋味難受。我的思鄉情懷，永在心中！

〔賞析〕

　　這是一首抒寫離愁別緒的羈旅行思詞。上闋寫猿聲哀鳴杜鵑啼血，突出了頂針手法寫出了在二更月的感受。下闋寫與友人分手，再次點出這是「離愁窟」（這是頂針），這是人類區別於別的生靈最顯著的標誌之一，也是連絡人類長河延綿不絕的原因之一。

　　這是詞嗎？這是歌曲，值得我們千載萬世永遠吟唱下去。

念奴嬌 · 登益陽城樓

〔原文〕

桃花江上，向西風落葉，敵樓孤憑。尚有秦時明月在，黯默蠻山相映。桂郡南連，零陵西拒，地制湘東命。幾多蝸角，紛紛蠻觸爭迸。

當日赤壁功成，左將軍作事，將毋太橫。從此孫劉誇割據，我笑大言子敬。故壘千秋，土山一帶，想像軍容盛。耕民可見，苔花敗鏃遺勝。

〔注釋〕

1. 益陽：在今天湖南，距離長沙 200 里。
2. 敵樓：譙樓，禦敵之樓。
3. 黯默：昏暗不明。
4. 蝸角：比喻微小之地。
5. 蠻觸：比喻為小事而爭鬥不休。
6. 左將軍：指劉備。
7. 將毋太橫：將軍義氣。
8. 孫劉：指孫權、劉備。
9. 子敬：指魯肅，東吳著名統帥。

〔譯文〕

桃花江上，落葉向西風，獨自面對譙樓。明月尚在，昏暗不明蠻山相映。南連桂林郡，西拒零陵，地勢制約湖南東面的命運。就是彈丸之地，仍然爭鬥不休。

當日赤壁功成，劉備作事，將軍太義氣。從此孫劉割據，我笑魯肅大言。千秋故壘，土山一帶，想像當年軍容整肅何等盛大。耕民可見，戰爭殘留的遺跡。

〔賞析〕

此詞是作者在夜晚登高懷古詩，抒發了作者胸懷壯闊、立志高遠的人生抱負。上闋作者登樓遠望：桃花江上、西風落葉、群山相映，

接著寫益陽的地理位置，但就在這個彈丸之地，歷史上卻烽煙遍起。下闋詠史懷古，赤壁之戰後，魏蜀吳三國鼎立，劉備低調，魯肅太口出狂言了。想像歷史上的遺址，如今軍容整肅。「耕民可見，苔花敗鏃遺勝。」過去的景物還在，但人已不在了，令人無限傷感。人類不過是歷史上的匆匆過客，但明月依舊在，江河依舊流淌。我們還得像劉備孫權一樣，給這個世界留下一點點痕跡，人類再也不要爭鬥下去！

水調歌頭・岳陽樓

〔原文〕

　　豈是夢中到，始覺楚天長。軒皇張樂去後，太古別離場。一曲湘靈鼓罷，再聽泛人歌盡，天老月荒荒。十二晚峰碧，萬里瘴雲黃。

　　龍鎖脫，蛇骨斷，蚌帆張。陰陰一片腥起，微帶酒花香。不用憑軒流涕，只要朗吟飛去，倒影落瀟湘。揮手謝時輩，千載定還鄉。

〔注釋〕

1. 這首詞寫於 1770（乾隆 35 年春），作者在湖南湘江北上，過長沙府，經洞庭湖，泊岳州府，登岳陽樓。岳陽樓相傳是東吳名帥魯肅建的閱兵臺。

2. 軒皇張樂去後，太古離別場：這是運用軒轅帝張樂洞庭之野的典故。

3. 泛人歌盡：運用唐朝沈亞之《湘中怨解》的故事。

4. 月荒荒：月光暗淡迷茫的樣子。

5. 瘴云：瘴氣。

6. 十二晚峰：指夕陽照下的巫山 12 峰。

〔譯文〕

　　不是夢中這是現實，才感覺到楚國天空綿長。歷史上軒轅帝在洞庭之野古代的離別場演唱，湘靈鼓奏一曲，再聽孤女歌盡，天空遼闊月光暗淡迷茫，令人無限嚮往。12 座晚峰碧綠，瘴雲淡黃，色彩斑

爛，美不勝收。

　　由歷史回到現實，一片陰陰，酒花帶香。不應該憑軒流淚，而應該是「俱懷逸興壯思飛」，倒影落在瀟湘江裏。我揮手辭別了同行者，百年之後，我取得業績後，定然回鄉。

〔賞析〕

　　這首詞是作者登樓時的所見所感，寫出了湖湘（楚）文化特徵，顯示了中華民族特有的文化魅力。上闋寫神話故事，寫楚國文化中的軒轅氏張樂、湘靈敲鼓、氾人歌盡，令人無限嚮往；最後寫景，晚風綠、瘴雲黃，色彩鮮明，給人以審美感受。下闋由神話的過去回到了現實，同時，寫出了我的理想與抱負。我心飛翔，我要取得成就有所作為，這是 22 歲黃景仁的憧憬，更是我輩的楷模與心儀！

霜葉飛・湘江夜泊

〔原文〕

　　倩誰爲問瀟湘水。緣何一碧能爾。自從葬了屈靈均，只想成煙矣。不信道、騷魂未死。月明淒苦猶如此。算地老天荒，那一角、蒼梧野外，多少山鬼。

　　我欲寸磔蛟龍，將君遺骨，捧出萬丈潭底。請看往日細腰宮，是一堆荊杞。又恐惹、衝冠髮指。問天呵壁從頭起。還伴他、□□□，霧鬢煙鬟，一雙弟子。

〔注釋〕

1. 此詞寫於 1770（乾隆 35 年庚寅），作者由湖南歸鄉，寫出了一系列的遊覽詞。
2. 屈靈均：指屈原。語出《離騷》
3. 蒼梧：地名，在今天的廣西，秦朝在那設郡。歷史傳說，舜南巡，卒於蒼梧。
4. 寸磔：斬成許多小段。
5. 細腰宮：楚國離宮名，出自杜牧的《題桃花夫人廟》。
6. 荊杞：殘破蕭條的景象。

7. 問天呵壁：語出屈原的《天問》，形容文人不得志而發牢騷。
8. 霧鬢：濃密秀美的頭髮。
9. 煙鬟：形容鬢髮美麗。

〔譯文〕

　　請誰問，瀟湘水為何能這樣碧綠？自從葬了屈原，沒想成了煙霧。不相信說詩魂未死。月明凄苦猶如此。算地老天荒，那一角、蒼梧野外，出現多少山鬼。

　　我欲斬斷蛟龍，將君遺骨，捧出萬丈潭底。請看往日細腰宮，是一派殘破蕭條的景象。又恐惹他怒髮衝冠，牢騷滿腹，還是回去陪伴著她，她有秀美的頭髮，美麗的鬢髮，以及一雙弟子。

〔賞析〕

　　這首詞作者借寫屈原而抒發內心的牢騷與憤懣。上闋寫屈原投江後的身世凄苦，跟許多山魂野鬼住在一起。下闋繼續抒發滿腹牢騷，為屈原打抱不平，「水迢迢。寂寞郢中白雲，悵騷魂、千古渺難招」寫景更為抒情：水也好，雲也好，都為屈原之死而悵恨。作者無法解脫，還是回歸田園，也不失為人生的終結之地。

洞庭春色 · 登黃鶴樓

〔原文〕

　　為問司勳，誰家樓也，而汝題詩。算吾宗老輩，子安去久；玉京舊侶，叔瑋來遲。今日我遊因薄譴，看城郭人民半是非。還聞說、又吳宮楚館，電捲星移。

　　千年謫仙又去，空傳語、天上相思。望三湘七澤，無邊水氣；荊門郢樹，一片斜暉。只有此樓常不改，與江漢茫茫無盡期。歸與好，把落梅短笛，鶴背橫吹。

〔注釋〕

1. 此詞寫於 1770 年，詩人剛剛登臨了黃鶴樓，遊玩了鸚鵡洲。
2. 司勳：指唐朝詩人崔顥。

3. 子安：傳說中的仙人，乘黃鶴過黃鶴樓，出自《南齊書》。

4. 玉京：道家稱天帝所居之處。

5. 叔瑋：荀環，出自《述異傳》：跨鶴騰空，渺然煙滅。

6. 薄譴：輕微的責備。

7. 城郭人民半是非：語出文天祥《金陵驛》：山河風景元無異，城郭人民半已非。

8. 謫仙：指詩人李白。

9. 三湘七澤：湖南河流、湖泊的總稱。

10. 荊門郢樹：中荊、郢指古代楚都，今湖北江陵西北。

11. 落梅短笛：出自李白《與史郎中欽聽黃鶴樓上吹笛》：黃鶴樓中聽玉笛，江城五月落梅花。

12. 鶴背橫吹：修道成仙者在鶴背上吹橫笛。

〔譯文〕

　　問大詩人崔顥，你曾經在哪座樓題字？根據我家的先祖記載，子安去久；天帝的老朋友，荀環來遲。今日我遊這座城因為輕微的責備，但江城人民有一半不是本地人。更不談物換星移，滄海桑田。千年前李白又來到這座城市，留下了傳世的無盡佳話。望湖湘的河流湖泊，水氣無邊；一片斜暉照在古代楚地。只有黃鶴樓不變，與江漢歷史同在。還是回去吧，好好讀讀李白的詩句：黃鶴樓中聽玉笛，江城五月落梅花。聆聽修道成仙者在鶴背上吹橫笛！

〔賞析〕

　　此詞是黃景仁登樓的詠史懷古的登樓詩，抒發了山河依舊、物是人非德滄桑之感。上闋詠史，下闋直接抒情：人生短暫，而且無常，還是好好把握現在。

南浦 · 江口夜泊

〔原文〕

　　蒼茫葭菼，聽西風、夾岸響騷騷。身是洞庭一葉，流下漢江皐。莫問殘山剩水，歎興亡、一半屬孫曹。共細腰池館，章華臺

殿，一樣草蕭蕭。

何處數聲蘆管，隔江沙、人倚木蘭橈。多少倚篷心事，天外水迢迢。寂寞郢中白雲，悵騷魂、千古渺難招。且扁舟歸去，五湖三泖任逍遙。

〔注釋〕

1. 此詞寫於 1770 年，詩人從長沙歸鄉，沿途多處登覽。
2. 葭菼：指蘆與荻。
3. 騷騷：象聲詞。
4. 殘山剩水：國土淪陷後殘餘的部分。
5. 孫曹：指孫權和曹操。
6. 細腰：楚國的離宮名。
7. 蘭橈：小船。
8. 郢中白雪：高雅的樂曲和詩文。

〔譯文〕

蘆葦蒼茫，西風吹來兩岸響騷騷。洞庭一葉蘆葦，流下漢江而去。不要問殘餘的江山，歎興亡更替、一半已屬於孫權和曹操。共享華美的池館，巍峨的臺殿，但宮前的雜草一樣的冷落淒清。

數聲蘆管，隔開江沙、人倚在小船上。心緒不寧，事情不舛，天外水迢迢。寂寞中我只有閱讀高雅的詩文，再也難進入屈原的精神境界。還是回去吧，五湖四海任我逍遙。

〔賞析〕

此詞跟上一首相似，都抒發了歷史永恆、物是人非、興亡更替之感。我無法擺脫內心的苦悶，只好交之與大江河流、詩文典籍，我認為這是大幸！

風流子・江上遇舊

〔原文〕

真耶其夢也，移舟語，淒惻不堪聽。道那時一見，庚郎年少；

此間重遇，長史飄零。□□□□□□□，□□□□□。我未成名，卿今已嫁；卿需憐我、我更憐卿。

潯陽江頭住，把去來帆看，極浦無情。憔悴感君一顧，百劫心銘。問此時意致，秋山淺黛；再來蹤跡，大海浮萍。語罷揚帆去也，似醉初醒。

〔注釋〕

1. 這首詞寫於 1770 年，作者六月於長沙乘船由大江回歸故鄉，途中停留在江西九江府德化縣。

2. 庾郎：北周詩人庾信，語出李商隱《春遊》：庾信年最少，青草妒春袍。這裡借指少年時的詞人。

3. 長史：官名，幕僚性質的官員，這裡指作者自己。

4. 我未成名，卿今已嫁；卿需憐我、我更憐卿：化用羅隱的《嘲鍾陵妓雲英》：我未成名君未嫁，可能俱是不如人。

5. 潯陽江：在江西九江南。

6. 極浦：遙遠的水邊，語出屈原的《九歌‧湘君》：望涔陽兮極浦，橫大江兮揚靈。

〔譯文〕

是真實的還是夢境？移舟交談，淒惻不忍聽。道那時一見，我正年少；此間重遇，我到處飄零。我未成名，你現在已經嫁；您等待憐愛我、我更憐愛您。

潯陽江頭住，看看來帆，水邊無情。感謝凝眸回顧，我將永遠珍存。問此時的情致：秋山深綠，孤帆遠影，依舊水天一色，耳畔還停留著那淒惻的叮嚀：明年春天再相會吧？這種相會真是人如醉如癡，不肯放開。

〔賞析〕

這裡是詩意般的境界，作者遇到了多年未見的女友，引起了對過去的點點記憶，更勾起了對當年彼此傾慕的追憶。此刻，我彷彿追隨作者在水雲鄉裡，略略感到一點水的腥味，感受到兩葉緊挨著的一雙船槳的輕舟的晃蕩，相約下次的見面的時間與地點。真是：此情可待

成追憶，只是當時已惘然。

雨中花慢 · 泊潯陽

〔原文〕

　　未入吳雲，猶依楚岸，三千里外還家。對屏風九疊，艤住孤艖。是日江濤陡發，五更人語齊嘩。推篷一望，江州夜火，十里金蛇。

　　曉來攜笛，吹入江天，惹他雁起平沙。還朗誦、白家好句，楓葉蘆花。我亦青衫有淚，況今落魄天涯。閒愁萬種，打蓬細雨，錯認琵琶。

〔注釋〕

1. 艤住孤艖：停住小船。
2. 十里金蛇：指十里金蛇的燈。
3. 雁起平沙：語出宋代楊公遠的詩詞：幾聲漁笛蘆花外，驚起斜飛雁一行。
4. 楓葉蘆花、青衫有淚：語出白居易《琵琶行》。

〔譯文〕

　　沒有進入吳地，還在楚地，我準備從幾千里外的地方回家。我面對多重迭的屏風般的山巒，把我的小船停住，好好欣賞這美景。這天江濤陡發，五更時人語齊嘩。推篷一望，江州夜火，十里金蛇之燈。曉天雁起平沙去。如今天涯孤旅，只能落魄天涯。萬種閒愁，正如細雨打篷，我誤以爲是琵琶彈奏的樂曲，遇到了知音。我是何等的渴慕得到理解啊！

〔賞析〕

　　此詞與《風流子》（江上遇舊）寫於同時（1770）。上闋寫孤船停留在潯陽的所見所聞：看到的是「江濤陡發、江州夜火，十里金蛇」；聽到的是「人語齊嘩」好一派熱鬧的景象。下闋寫所感：落魄天涯。先化用宋代張耒的《赴官壽安泛汴二首》（其二）的詩句：曉天雁起

平沙去，霜岸風鳴敗葉來；接著，運用白居易《琵琶行》的典故。最後直接點明主旨：我如今在天涯落魄。我滿腹經綸，但得不到賞識，我的愁怨很深啊！

你若精彩，天自安排！你若盛開，蝴蝶自來！關鍵是：你足夠強大嗎？

采桑子 · 九日題江州海天寺

〔原文〕

客愁底事腸回九，九派潯陽。九日重陽。九迭匡廬對舉觴。

前人幾輩消沉去，老子樓荒。老嫗亭荒，且對江天醉一場。

〔注釋〕

1. 海天寺：寺名，在江西九江德化，後被毀。
2. 九派：本指長江到了九江，有九條支流，故名九派。後指潯陽。
3. 九迭匡廬：去廬山之路曲折盤旋。

〔譯文〕

客愁的事如何描述呢？那是在重陽節在潯陽，在廬山舉杯對飲。前人能有幾輩消沉呢？那是在一座舊樓在荒亭，對楚地的天空大醉一場。

〔賞析〕

此詞寫黃景仁在九江恰逢重陽節登上廬山抒情詠志之作。上闋寫登高飲酒，抒發愁情；下闋即使遭遇不公，仍不放棄，哪怕大醉一場，重新出發。此詞構思奇特：上闋四個九、下闋兩個老，積極進取的情懷溢於言表。

青玉案 · 泊石鍾山下

〔原文〕

嚕吪巨響湖心裏，石作竅、風穿矢。石本無聲聲在水。夜深老鵑，非關人語，自會摩崖起。

崖間似有殘碑記，欲讀高寒不能矣。多分簡酈兼陋李。蒼松兩樹，月中猶認，蘇氏賢喬梓。

〔注釋〕

1. 石鍾山：在今天江西九江湖口。
2. 開頭三句寫出了風石相激，聲如洪鐘的情景。噌吰：巨大的石頭撞擊聲。
3. 老鸇：即隼（老鷹）。
4. 摩崖：從山崖上飛起。
5. 簡酈兼陋李：中酈和李指酈道元和李渤。
6. 喬梓：這裡指蘇氏父子蘇軾和蘇邁。

〔譯文〕

湖心裏發出巨響，風石相激，聲如洪鐘。石本來無聲，聲音在於水石相激。夜深老鷹不通人語，自會從崖壁奮飛而起。

崖間似有殘碑，想讀但是氣候高寒不能讀下去。我贊成酈道元簡單同時李渤鄙陋。兩樹蒼松在月中好像認做蘇氏父子。

〔賞析〕

這是作者在九江湖口石鍾山寫的一首寫景詠懷詩。

上闋首先寫石鍾山湖心裏巨大聲響，原來是風石相激導致的。石頭本來無聲，是水衝擊岩石發出的聲響。夜深了，老鷹從岩石上飛起，這時人在休息，靜悄悄的。

下闋寫山崖間有一個斷裂的殘碑，想讀上面的文字卻因為山高陡峭，無法進行。多想想酈道元和李渤也是簡陋啊！在月中，還看見兩棵松樹，從遠處看，就像蘇軾父子兩人月下欣賞石鍾山的美景。

作者觸景生懷，懷想古人，嚮往蘇軾之情，活在當下，與自然之景融合，激動之情，溢於言表矣。

喜遷鶯・舟過馬當山下

〔原文〕

清江見石，倚沙痕十丈，濤頭千尺。鯨浪狂衝，蛟涎亂捲，

百鍊崖根鐵色。太行呂梁合險，說也教人頭白。行不得，快招手煙波，喚他估客。

帆直。風助力、瞥眼經過，回首全山黑。獻履題詩，當筵作序，此事羨渠何益。江神一言聽我，我是海東頭客。再休惜，再一帆相助，吹還鄉國。

〔注釋〕

1. 沙痕：沙上的痕跡。
2. 鯨浪：巨浪。
3. 太行呂梁合險：語出《馬當山銘》，寫出馬當山及其兇險。
4. 估客：行商。
5. 獻履：古人在冬至後有獻履祈求吉祥的傳統。

〔譯文〕

　　清澈的江水看得見石頭，留有很深的痕跡。浪頭有千尺之高。巨浪狂沖，似蛟龍翻騰。經過千錘百煉的考驗，崖根成了鐵色。馬當山極其凶險，讓人不寒而慄，這時候該說「快停下來，煙波」，讓它去經商。

　　船帆鼓直，借助風力；轉眼經過，回頭看整座山一片漆黑。我本想獻履，祈求吉祥，面對酒宴題詩作序。這件事羨慕它有什麼益處。江神聽我一言，我是海東頭客人。不要再休息，希望船快點，送我回家鄉。

〔賞析〕

　　這首詞是作者由湖湘回歸故鄉停留在馬當山（今彭澤縣東北 40里）而寫的觀後感。上闋寫馬當山的石頭、巨浪、兇險，運用比擬手法，快換取行商。下闋寫委婉的手法，我本想很快回家別無他趣，巧妙使用江神跟我的對話，體現了對我的理解與關心，這一手法是本詞的亮點。總之，詩人的歸然屹立、千錘百煉的沉著身影鐫刻在人們的心中。

憶眞妃・彭澤

〔原文〕

衝波軟笛響悠悠，水風柔。放下布帆幾葉、蕩中流。

鞋山杳，彭郎到，小孤浮。今夜西江月好、幾人愁。

〔注釋〕

1. 鞋山：位於江西九江市石鍾山南側。

2. 彭郎：指江西彭澤縣的澎浪磯。

3. 小孤：即小姑山，屹立在安徽宿松縣城東南 60 公里俄長江中。

〔譯文〕

軟笛奏出聲響衝擊著波浪，發出悠悠聲響，水面上的風聲輕柔。放下幾葉布帆在中流游蕩。

鞋山遙遠，澎浪磯馬上到，小孤山在即。今夜西江月眞好、幾人愁幾人歡樂。

〔賞析〕

這首詞繼續寫回鄉途中的見聞感受，作者來到了江西的彭澤，內有著名的景點——小姑山。上闋寫水面平靜而微風輕柔，波浪沖石發出溫柔的聲音就像笛聲悠揚的聲音。我放下船上的帆葉，在江上自由流淌，好不愜意。下闋繼續寫遊彭澤的感受：已到彭澤山，快到小姑山，鞋山還很遙遠。今夜江上月光眞好，但還是引起游子的愁思。

此詞很耐讀，描寫抒情手法運用恰到好處，眞是詞中的上品。

望遠行・采石

〔原文〕

巍然一畝，精鐵色、不遣濤頭沖去。夾岸成營，沿江設壘，多少南朝殘戍。爲問山靈，當日韓家擒虎，到此怎教橫渡。更一帆、吹送樓船難住。

何處。覓箇漁樵閒話，見來往、精靈無數。一片黃蘆，半輪西日，襯出歷陽煙樹。畢竟上流荊益，中原鳳泗，方算江東門戶。

者一拳能幾，幾曾堪據。

〔注釋〕

1. 山靈：山神。

2. 韓家擒虎：即韓擒虎，隋朝將領，以膽略著稱。

3. 一片黃蘆，半輪西日，襯出歷陽煙樹：這三句寫出夕陽西下的慘淡淒清的景象。

4. 鳳泗：指安徽。

〔譯文〕

巍然聳立一畝地，成鐵打狀，不讓濤頭衝擊。兩岸成營，沿江設立營壘，留下了多少南朝殘戍。詢問山神，當日韓擒虎到這怎麼樣橫渡？不是一帆吹送就是樓船難住。

不必讓漁翁樵夫來說過去的掌故逸事，只須眼前的事實就可說明。一片黃蘆，半輪西日，襯出歷陽煙樹，見證夕陽西下的慘淡淒清景象。畢竟上流荊益二州，中原的安徽，正算得上是江東門戶，這一彈丸之地值得佔據。

〔賞析〕

作者沿江繼續前行，來到了安徽的采石磯，這是長江最窄的地段，歷史上在此曾發生無數次重要戰役。上闋寫景物、寫人物，這是一個兵家必爭之地，但「一帆吹送，樓船難住。」下闋寫景色，突出了慘淡淒涼之景，最後寫了采石磯地理位置的重要性：它是向上聯繫荊州益州，向下聯繫安徽，真是江東門戶！

木蘭花慢 · 京口清明

〔原文〕

今朝風日媚，佳節好，怎耐在天涯。只無情無緒，閒吟閒詠，江草江花。停尊陡然興發，寫旗亭、破壁數行斜。柳外蕭郎白馬，門前謝女香車。

臨風不斷淚如麻，何物換年華。歎秋娘老去，青山依舊，望

眼空遮。平添異鄉煙景，問遊人、誰肯不思家。唱罷江樓囉嗊，來聽商婦琵琶。

〔注釋〕

1. 本詞寫於 1771 年清明節，作者人在京口，今江蘇鎮江。
2. 旗亭：酒樓。唐詩歷史上有「旗亭畫壁」的典故。
3. 柳外蕭郎白馬，門前謝女香車：化用了溫庭筠《贈知音》中的詩句。謝女：指謝道韞，指才女或者女郎。
4. 秋娘：指年老色衰的女子，唐朝杜牧有《杜秋娘》的詩。
5. 囉嗊：樂曲名，即《望夫歌》。
6. 商婦琵琶：運用白居易《琵琶行》的典故。

〔譯文〕

今日適逢佳節，陽光明媚，無奈在天涯。心緒不寧，只能吟詠江草江花。停下酒杯詩興大發，寫下無數的詩行。酒樓裏香車寶馬，才人出入，熱鬧非凡。面對此景，我不覺淚流滿面，年華易逝再也換不回它，自己悄然老去，面對異鄉煙景，青山依舊在，想起家鄉的一草一木，怎能不有故園之思？還是回到現實吧，我來聽聽《望夫歌》、琵琶曲吧。

〔賞析〕

23 歲的詩人在清明節時來到江蘇鎮江，面對美景、佳餚美酒，聆聽佳音的敘說，卻引起了對家鄉的無比思念。上闋寫詩人來到了鎮江，無心飲酒，只好寫詩，書寫內心的苦悶。下闋寫自己的愁怨。這首詞表達了詞人想排遣卻無法排遣的那種苦悶情懷。

念奴嬌·憶城東舊遊，寄稚存、維衍

〔原文〕

東城占院，記寒宵曾聚，詞壇數子。夾逕松楸，風獵獵，霜冷月華如水。破壁潛蹤，深林幽嘯，乍見疑山鬼。頹唐失路，釀成狂態如此。

屈指分手河梁，聯吟江滸，往事隨波駛。異地逢迎原不少，

無奈心情不是。便欲橫江，化爲孤鶴，飛透吳雲裏。開簾一笑，瞿曇今又歸矣。

〔注釋〕

1. 稚存、維衍：指作者的好友洪亮吉、左輔。

2. 乍：忽然；剛；恰好。

3. 頹唐失路：前者是萎靡不振的樣子；後者是不得志的樣子，語出《滕王閣序》。

4. 河梁：送別之地。

5. 江滸：江邊。

6. 逢迎：迎接；迎合。

7. 便欲橫江，化爲孤鶴：化用《後赤壁賦》的內容。

8. 瞿曇：梵語，佛。洪亮吉常呼余爲「黃面瞿曇」（病容）。

〔譯文〕

　　還記得在東城古院，志同道合的幾位文章好友於寒宵曾聚。兩旁松、楸樹林立，風生嗖嗖，霜冷月華如水。這裡破壁隱藏踪跡深林深遠長號，忽然懷疑這裡鬧山鬼。我人生不得志，釀成狂態如此。送別，還記得在江邊，隨著波光的行進，跟友人揮手而別。整個人世間對我很好，無奈我心情不佳。我要是像蘇軾一樣，寫作《後赤壁賦》，我像那位道士一樣，化作孤鶴，回歸故鄉，那多愜意啊！回到旅館，掀開簾幕一看：我又回來了！

〔賞析〕

　　這首詞是回憶在城東跟友人聚會時的情景，充滿著懷舊傷感之情。上闋先總寫過去聚會的情況，接著寫今晚的情況：風聲獵獵，月華如水，破壁深林，不見蹤影；萎靡不得志，喪魂落魄。下闋寫聚會的尾聲：展開想像，回歸故鄉。

　　此詞寫出了青年詩人的對友人的眞情以及對故鄉的懷念，同時又滲透進道教的理念──消極避世：這首詞值得一讀，對理解青年黃景仁的思想發展很有好處。

念奴嬌・京口重訪僧寺

〔原文〕

　　蒜峰西路，記昔年曾入，森陰古寺。連日石尤風作惡，天遣重尋舊地。笑問僧雛，那時一見，此景曾忘未。惹他沉想。依稀一半還記。

　　那日風起蘋洲，雨昏山閣，到此閒題字。語罷青瞳剛一轉，頓觸來年情事。几榻依然，往事閱盡，耐久禪家味。徘徊簷下，魂魂浮動江氣。

〔注釋〕

1. 京口：今江蘇鎮江市。
2. 蒜峰：即蒜山，或者算山，在今天江蘇鎮江市。
3. 石尤風：逆風。
4. 僧雛：年幼的和尚。
5. 蘋洲：張滿水草的沙地。
6. 青瞳：烏黑色的瞳仁。
7. 榻：長狹而低坐臥用具。
8. 禪家味：靜思的味道。

〔譯文〕

　　還記得過去曾經住過蒜山西路的陰森古寺。連日逆風作惡，冥冥之中重訪舊地。重逢一小和尚：這小孩，過去曾週到，問他現在還記得我？他答道：好像還記得一半。那日黃昏，風雨交加，我來到此廟，題字留念。不知恰巧，看到了以往留下的筆跡，那是熟悉的筆跡，更觸動了對她的懷念。我躺在榻中，回首往事，感受靜思的味道。我走出寺廟，徘徊在屋簷下，我的心靈與江氣一起浮動，往事不能回憶啊？！

〔賞析〕

　　這是一首重訪古寺的詞。上闋寫舊地重遊，下闋繼續回憶往事，珍惜當下啊！撫今思昔，令人不忍。行文結構巧妙。上闋使用對話描寫，用語詼諧；下闋細節描寫，讓人難忘。

賀新郎・太白墓，和稚存韻

〔原文〕

何事催人老。是幾處、殘山剩水，閒憑閒弔。此是青蓮埋骨地，宅近謝家之朓。總一樣、文人宿草。只爲先生名在上，問青天、有句何能好？打一幅，思君稿。

夢中昨夜逢君笑。把千年、蓬萊清淺，舊遊相告。更問後來誰似我。我道才如君少。有或是、寒郊瘦島。語罷看君長揖去，頓身輕、一葉如飛鳥。殘夢醒，雞鳴了。

〔注釋〕

1. 這首詞作於 1771 年，作者與洪亮吉遊安徽當塗的采石、青山而作。
2. 青蓮居士：是李白的號。
3. 宅近謝家之朓：化用李白的《題東溪公幽居》：宅近青山同謝朓，門垂碧柳似陶潛。
4. 宿草：墓地。文人宿草：同成古人。
5. 只爲先生名在上，問青天、有句何能好？：化用李白詩句：眼前有景道不得，崔顥題詩在上頭。
6. 蓬萊清淺：形容實事變化大。
7. 更問：再問道。
8. 寒郊瘦島：出自蘇軾《寄柳子玉文》的詩句：元輕白俗，郊寒島瘦，嚓然一吟，眾作卑陋。唐代詩人孟郊、賈島並稱，二人爲詩清峭瘦硬，好做苦語。

〔譯文〕

什麼事催人老？這幾處殘山剩水。這是李白埋骨的地方，它靠近謝朓的舊宅。李白和謝朓總一樣同成古人。眼前有景道不得，崔顥題詩在上頭，不得不令人仰慕。

夢中昨夜遇到你眞開心，把千年的世事變化交往的人告訴你。你再問後來誰似我？我道我的才能比不上你，有人說寒郊瘦島。語罷你長施禮節而去，頓身輕如飛鳥一般。殘夢醒，雞鳴了。

〔賞析〕

此詞是詩人黃景仁憑弔李白的著名篇章，在風格上，跟宋代的蘇辛相近。上闋寫來到李白的墓地，靠近謝朓之墓，對李白的無比仰慕。下闋通過其思遐想，形於夢寐，與太白對話，暢談心得：太白之後，罕有其才，上天下地，灑落飛動，真是一首絕妙好詞，表現出黃景仁胸懷開朗，辯才無礙，俯仰千秋，一往情深，使後來讀者，感到耳目一新。我要是能寫出如此精妙的文章，多好啊！

點絳唇

〔原文〕

細草空林，絲絲冷雨攙風片。瘦小孤魂，伴箇人兒便。

寂寞泉臺，今夜呼君遍。朦朧見，鬼燈一線，露出桃花面。

〔注釋〕

1. 鬼燈：鬼火，磷火。
2. 桃花面：美女容貌。語出韋莊的《女冠子·昨夜夜半》中：語多時，依舊桃花面，頻低柳葉眉。

〔譯文〕

細草空林，絲絲冷雨攙雜著風。瘦小孤魂，要是有人相伴多好。

你在寂寞的墓穴，今夜數遍呼喚你。朦朧之中，我看見一線鬼火，露出你小美女之貌。

〔賞析〕

這是一首催人淚下的作品，也許是對亡女的悼念。亡女的孤單寂寞，詩人的落寞傷心，──無心情讀下去了，只有一個字：痛。早晨剛剛讀到國防大學徐如燕老師的事蹟感人至深，年齡 40 歲卻未婚，把生命交與事業和國家，可歌可泣。

今天注定是一個不如意的心情苦悶的一天，想起了奮鬥一生，還有坎坷一生，值得書寫的一生！

醉落魄 · 當塗客舍醉中感懷

〔原文〕

　　臨風痛酌。人生果信當行樂。幾曾泉下人重作。對面青山，葬老青蓮魄。

　　枉自咿唔嗟仰屋。六州鐵鑄從前錯。畢竟韶華難再續。笑問流光，可許千杯贖。

〔注釋〕

1. 泉下人：去世之人。泉：指九泉。
2. 青蓮魄：李白葬於青山。
3. 伊吾：象聲詞，讀書聲。
4. 仰屋：形容無計可施。
5. 六州鐵：鑄成大錯，典故出自《資治通鑒 · 唐昭宣帝天祐三年》。

〔譯文〕

　　臨風痛飲。人生大多相信及時行樂。能有幾個去世之人作詩。對面青山，葬著詩仙。

　　唉，讀書無計可施，回憶過去蹉跎歲月。畢竟美好的年華難再續。笑著問時光，能否用千杯來贖回嗎？

〔賞析〕

　　此詞是作者在安徽當塗客舍中醉後的感懷。上闋寫人當及時行樂，一旦人結束生命，就會一了百了。下闋寫回憶往事，可是美好的年華難以為續。我笑問時光，時光可用美酒來贖？

　　人生短暫，我輩當砥礪前行，不虛此生。

青玉案

〔原文〕

　　春光漸到梅根冶，傷離莫謀懂且。無奈柔腸愁易惹，誰家歌管，此間亭榭，少箇憑闌者。

　　綺窗密語誰同寫。待寄蠻箋淚盈把。報道綠梅將放也，一年

又盡，少年幾日，告箇尋花假。

〔注釋〕

1. 梅根冶：地名，在今天的安徽貴池東北。

2. 蠻箋：唐時高麗紙的別稱。

3. 尋花假：請假來探訪梅花吧。

〔譯文〕

春光漸到梅根冶，時刻傷離沒有歡樂。可惱的是，誰家歌唱，都易惹起我的愁恨。這裏亭臺樓樹，缺少個憑闌者。那就寫信吧，但無法寫下去，淚水已經打濕了信紙。你還是趁著這個美好的時光，尋個假到我這邊來吧，咱們一起欣賞那即將開放的梅花吧。

〔賞析〕

此詞作者抒發的是跟情人的離愁別恨，寫得委婉細緻，道盡了心中的無限遺憾，恨聚時少而離別時間長。上闋寫遠方的心上人懷念，從反面來寫，道盡相思之情。下闋繼續寫思念之情，這情感如何表達呢？咱們一起欣賞那個梅花吧。戛然而止，給讀者留下無限的想像空間。

西河・江上聞笛

〔原文〕

遙隔浦，聲聲似泣如訴。知伊不過背鄉關，怨何爾許。茫茫一片水煙中，聽來誰不悽楚？

既非是，亡國女，家山重疊無主。又非萬里玉門關，送人遠戍。只將花月好春江，吹他落梅如雨。

少焉我亦欲起舞。漸鄰舟、嘖嘖嗟苦。若再橫吹將去。怕波心、不有蛟龍取，到曉尋聲知何處？

〔注釋〕

1. 爾許：如此。

2. 重迭：指國家政權更迭。

3. 落梅：《梅花落》，古笛曲名。

4. 玉門關：今甘肅敦煌西北。

5. 嗟苦：嗟歎勞苦，出自《史記·屈原賈生列傳》。

6. 橫吹：即橫吹曲的省略。

〔譯文〕

　　隔浦遙望，聲聲似泣如訴。知道你不過背離家鄉，為何如此怨恨？在茫茫一片水煙中，讓誰聽來誰不傷心？

　　你既不是山河淪陷國家無君主的亡國女；又不是遠到萬里之外送人戍守玉門關的征人。只吹奏《春江花月夜》，吹他《梅花落》落梅如雨。

　　不一會兒我要起舞，鄰舟漸漸發出讚歎勞苦之聲。若再吹《橫吹曲》，就會驚擾蛟龍爺到曉尋找波心，那怎麼辦呢？

〔賞析〕

　　這首詞是黃景仁寫笛聲的所感，也是黃詞中少有的寫音樂的作品。

　　第一節寫詞人在一片水煙中聽到如泣如訴的笛聲。

　　第二節寫這笛聲既不是亡國之音，也不是思念征人詩，而是在這美好的夜晚所吹的《梅花落》。

　　第三節寫這笛聲對我與鄰居的影響；如果再吹下去，就會驚擾蛟龍爺了。

　　藝術的魅力在於愉悅人的身心，給人以審美感。吹笛人能達到如此高的演技水平，完全得力於孜孜不倦的努力。所謂「藝高人膽大」，藝高就來自於實力。昨日讀汪丁丁的文章，思想睿智深刻，直接影響著我治學；我願通過努力，在學問上也能達到出神入化的境界。

太常引·空館

〔原文〕

　　屋多人少夢難成。落葉響縱橫。冷雨太無情。又灑過、三聲兩聲。

　　人言此地，更深漏永，常見走英靈。小語在空亭。悄立到、窗兒外聽。

〔注釋〕

1. 縱橫：交錯的樣子。

2. 更深漏永：指夜深了，刻漏為報更用的。

3. 英靈：受崇敬的人去世後的靈魂。

4. 小語：細語。

〔譯文〕

　　我居住在屋多的地方太孤獨，外面落葉颯颯，冷雨無情，不時落下。

　　人言此地夜深了，常常看見尊敬的前輩英靈，他們在小亭上細語。我悄悄站立到窗兒外聽他們談話的內容。

〔賞析〕

　　這首詞是黃景仁獨坐空館，引發無限愁緒，寫出了複雜難言的情緒。

　　此詞的上闋寫室內外的環境：室內孤獨一人，室外落葉、冷雨。

　　下闋寫夜深了，常見「走英靈」，他們在空曠的小亭上細語。我悄悄到窗邊聆聽他們的談話的內容。這一大膽的想像寫出了我真孤獨，無法消除內心的恐懼之情。

訴衷情

〔原文〕

　　萋萋芳若滿平洲。雙槳去悠悠。一片落紅漂到，江水不勝柔。

　　煙樹外，望歸舟。識歸舟眼中明月，圓在揚州，缺到西州。

〔注釋〕

1. 芳若：芳草。語出屈原《九歌・湘君》「採芳洲兮杜若，將以遺兮下女」。

2. 西州：這裡指揚州。

〔譯文〕

　　芳草茂盛滿平洲，雙槳蕩悠悠。一片落花漂到水面，江水不盡柔美。

　　人站在煙樹外，眺望回歸的船。這時，歸船出現了，擡頭望天空中一輪明月。圓在揚州，缺到揚州。

〔賞析〕

　　這是一首懷念友人的詞，想必是紅顏知己。上闋寫送別時的情景：先描繪環境，芳草滿洲，接著寫送別的場面：落紅滿江，江水溫柔。下闋寫懷念的情景：通過明月寄託相思，巧妙地點出那位知己就在揚州。揚州是一座「月亮城」：天下三分明月夜，二分無賴是揚州。一如詩人其他的詞，這首詞畫面格外引人關注：有芳草，有落紅，有歸舟，更有明月，給人以審美享受。

賣花聲 · 立春

〔原文〕

　　獨飲對辛盤，愁上眉彎。樓窗今夜且休關。前度落紅流到海，燕子銜還。書貼更簪歡，舊例都刪。到時風雪滿千山。年去年來常不老，春比人頑。

〔注釋〕

1. 辛盤：元日時以蔥、蒜、韭、蓼蒿、芥雜和的食品，取迎新的意思。典故出自《太平御覽》。
2. 書貼：立春日，悉剪綵為燕以戴之。
3. 簪歡：立春日簪幡勝為歡。古時立春日，人們剪綵為小幡或勝（一種婦女的頭飾），插在頭上。典故出自《荊楚歲時記》和《東京夢華錄》。
4. 舊例：按照舊例。

〔譯文〕

　　我面對各種食品，獨自飲酒，充滿愁怨。今夜樓上的窗戶不要關

上。前些日子，落花漂流到海上，還是燕子銜回的。你戴的是彩燕還有頭飾，這種裝飾要改變，如果雪滿千山時（不能適應）。今年的我還似去年，但春天比人還要頑皮（春天不似去年）。

〔賞析〕

這是一首詩人在乾隆 37 年（1772 年）立春時寫的傷感之作，作者 23 歲。立春，農曆 24 節氣之一。本是高興的日子，可是，作者的內心卻絕望至極，恨光陰年年如是。獨自飲酒，表現出內心的憂愁。獨站樓窗前，彷彿看到前些時候的落花又被燕子銜回，反映出作者內心深處有說不出的無奈，揮之不去的愁緒。對於「書貼」「簪歡」這些習俗，作者已然了無興趣，而想到的只是千山的風雪。結尾處，作者情緒達到極點，不說人漸老，而反說春「常不老」，以一句「春比人頑」作結，修辭上運用比、反襯手法，詩人以一顆敏感之心，感受自然的變化，感受春天之美。

詩人擁有一顆詩心，這是一顆純真之心，它不含一點雜質，對自然變化的關心，更有對友人生活的關心，初具悲天憫人之情懷。

賀新郎 · 辛卯除夕，呈朱筍河先生

〔原文〕

一歲過將盡。受幾處、飆衝浪打，羹殘炙冷。磨滅三河年少氣，獵獵敝裘風緊。到此地、萍蹤方穩。廿載識韓今已遂，把今年、除了心還肯。此間樂，忘鄉井。

後堂絲竹喧闐甚。轉眼處、陽春已到，拌將痛飲。但使年年常此夜，那用撥灰書悶。絕不似、亂山孤枕。畢竟難忘惟結習，繫殘宵、還把長纓請。倘為我，須臾等。

〔注釋〕

1. 辛卯：公元 1771 年，作者時年 22 歲。
2. 朱筍河先生：即朱筠，他是甲戌年進士，官至侍講學士。當時黃景仁正當任他的幕僚。

3. 飆：暴風。

4. 羹殘炙冷：指吃剩的飯菜。出自杜甫的《奉贈韋左丞丈二十二韻》。

5. 三河：指安徽合肥。

6. 獵獵：風聲。

7. 識韓：對初次見面的敬辭。

8. 喧闐：聲音大。

9. 撥灰書悶：解讀書的苦悶，語出唐代詩人來鵠《鄂渚除夕書懷》。

10. 結習：佛教指煩惱，這裡指積久難除的習慣。

11. 長纓：指達官貴人。

〔譯文〕

　　一年將盡，我常受風吹浪打，常吃剩的飯菜。朱筠年少氣盛，卻常受風吹皮衣的考驗。我到此地才站穩腳跟，離初次見面已經20年，心甘情願居住在這。還是此間樂，使我忘記了家鄉。後堂音樂聲鼎沸。不知不覺陽春已到，我願意痛飲。但使年年都像此夜一樣，暫解讀書的苦悶。我絕不像亂山孤客。到底只有積久難除的習慣最難忘，是殘宵還把達官貴人請。倘使為我，還須等會兒。

〔賞析〕

　　這首詞作者寫於安徽合肥，此刻他擔任朱筠的幕僚，在大年三十夜酒後寫的。上闋回顧了一年的經歷，包含酸甜苦辣之情：有不公正的待遇，也有遇到知音之後的愉悅。下闋寫了對未來的想像：也會遇到困難挫折，但志向不泯。借用普希金的一句話：相信吧，快樂的日子即將來臨！

秋霽 · 立春後一日有感

〔原文〕

　　昨夜春來，正漠漠寒原，新意將滿。樹欲無聲，山如凝思，一線逗來平遠。風情都軟。玉簫吹得簾櫳煖。更窅窅捲作，幾絲微雨隔池晚。

屆指往日，試歲筵前，幾人同將，紅燭彈短。怕愁來、花關快掩。百般開落誰重管。一冊南華開更卷。此日猛省，任拋萬丈游絲，可能將我，舊情牽轉。

〔注釋〕

1. 此詞寫於 1772 年正月初二，立春爲正月初一。
2. 漠漠：緊密分佈或大面積分佈的樣子。
3. 逗來：引來。
4. 櫳：窗，借指房舍。
5. 宵宵：趙本作「午睡」，遙遠的樣子。
6. 南華：即《南華眞經》:《莊子》〔唐〕賈島《病起》:燈下南華卷，袪愁當酒盅。

〔譯文〕

昨日立春，寒原上將布滿新意。樹欲無聲，山如凝思，遠望去成一線，風采才情都溫柔。玉簫吹得房舍暖，遠遠地卷作，幾絲微雨。回想過去試問在歲筵前，幾人將紅燭芯彈短。擔心愁來花不開放，花開落誰卻不再管。一冊《莊子》打開又卷上，這天突然明白，任拋萬丈戶煙，可能將我，舊情牽轉。

〔賞析〕

新年來到，詩人本應該有輕鬆的心情，但無法輕鬆，有的只是矛盾複雜的情緒：上闋才有的歡快情緒轉眼變成沉重，下闋一方面擔心花不開放，另一方面卻又花開落了怎麼辦？看《莊子》打開又合上，專注不上。

這是一首代表黃景仁典型風格的一首詞，眞有種「欲說還休，卻道天涼好個秋」的味道。上闋寫景，很有特色：第一句寫景突出兩個字：新意，這個詞貫穿全詞；接著寫室外的景象，重點寫樹、山；接著寫室內的特點：歌聲融融，簫聲吹得人心情舒暢；最後寫室外的景象：微雨落在門外的小池內，更像滴在人的心裏。下闋敘事抒情，首先回顧了過去的今日怎樣度過的呢？飲酒作樂，虛度時光。但今日不

一樣，擔心憂愁來侵擾，那趕快關上花園之門，任憑花開花落，免得再次觸動我的思緒。接著，作者決定：還是打開《莊子》，一下子明白了：喜怒哀樂皆可拋卻，人要有追求，必須拋卻一切雜念。

　　詩人都是敏感的、細膩的，他有一顆常人可感但不可道出的心，這使得有些具有情懷的詩人的詩境界無比深遠。

〔附注〕

　　　《莊子》的價值：莊子最早提出「內聖外王思想」對儒家影響深遠；莊子洞悉易理，深刻指出「《易》以道陰陽」；莊子「三籟」思想與《易經》三才之道相合。《莊子·山木》篇最早提出了「天與人一也」之天人合一命題。《莊子》為中華民族源頭性經典，它不僅是道德跟文化的重要載體，而且是古代聖哲修身明德、體道悟道、天人合一後的智慧結晶。莊子等道家思想是歷史上除了儒學外唯一被定為官學與道舉的學說。文學、哲學上的影響，無復贅言，就是在科學上有巨大的作用：日本第一位獲得諾貝爾物理獎的科學家湯川秀樹，是這樣回憶他的讀書經歷：在 13、14 歲時，我在父親的藏書室裏找到老子和莊子關於道家的書，而且他們關於自然和人生的哲學給我留下了深刻的印象，這種哲學差不多和古希臘的哲學一樣古老，直接影響他他發現芥子的理論。

豐樂樓·聞龔梓樹攜室之河南，詞以寄意

〔原文〕

　　故人巨卿頓首，少卿無恙也。記一揖、西蠡河頭，紅燈綠酒相迓。待黿晝、雪消時候，六旬老母登堂拜。更多少、少年情性，酒酣叱咤。

　　座有琅琊，老子矍鑠，黃皮縛袴。覓暇日、謀歡劇飲，捲簾山色如畫。畏花驚、輕敲檀板，聽曲誤，潛書羅帕。霎時間、劃夢西風，半空吹下。

　　我因向楚，君贅歸秦，六年離別話。聞君又別京華，辭舊侶、

挈著數口，飄零走、成皐野。少室峰高，陸渾山紫，黃雲亂草多今古，更天際、一線黃河掛。洛陽似錦，料知到日看花，衣上塵土堪卸。

君今得所，僕亦還鄉，奈離愁、結綺難寫。是幾處、酒場吟地，月榭風亭，似夢如塵，經過便怕。當年落魄，頭蒙敗絮，身被短褐，非足下、綈袍戀戀何人者。伏惟善保千金，有日相逢袖重把。

〔注釋〕

1. 龔梓樹：即龔怡，作者早年讀書的同學，後來成為朱筠的女婿，不幸他 27 歲左右就去世。
2. 頓首：即磕頭，表示致敬之意。
3. 蠡河：是太湖深入無錫的內湖，位於江南名城西南郊，離市中心約 10 公里.形如葫蘆狀。
4. 相迂：相迎。
5. 卷畫：指自然景物的絢麗多姿。
6. 叱咤：怒喝。
7. 矍鑠：形容老年人精神健旺的樣子。
8. 縛袴：一身戎裝。
9. 剗夢：去除夢想。
10. 京華：京城。
11. 成皐：在今榮陽市汜水鎮西北有成皐故城。
12. 少室峰：河南的嵩山峰之一。
13. 陸渾山：山名，在河南洛陽。
14. 結綺：語出《桃花扇》，原句是「笑臨春結綺」，指荒淫無恥的生活。
15. 敗絮：穿破舊的衣服.指落魄的處境。
16. 短褐：指粗布短衣。
17. 綈袍：語出戰國時范睢的典故，指眷戀故舊。白居易有詩：賓客不見綈袍惠。
18. 千金：指貴重。

〔譯文〕

　　龔怡老友，一向可好？記得初識您在蠡河西頭，你用美酒佳肴招待我。等到美景如畫，雪消的時候，我登堂拜過你六旬的老母。那時候，我們風華正茂，少年意氣，率眞自然。

　　今天參加宴會的有德高望重的長者，（令尊）精神矍鑠，一身戎裝。（我）尋找了一個假日，跟您謀求歡樂，開懷暢飲。（這時）捲起簾幕，外面山色如畫。我擔心將花朵驚嚇，輕敲檀板。如果聽曲有誤的話，就暗暗寫在羅帕上。很快，在西風中我們即將分手，想到此，我心灰意冷。

　　我向南方，你入贅回秦，六年時光過去了。聽說你離開京城，辭別舊友，帶著家人，流落到成皋之野。少室峰高峻，陸渾山變紫，歷史滄桑巨變，但黃河仍奔流不息。洛陽如花似錦，到時去看花，輕鬆一下，抖落身上塵土。

　　您找到家，我也還鄉，難寫的是離愁及奢侈的生活，這幾處地方（酒場吟地、月榭風亭）不宜久居，記得當年我落魄，頭戴破帽，身穿粗布短衣，是您當年念故舊，結交於我。祝您保重身體，到時我們再相聚。

〔賞析〕

　　這是詞人懷念友人龔怡的佳作，寫得情眞意切，感人肺腑。第一段文字回憶兩人相逢時的場景：外面美景如畫，我拜見了你母親，酒席上盡顯少年情態。第二段文字緊接第一段文字，續寫二人的交往：飲酒、賞花、聽曲，相聚時充滿無限的快樂，但時間總是無情，不久後，我們就要分手了。第三段文字寫兩人分手的情況：六年後，我來到了湖北，您來到了四川；後來了，你來到了河南，〔龔怡攜全家遷往河南〕，您飽覽了河南的歷史風貌與自然風光後，來到了洛陽，看花後，把身上的塵土卸去。第四節再回到過去，寫兩人的落魄知交，而現在我嘗盡了人間的酸甜苦辣，風月場上，不堪回首。期待著，您保重身體，下次見面時，我倆要好好擁抱一下。

龔怡年輕氣盛，才華橫溢，擔任布政司負責人，但年紀輕輕就撒手人間，令人扼腕。黃景仁是幸運的，讀書時遇到了龔怡兄弟倆，走向社會時，遇到至死的知交洪亮吉，還有清代著名學者朱筠，所以中國古語說得好：要想走路走得遠，得大家一起走。很有說服力！

蘇幕遮

〔原文〕

雪初晴，簾正卷。未試春燈，先把春衣澣。第一番風須放軟，怯怯春魂，萬一驚他轉。

飲厭厭，歌緩緩。猛地思量，春近家鄉遠。細粟柳芽枝上滿，待爾抽長，把我離愁綰。

〔注釋〕

1. 春燈、春衣澣：農村正月的習俗。春燈指元宵節鬧花燈；春衣澣指初一到月底洗衣服，洗去晦氣之意。
2. 第一番風：指梅花風。她居 24 番花信風之首。
3. 怯怯：虛弱的樣子。
4. 飲厭厭：飯吃不下的樣子。
5. 歌緩緩：語出蘇軾《陌上花》：遊女長歌緩緩歸。
6. 最後一句：化用自劉禹錫《楊柳枝》：長安陌上無窮樹，唯有垂楊綰別難。

〔譯文〕

雪後初晴，正捲起簾幕。未曾試試春燈，先把春衣洗。梅花風須放軟，虛弱的春魂，萬一驚他轉。

不思飯食，歌聲緩緩。突然想起，春近家鄉遠。含苞柳芽枝上滿，待你抽長了，把我離愁繫結起來。

〔賞析〕

這是一首黃景仁遠在他鄉、觸景生情，作為遊子身份寫的一首

詞，寫得很有情趣。上闋寫雪後放晴，卷上簾幕後的所見所感：時節還沒到元宵，希望梅花風來得緩一些，不要驚擾春天。下闋繼續寫詩人的心緒：我不思飲酒，不想引吭高歌，心情糟透了。我遠在他鄉，此刻更加思念家人：老母和妻子兒女。我擁有無窮的憂愁，還是等到柳樹長長了，把我的離愁縐起來。黃景仁在前人的基礎上，進行了創新，讓我們感受到詩人的與眾不同的詩情。

與一流詩人的交流、溝通，他會跨越時空，讓你領略到無窮的美。無論何時何地，擁有一顆詩心、童心，會讓你覺得這世界會無限美好。我至今難忘一首詩：

　　我希望
　　每一個時刻
　　都像彩色蠟筆那樣美麗
　　我希望
　　能在心愛的白紙上畫畫
　　畫出笨拙的自由
　　畫下一個永遠不會
　　流淚的眼睛。

沁園春 · 壬辰生日自壽，時年 24

〔原文〕

　　蒼蒼者天，生我何為？令人慨慷。歎其年難及，丁時已過，一寒至此，辛味都嘗。似水才名，如煙好夢，斷盡黃齏苦筍腸。臨風歎，只六旬老母，苦節宜償。

　　男兒墮地堪傷，怪二十、何來鏡裏霜？況笑人寂寂，鄧曾拜袞，所居赫赫，周已稱郎。壽豈人爭，才非爾福，天意兼之忌酒狂。當杯想，想五湖三畝，是我行藏。

〔注釋〕

1. 其年難及，丁時已過：指時光轉瞬即逝、難以追及。丁：明清男

子16歲。

2. 一寒至此，辛味都嘗：指嘗盡了人世的辛酸悲苦。「一寒至此」出自《史記·范睢列傳》。

3. 黃齏苦筍：指家庭貧困、生活艱辛。黃齏：指醃製的鹹菜；苦筍：指苦竹筍。

4. 墮地：出生。

5. 鏡裏霜：指白髮，語出李白《靜夜思》。

6. 笑人寂寂：指人志向難伸。

7. 鄧曾拜袞：指東漢的鄧禹24歲時已封侯。

8. 周已稱郎：指周瑜24歲時已封建威中郎將，時人稱他為周郎。

9. 酒狂：飲酒使氣態。

10. 行藏：出處或行止，語出《論語》：用之則行，舍之則藏。

〔譯文〕

老天爺你為什麼生我呢？令人情緒激昂。時光轉瞬即逝、難以追及，我嘗盡了人世的辛酸悲苦。才名似水，好夢如煙，人生飽受艱辛。臨風歎，只有六旬老母，苦節應報答。

男兒從出生就獨自傷心，二十來歲白髮滿頭就不怪？況志向已伸，鄧禹封侯，所居顯赫，周瑜稱郎。壽命不是人爭，才華不是你的福分，天意兼之忌飲酒使氣。當杯想，想五湖三畝，是我的行止。

〔賞析〕

這是黃景仁24歲寫得一首自壽詞，抒發內心的苦悶和和對歷史上一些建功立業的人士的嚮往之情以及回歸田園的夢想。

上闋寫了生活的貧苦潦倒以及現實的無情：似水才名，如煙好夢，斷盡黃齏苦筍腸。作者空有才華但無法施展抱負，最後只落在普通的日常生活之中。更可歎的是家中還有老母需要贍養。

下闋寫我的追求以及現實的無奈：我已經有白髮了，但人生一事無成。我多麼渴望在這個年齡裏建立鄧禹、周瑜一樣的功名，可是除了仰慕，別無他法。也許，天意如此，不管您有才或者壽命，但又不能飲酒使氣。既然現實這樣，我還是端起酒杯，回歸田園，那裡是我的歸宿。

掩卷遐思：我們出現了一位直指上天不公的強者形象，「蒼蒼者天，生我何為？」老天爺您為什麼生我呢？「男兒墮地堪傷，」是男子漢就應該奮發有為！抗拒命運不公，積極進取的男子漢，值得後人推崇的。

通觀全文，我感受到作者強烈的懺悔意識：懺悔沒有將家庭搞好，還這麼貧困；懺悔自己功名無成，至今還寄人籬下；懺悔自己青年才俊，滿腹經綸，卻沉湎於酒辜負了青春韶華。我輩在 24 歲時能有這種意識就好了！

為什麼到了生活貧困時才有內省的意識？為什麼到了有了白髮才會珍惜年華？人怎麼到了山窮水盡時才會絕地反擊呢？我輩當更加自強，才是最根本的。首先要自信，自信顯然來自於自強不息的精神。唐人李咸用的《送人》一詩說得好：「眼前多少難甘事，自古男兒當自強。」孟子則從反面強調：「自棄者，不可與有為也。」無論是個人還是民族，有自信才能自強，自強才能自立，自立才能贏得尊重與榮譽，對於事業如此。

瑞龍吟 · 人日登高寄左二仲甫

〔原文〕

扶頭醉。門外似水香車，將愁碾碎。可憐短短春衫，禁他幾度，酒痕全漬。

今朝事。換取細馬登山，作安仁記。還向極浦重尋，去年灑淚，傷春舊地。

一歲登高幾次。今朝合了，重陽為二。秋盡何似春初，兩般滋味。春將愁到，甚處可回避。淒涼極、雁後難歸，花前有思。況楚天迢遞，故人誰把、草堂詩寄。倩驛邊歸使，正□寄了梅花，當平安字。只愁到日，再無來騎。

〔注釋〕

1. 人日：指農曆正月初七日。

2. 左二仲甫：指左輔。

3. 安仁：安心於實行仁道。語出《論語・里仁》：仁者安仁，知者利仁。

4. 極浦：極深遠的地方。

5. 迢遞：遙遠的樣子。

6. 草堂：指杜甫草堂。

7. 倩驛邊歸使，正寄了梅花，當平安字：運用了南朝陸曄的典故。

〔譯文〕

　　飲酒易醉。門外寶馬香車，將愁碾碎。可憐短短春衫，禁他幾度，酒痕全漬。

　　今朝事。乘細馬登山，心情舒暢，向更深處探尋，去年灑淚，舊地傷春。

　　一歲登高有幾次，今朝一次，重陽為二。秋盡何似春初，兩般滋味。春將愁到，無處可迴避。淒涼極、雁後難歸，花前有思。況且楚天遙遠，故人誰把、草堂詩寄。請驛邊歸使，寄了梅花，報平安二字。只愁到日，再無驛使來傳遞。

〔賞析〕

　　這首詞詩人在農曆正月初七日寫的，登高懷人思念他的好友——左輔。第一節寫現在寫愁，不僅是深愁，而是刻骨銘心的，形成對照的是門外寶馬香車，川流不息；作者是醉——愁——酒，將讀者帶進充滿愁情的世界。第二節則寫詩人乘細馬登山，心情舒暢，向更深處探尋，不知不覺來到去年春天兩人一起登山處：遺跡尚存，但人卻不在。第三節作者評論：一年有兩次登山，春天一次，重陽節第二次，但秋天登山怎麼能跟春天登山相比呢？這是完全不同的滋味。春天將愁帶到這世界，無處可迴避，真是淒涼透頂，正如「雁後難歸，花前有思」。你離我相隔太遠，我無法傳遞詩書給你，只有請驛使將這首詞傳遞給你，敘述我的現狀，表達我的情懷。我擔心的是：我對你的思念到來之時，卻無法將這情懷傳遞過去。

這首詞最大的特色就是對比手法，將今昔對比，春秋登高進行對比，詩人對友情的尊重溢於言表。古人將朋友之情列於五倫之一，可見朋友情在一個人事業發展史上的地位。偉大的詩人就是將眞情表達出來，毫無嬌柔造作之感，一切都順乎自然。

金縷曲·觀劇，時演《林沖夜奔》

〔原文〕

　　姑妄言之矣。又何論、衣冠優孟，子虛亡是。雪夜竄身荊棘裏，誰問頭顱豹子。也曾望、封侯萬里。不到傷心無淚灑，灑平皋、那肯因妻子？惹我髮，衝冠起。

　　飛揚跋扈何能爾。只年時、逢場心性，幾番不似。多少纏綿兒女恨，廿以年前如此。今有恨、英雄而已。話到從頭恩怨處，待相持、一慟緣伊死。堪笑否，戲之耳！

〔注釋〕

1. 姑妄言之：姑且隨便說說，未必一定有道理或可信。語出《莊子·齊物論》。

2. 衣冠優孟：登臺演戲，語出《史記·滑稽列傳》。

3. 子虛亡是：指虛構，語出司馬相如《子虛賦》。

4. 雪夜竄身荊棘裏，誰問頭顱豹子：指林沖雪夜上梁山，出自《水滸》第 10 和 11 回。竄：逃匿。頭顱豹子：豹子頭是林沖的綽號。

5. 不到傷心無淚灑：出自李開先的《寶劍記》，原句是：男兒有淚不輕彈，只因未到傷心時。

6. 惹我髮，衝冠起：形容極度憤怒，出自《史記·廉藺列傳》。

7. 飛揚跋扈：原意是放蕩高傲，不受約束。語出〔唐〕杜甫《贈李白》：「痛飲狂歌空度日，飛揚跋扈爲誰雄？」飛揚：放縱。跋扈：強橫。

8. 一慟緣伊死：因爲你死而哭。

〔譯文〕

　　我只是隨便說說。這是演戲，這是虛構的內容。雪夜竄身荊棘裏，

誰問豹子頭。林沖也曾想封侯萬里。但遭遇逆賊迫害，妻子被迫自殺，真是不到傷心不掉淚，惹得林沖怒髮衝冠！

想我當年，放蕩高傲，不受約束，不也如此？二十幾年前也留下了兒女情長的故事。今有恨、英雄而已。想當初，應該在事發時，一哭了斷，英雄豈能兒女情長？當然，這是僅僅演戲罷了。

〔賞析〕

此詞是詩人黃景仁觀京劇《林沖夜奔》的觀後感，感慨於英雄也有兒女情長。上闋敘事，寫林沖當初也有報國之志，但情節發展曲折，當然這是虛構的內容。下闋是作者的評論：想當初，應該在事發時，一哭了斷，英雄豈能兒女情長？當然，這是僅僅演戲罷了。

英雄是不拘小節的，因為他們是要幹大事的。曾幾何時，我斤斤計較於個人的蠅頭苟利，而忘記了人生的大事；導致人生的處境節節敗退。當然，一切的努力現在都還來得及。我們應該鄙棄名利，藐視撥弄功名富貴，在有限的人生裏，來繪就足以不朽的篇章。

金縷曲 · 岳墳，和韻

〔原文〕

　　一吼燕雲裂。猛回頭、黑罡風起。大旗吹折。萬里長城憑汝壞，可念兩宮頭白。把錦樣、中原輕擲。三字獄成和議定，又墳前、閒過騎驢客。黃龍恨，不堪說。陰森宰樹松邪柏。覓多時、枝枝南向，一枝無北。眼見玉津歌吹地，露冷音塵都歇。此處有、豐碑矗矗。地下定逢于少保，話南朝、天子生還得。千年血，土花碧。

〔注釋〕

1. 本詞寫於乾隆 38 年癸巳（1773 年），作者時年 24 歲，作者由新安江東下至杭州，遍遊杭州諸勝。

2. 燕云：指華北地區，古指燕州、雲州。語出〔南宋〕汪元量《潮州歌》。

3. 罡風：高空的風，語出〔南宋〕劉克莊《夢館宿》。

4. 萬里長城三句：南宋王朝偏安一隅，將中原大地家園拱手讓給金人。

5. 兩宮頭白：愁壞宮中之人。

6. 三字獄：指岳飛所蒙受的冤獄：莫須有的罪名。

7. 騎驢客：原指苦吟詩人賈島，這裡指詞人自己。

8. 黃龍：指今吉林農安。

9. 宰樹：墳墓上的樹。

10. 玉津歌：璧玉津地區的歌聲。

11. 豐碑矗矗：紀錄功德的高大石碑。

12. 于少保：指明朝民族英雄于謙，明朝挽救時代命運的宰相。

13. 土花：苔蘚。

〔譯文〕

　　一吼華北地區裂開。猛回頭、黑色的高空風捲起。大旗吹折。南宋王朝偏安一隅，將中原大地錦繡家園拱手讓給金人。莫須有的罪名成就和約。今天墳前、我閒過此地。黃龍恨，不堪說。墳墓上的樹——松柏樹陰森。找多時，樹枝枝枝向南，無一枝向北。眼見璧玉津歌吹地，露冷音塵都歇。此處有紀錄功德的高大石碑。岳飛如果遇到明朝英雄于謙，一定會談論北宋末代二帝的命運。可歎啊！時光已過去了近千年，只落得碧綠的苔蘚罷了。

〔賞析〕

　　此詞是作者在杭州西湖遊玩時留下的愛國篇章。上闋寫岳飛堅決抗金收復失地，但是南宋王朝偏安一隅，將中原大地家園拱手讓給金人。秦檜等主和派用「莫須有」的罪名，將他父子殺害於風波亭。從此以後，再也不提收取黃龍府這種說法了。下闋寫了眼前的景色與作者的想像。眼前的景象：松柏陰森、樹枝向南、人跡罕至、倍感淒涼、豐碑聳立。黃景仁展開想像：聯想到明朝英雄于謙，可歎啊！歷史就這麼驚人的相似。

　　此詞作者為岳飛扼腕歎息，把大好的抗金機會就白送了；原來此

地歌舞升平，而今淒涼無比，只留下石碑讓人瞻仰，寫盡了英雄的無奈；同時，對主和派（皇帝以及秦檜）強烈不滿與控訴。哎！生逢其時，卻遭遇打擊殺戮，這是歷史的不公，更是無數仁人志士的弔詭命運真實寫照。

岳飛、于謙、張煌言並稱為「西湖三傑」，值得後人永遠憑弔尊敬。

〔附錄〕

1 張煌言（1620～1664 年），字玄著，號蒼水，鄞縣（今浙江寧波）人，漢族，南明儒將、詩人，著名抗清英雄。崇禎時舉人，官至南明兵部尚書。1645 年（清順治元年、明弘光元年）南京失守後，與錢肅樂等起兵抗清。後奉魯土，聯絡十三家農民軍，並與鄭成功配合，親率部隊連下安徽二十餘城，堅持抗清鬥爭近二十年。

1664 年（康熙三年），隨著永曆帝、監國魯王、鄭成功等人相繼死去，張煌言見大勢已去，於南田的懸嶴島解散義軍，隱居不出。是年被俘，後遭殺害，就義前，賦《絕命詩》一首。諡號忠烈。

其詩文多是在戰鬥生涯裏寫成，質樸悲壯，表現出作家憂國憂民的愛國熱情，有《張蒼水集》行世。

清國史館為其立傳，《明史》有傳。1776 年（乾隆四十一年）追諡忠烈，入祀忠義祠，收入《欽定勝朝殉節諸臣錄》。

湘春夜月 · 上元太平使院登府子城

〔原文〕

漫登高，此間不像今宵。望去數點紅燈，歷落逗林梢。淺淺幾家門巷，便幾聲笑語，聽也無聊。有別家年少，空牆徙倚，吹起寒簫。

紅橋舊路，曾隨翠轂，拾過銀翹。不是難甘岑寂，奈風情漸減，轉覺蕭騷。夢隨塵散，踏歌聲，隱隱干霄。三五月，算今年初度，照他細草，已種愁苗。

〔注釋〕

1. 上元：指農曆正月十五元宵節。

2. 子城：大城所屬的小城。

3. 歷落：參差，疏落。

4. 淺淺：淺短、低矮。

5. 年少：青年人。

6. 徙倚：徘徊，逡巡。語出《楚辭·遠遊》。

7. 紅橋：橋名，在今江蘇揚州市，明朝崇禎建，爲揚州遊覽名勝之一。

8. 翠轂：翠車。

9. 銀翹：指曾跟著彩車，撿過車上掉下來的銀色鳥羽。

10. 岑寂：高而靜，寂靜。出自〔南朝〕宋鮑照的《舞鶴賦》：去帝鄉之岑寂。

11. 蕭騷：蕭條、淒涼。

12. 干霄：高入雲霄，出自劉禹錫的詩：便有干霄勢，看成構廈材。

13. 愁苗：發愁的苗頭。

〔譯文〕

　　話登高，很久不像今宵。望去數點紅燈，參差掛林梢。低矮幾家門巷，便幾聲笑語，聽也無聊。有一家青年人，在無人住處徘徊，吹起寒簫。

　　紅橋舊路，曾隨彩車，拾過彩車上掉下來的銀色鳥羽。不是願甘心寂寞，怎奈風情漸漸喪失，越來越淒涼。只有在夢中，踏著歌聲，隱隱衝向雲霄，但那還是在夢中。今晚月光皎潔，今年剛來到，照著細草，已看見惆悵的先兆。

〔賞析〕

　　此詞寫於上元節，很顯然，根據習俗：人們有觀燈賞花的習慣，故有中國情人節之說，但這首詞是個例外。恰逢節日，詩人今日得暇，便有機會登樓觀燈，欣賞美景，卻無法開心。上闋寫登高的所見所聞所感：數點紅燈，參差林梢；幾家門巷，笑語陣陣，但卻無聊；遠處

還有簫聲，令人不安。總之，風景雖美，但卻無法引起人的興趣。下闋是對往事的回憶：回到紅橋，坐過彩車，撿過銀翹，已看見惆悵的先兆。

也許時光就這麼無情，美好的時刻總是那樣的短暫，到回味時才知珍惜，已為之晚矣。青年人啊！趁美好的時光，我們應好好學習一門知識，培養綜合能力，力爭達到爐火純青的地步，這樣在晚年時，才留下彌足珍貴的記憶，方不悔之人生。有些不值得記憶的事物，就讓它像流水般過去把！

謁金門

〔原文〕

春寒中，酒也半些無用。城上蒼山看似夢，風淒山欲動。

一曲小池煙凍，一樹野梅香送。折到膽瓶添水供，水寒花骨痛！

〔注釋〕

1. 這首詞寫於乾隆 37 年壬辰（1772）作者 24 歲，正月，太平使院多暇，迭有詞作。
2. 膽瓶：長頸大腹的花瓶，以形如懸膽而名。

〔譯文〕

春寒中，少喝酒不起作用（愁怨太重）。看城上蒼山似夢幻一般，風淒涼山欲動。

一曲小池凍，一樹野梅香送。把一支野梅折到膽瓶添水供，水寒花骨痛！

〔賞析〕

此詞書寫的是作者的愁情，寫得巧妙而靈動。上闋敘事寫景，突出愁情。「酒半些無用」實際上寫愁之重；接著，運用比喻，用抽象的夢幻來比蒼山，寫出了蒼山的朦朧、模糊，風淒涼山欲搖動，給人以生活不定之感。下闋繼續敘事，寫小池似凍非凍、野梅香氣頻送。

不忍心將梅花綻放在野外。那麼折一朵野梅帶回家，把它放置在膽瓶中，我不停地給它添水，但無意中，寒冷的水刺痛了花骨朵，比擬手法的運用，寫梅花實際上寫詩人，這也是比喻手法，繼續寫詩人的滿腹愁情。

　　詩人有滿腹愁情，但何以解愁呢？賞池中水、品野梅香、折花護養，結果卻是無法解愁愁更愁。詞人作爲憂鬱詞人的形象，深刻地定格在廣大讀者的心中。

梅花引・客病

〔原文〕

　　慘慘悶，沉沉病，寓樓深閉誰相訊。冷多時，煖多時。可憐冷煖，於今只自知。

　　一身常寄愁難寄，獨夜淒涼何限事。住難留，去誰收。問君如此，天涯愁麼愁？

〔注釋〕

1. 此詞寫於乾隆 34 年己丑（1769 年），作者時年 21 歲，這一年趙懷玉通過洪亮吉認識了黃景仁，從此兩人頻繁來往。因爲黃的介紹，洪認識了孫星衍，四人由此成爲「毗陵七子」之核心成員，又有「毗陵四子」之稱。這一年 11 月，作者舟發杭州，經江西赴湖南長沙。途中嘗遘病。根據《黃仲則年譜考略》：黃仲則遘病於由玉山至南昌的舟中，故乏詩作。

2. 慘慘悶：悶悶不樂的樣子。語出《宣和遺事》：慘慘悶往南行。

3. 寓樓：住所。

4. 何限事：煩人的事情無限。

〔譯文〕

　　悶悶不樂，病沉沉，深居住所無人問訊。冷多時，暖多時。可憐冷暖，於今只自知。

　　一身愁難寄，獨夜淒涼煩人的事情無數。住難以留，離開誰肯收留？請問您：像我這樣，在天涯何以了結愁，如何解愁呢？

〔賞析〕

此詞寫得核心詞是邁病。上闋寫得病的情狀和孤獨之狀,「誰相訊」和「只自知」寫盡了得病之後的孤獨悲傷之情;懨懨悶,沉沉病,時冷時暖,確實難過。下闋繼續來寫愁:句句寫愁,第一句愁難寄,第二句獨夜淒涼何限事寫出了無限愁,第三句是住下還是離開,無法選擇還是愁,第四句總結一下:我真倒楣,遇到這麼多愁,如何解愁呢?

摸魚兒 · 登滕王閣

〔原文〕

幾何時、詞人帝子,消沉一樣如許。西山眉黛還依舊,靡過幾回歌舞。君更數。在此地憑闌,幾箇人龍虎。前賢底苦。把一序當筵,浮名些子,占盡不教與。

徘徊久,漸見月明南浦。帆檣亂落如雨。眼前是景堪供嘯,多了津亭吏鼓。君認取,此地是、番禺百越雄門戶。登高四顧。歎多少興亡,滔滔章貢,流得此愁去。

〔注釋〕

1. 滕王閣:江南四大名樓之一,在江西南昌。
2. 帝子:帝王之子。語出《滕王閣序》:閣中帝子今何在?檻外長江空自流。
3. 消沉:消失沉默。
4. 西山:山名,語出《滕王閣序》:畫棟朝飛南浦雲,珠簾暮卷西山雨。
5. 眉黛:古代女子用黛畫眉,所以稱眉毛為眉黛。
6. 靡過:逼近,迫近。
7. 憑闌:憑著欄杆。
8. 前賢底苦,把一序當筵:指王勃的著名詩歌《滕王閣序》,當然這裡作者自喻。
9. 浮名些子,占盡不教與:留下名字的能有幾人。

10. 南浦：地名，指分手的地點，語出：畫棟朝飛南浦雲。

11. 津亭：指渡口的亭子，語出王勃《江亭月夜送別》：津亭秋月夜，誰見泣離群？

12. 吏鼓：官吏的鼓點。指供他人休息娛樂的地方。

13. 章貢：在江西境內。

〔譯文〕

　　曾幾何時、詞人帝子，都已煙消雲散，但西山模樣還在，逼近幾回歌舞。您再數一下，在此地憑欄遠望的人無數，但與王勃一樣，留下名字的能有幾人。

　　徘徊久，漸見月明分手處；亂雨落在帆檣上。眼前的景物能使人抒發情感，多了渡口的亭子官吏的鼓點。你記住，此地是門戶要地。登高四顧，興亡的歷史都隨滾滾逝去的章貢之水，永不回頭。

〔賞析〕

　　此詞是作者登著名滕王閣所作，顯得境界其高，抱負高遠，令人歎惋。上闋寫與滕王閣有關的詞人帝王之子都已煙消雲散，但西山仍舊在。在此地憑欄遠望的人無數，但與王勃一樣，留下名字的能有幾人。當然，暗指我黃景仁屬於留名的人物之一。下闋寫景，很有特色：月明南浦、帆檣亂落、津亭吏鼓、番禺百越雄門戶，寫盡了此地地理位置的重要性與歷史上曾經發生了驚心動魄的大事。但無論怎樣，興亡的歷史都隨滾滾逝去的章貢之水，永不回頭。

　　跟歷史的無數登樓遠眺的詩歌一樣，作者抒發的是詠史懷古之情：無論你是英雄還是平民，無論取得怎樣的業績，歷史永遠向前奔流，千古興亡之事，隨之而去。

生查子

〔原文〕

　　笙歌沸地時，驀被風吹住。相顧各披衣，門外東西路。

　　月落又烏啼，後約知何處。帶得舊愁來，換得新愁去。

〔注釋〕

1. 笙歌沸地：到處是笙歌。沸是滿的意思。

2. 月落又烏啼：化用自唐代詩人張繼的《楓橋夜泊》：月落烏啼霜滿天，江楓漁火對愁眠。

3. 張繼：湖北襄陽人，天寶 12 年中進士（753），授檢校祀部員外郎，後授洪州（今江西南昌）鹽鐵判官。《唐才子傳》：早振詞名。初來長安，頗矜氣節，有《感懷》詩云：調與時人背，心將靜者論。終年帝城裏，不識五侯門。劉長卿《哭張員外繼》詩曰：「獨繼先賢傳，誰刊有道碑！」，真有禪心道風啊！

〔譯文〕

　　到處是笙歌，突然被風吹住。門外東西路，各自披衣相互注視。不知不覺，時間過得真快，到了月落烏啼的時分，我可要分手了，下一次不知在何處見面？帶來舊愁，換的新愁離開，好一個愁怨連綿。

〔賞析〕

　　此詞是作者敘述了一次幽會的過程，但幽會的對象卻無從而知。上闋寫環境和地點，環境是居室以外，地點是門外之路。居室之內，絃歌不斷；居室之外，大風颯颯。下闋繼續寫幽會同時寫出了作者的愁怨。

石州慢·十六夜雨

〔原文〕

　　背手巡床，不到黃昏，窗兒便黑。無聊無賴雨聲，催過傳柑時節。江城今夜，不知冷院重門，鎖深幾箇銷魂客。端的不成眠，在心窩兒滴。

　　愁極。如此春宵，可能再說，千金一刻。才見梅花便妒，者還了得。謝家兄弟，縱有好句池塘，夢兒可也難尋覓。明日認遙山，想眉峰俱失。

〔注釋〕

1. 傳柑：宋朝時，上元夜宮中宴近臣，貴戚宮人以黃柑相贈。

2. 千金一刻：語出蘇軾的《春夜》：春宵一刻值千金，花有清香月

有陰。

3. 謝家兄弟：指有才華的兄弟，語出謝靈運和謝惠連的典故。

4. 想眉峰俱失：想像山峰、山腰都失去。

〔譯文〕

背手巡床，不到黃昏，窗兒便黑。雨聲中極無聊，催過傳柑時節。江城今夜，不知冷院重門，深鎖鎖著幾個銷魂客。真的不成眠，愁在心窩兒滴。

愁極。按照常理，春宵一刻值千金。見了梅花便妒，這還了得你獨享這春光！謝家兄弟，你倒好，在夢中卻寫出「池塘生春草」，可是我的夢中卻難以尋覓？還是趁此雨景，我去看看遠山吧，如果不看的話，明天就看不到今日的遠山啦！

〔賞析〕

此詞是作者在正月十六在江城遇雨獨居賓館而寫的聽雨詞，傳達出詞人的愁怨惆悵之情。上闋寫詞人今夜因為百無聊賴，不能成眠，心裏難受的痛苦感受。下闋繼續寫愁，按照道理，春宵一刻值千金，可是，我見了梅花就妒忌，你倒好：獨享這美好的春光，我卻不能，為什麼？謝家兄弟，你倒好，在夢中卻寫出「池塘生春草」，可是我的夢中卻難以尋覓？這世界真令我傷心。還是趁此雨景，我去看看遠山吧，如果不看的話，明天就看不到今日的遠山啦！對自然的愛和對現實的無奈交織在一起，令人無限悵惋。

木蘭花慢・十八夜對月

〔原文〕

月高才丈五，城頭上，鼓淵淵。道今夜收燈，半城猶照，剩管殘絃。為問鏡兒，那角被蝦蟆、銜去落誰邊。斷送一年元夜。此時有恨嬋娟。看來清淚總如鉛，不是不重圓。問此情何似，曲終錦瑟。客散華筵。只此蕡騰過去，算半生何事不堪憐。相對啁啾宿鳥，惹人添倍無眠。

〔注釋〕

1. 淵淵：象聲詞，鼓聲。語出《詩經・小雅・采芑》。
2. 收燈：指農曆正月十八為收燈節。
3. 鏡兒：指月亮。
4. 清淚：指月光。
5. 瞢騰：形容模糊、神志不清的樣子。語出〔唐〕韓偓：去帶瞢騰醉，歸因困頓眠。
6. 啁啾：指鳥鳴聲。宿鳥：指歸巢棲息的鳥兒。

〔譯文〕

　　月高才丈五，城頭上，鼓聲陣陣。今夜收燈，半城猶照，只剩下音樂。問月亮，那角被蟾蜍銜去，不知落在哪裏？斷送一年元夜。此時有恨月亮。看來月光總如鉛，也會重圓。問此情像什麼？就像美好的歌曲總有終結的時候，富麗華貴的宴會總有結束的時候。人生也是如此，金色的年華會蹉跎，作者反問自己：這半生為什麼不好好珍愛？晚上獨對歸巢之鳥鳴叫，使人更加無眠。

〔賞析〕

　　此詞是作者在農曆正月十八對月的詠懷詩，寫得感人至深。上闋寫景，作者依次寫了鼓聲陣陣、燈光半照、剩管殘弦，寫月亮寫得生動形象：為問鏡兒，那角被蝦蟆、銜去落誰邊？寫出了十八月亮的特點，這時候作者對月亮的態度是怨恨。下闋繼續寫月亮，月亮她也有重圓的時候，不要輕易虛度時光。人生總有美好的時光，我們應該倍加珍惜，否則，就會一事無成。我的經歷就是最好的說明：年輕時，最好的時光不知道幹最重要的事情，沒有在人生的黃金時期有所成就，愧對師長、親人；當然，現在努力還來得及，畢竟我有的是志向和抱負。我要向歷史上那些有所追求的人學習，做一個永不放棄的一流學者！

小重山

〔原文〕

　　一掬滄溟瀉酒杯，□□漚數點，是蓬萊。道人長揖自何來？

低聲道海上看山回。

怪事莫驚猜，那時精衛石，漸成堆。幾多鯨鱷氣如灰，人間恨，無力可相排。

〔注釋〕

1. 滄溟：大海。

2. 漚：用水長時間浸泡。

3. 蓬萊：泛指仙境。語出《史記‧封禪書》。

4. 長揖：古代禮儀，拱手高過頭頂，出自《史記‧酈生列傳》。

5. 怪事莫驚猜，那時精衛石，漸成堆：指精衛填海的故事，精衛是傳說中炎帝的女兒，語出《山海經‧北山經》。

6. 鯨鱷：指兇狠的敵人。

〔譯文〕

像捧大海水一樣，飲兩酒杯酒，飲酒數杯，因為它來自蓬萊。道人拱手行禮從何而來？低聲說他剛從海上看山回。精衛填海的故事想必聽說，邪惡勢力真無力可排斥。

〔賞析〕

此詞是黃仲則排解心中苦悶的一則佳作。面對邪惡，如何解脫？詩人做了一些探索。上闋寫詩人與一位道人一起喝酒，酒是來自蓬萊仙境的，而這位道人剛剛從海上看山而回。下闋先寫精衛填海的不屈不撓的意志，當然，這裡暗指黃景仁不屈的努力，但是，我遇到了無數的邪惡勢力，如何對付呢？那還是回到開頭：還是及時行樂，與世無爭吧。

茶瓶兒‧歸雁

〔原文〕

雁兒匆匆歸去早，春萬里，陽關開好。關外征人老，一齊回首，帶得書來了。

雪盡江南歸路杳，留幾處、沙痕雪爪。莫道浮生巧，時南時

北，只為炎涼惱。

〔注釋〕

1. 陽關：古關名，在玉門關以南，語出《漢書・地理志》，古代屬於甘肅敦煌郡。

2. 書：家書、喜訊。

3. 雪盡江南歸路杳，留幾處、沙痕雪爪：化用蘇軾的《和子由澠池懷舊》「人生到處知何似，應似飛鴻踏雪泥。泥上偶然留指爪，鴻飛那復計東西。」

4. 浮生：人生。

5. 炎涼：世態炎涼。

〔譯文〕

　　大雁到南方過冬春，回北方生養過夏秋，它們給南方的征人們，帶來家書、喜訊。

　　鴻雁飛去飛來，只不過在地上偶然留下爪印，其實人生也像大雁一樣，一會兒在南方，一會兒在北方，匆匆不定，只為世態炎涼而苦惱。

〔賞析〕

　　此詞是黃景仁借物詠情的作品，抒發了人生如過客，人生也太累了。人生也應該留下東西：是名聲？是建立功績？建立思想，寫下作品？確實是人生短暫，匆匆而過，短暫人生也應該留下輝煌的篇章。有人講魯增富同志沽名釣譽，我不苟同：他確確實實在平凡的崗位上取得成就，所以獲得了「省勞模」稱號；更了不起的是，他培養了一個優秀的兒子——魯小俊：學生時代是東臺文科狀元，工作之後是武大的傑出教授，他堪稱楷模。我也要過像魯增富一樣的人生。

沁園春・題邵二雲姚江歸棹圖

〔原文〕

　　有客朝來，興發滄洲，飄然一航。問四明靈靈，故山無恙，姚江淼淼，此水何長。古有狂奴，後來狂客，揖讓其間總不妨。君休笑，算幾人到此，煞費商量。

鳳池奪我庸傷，有浦上秋風舊草堂。況傳家易在，繙而再注，故侯瓜好，熟矣堪嘗。其果行耶，樂寧有是，只惜蒼生望一場。披圖羨，羨名山歲月，到手差強。

〔注釋〕

1. 邵二云：即邵晉涵，字興同，浙江餘姚人，乾隆辛卯進士，官至侍講學士。

2. 滄洲：濱水之地，古稱隱士所居。

3. 問四明巖巖：四明：山名；巖巖：高大的樣子。

4. 姚江淼淼：姚江指餘姚江；淼淼是水勢浩大的樣子。

5. 鳳池：指鳳凰池。

6. 庸傷：平常的傷口。

7. 易：指《易經》。

8. 侯瓜好：指失意隱居之典，語出《史記‧蕭相國列傳》。

9. 披圖：展開圖集。

10. 差強：勉強滿意。

〔譯文〕

有客人早晨從滄州回來，坐在一隻小船上興味盎然。我問他家鄉的四明山還那樣高大嗎？他說那座山還是老樣子，餘姚江的水還是浩浩蕩蕩，源遠流長。狂奴王冕也好，狂客賀知章也罷，在山水之中互相謙讓倒也自得其樂。你不要嘲笑他們，能有幾人到得此地？我居住在鳳凰池邊，它很使我開心，這裏有秋風浦上的舊草堂，傳家的《易經》還在，我經常翻翻不斷注釋，倒也像西漢時的蕭何一樣，被貶之後栽瓜度閒，瓜長得還可以，也可以品嘗品嘗，來度過這失意隱居的日子。我生活得果真不錯，很高興居住在這，可惜辜負了一生的抱負。我展開畫圖，嚮往那山水的美好歲月，確實可以使人大幹一場，不負友人之深情厚誼。

〔賞析〕

此詞是黃景仁 1772 年（作者時年 24 歲）寫在的《邵二雲姚江歸

棹圖》上的題畫詞，洪亮吉也有同題的詞。上闋敘事下闋詠懷抒情。黃景仁的詞總有一種積極進取的力量，也許就是古人所追求的「窮則獨善，達則兼濟」。人還是有所追求的，否則跟禽獸無異。

謝池春慢・戒飲

〔原文〕

　　酒腸全窄，□說也，增煩惱。記得盡歡時，半載西泠道。醉後眠花塢，醉醒啼山鳥。主還賓，昏更曉。一杯到手，百事都忘了。

　　□□□□，憊憊息，岑岑腦。舊緒提難起，瘦骨吹堪倒。淚為聽歌盡，戶到逢場小。留身在，捐杯好。曲生長謝，與爾緣偏少。

〔注釋〕

1. 西泠：橋名，一作「西陵橋」。
2. 花塢：四周高中間低種植花木的地方。
3. 憊憊：精神萎靡的樣子。
4. 岑岑腦：大腦煩悶的樣子。
5. 捐杯：戒酒。
6. 曲生：指酒。

〔譯文〕

　　喝酒使得酒腸全窄，增添煩惱。記得盡歡時，在西泠道半年的時光。醉後眠於花塢，醉醒聽山鳥鳴叫。是主人還是賓客，黃昏還是早晨。一杯到手，百事都忘了。

　　醉酒之後，萎靡不振、煩悶不作。舊緒難提起，瘦骨嶙峋。淚水因為聽歌而流盡，喝酒逢場作戲也不行。要得身體好，還是要戒酒。戒酒吧，你我緣分已盡。

〔賞析〕

　　此詞是作者戒酒的誓言，他生動地向我們描繪了一個醉漢人生長河中的知音形象。上闋回憶當年喝酒時的情況：記得盡歡時，半載西

冷道；接著，作者拿起手中妙筆盡情地向我們描繪醉酒的實情：醉後眠花塢，醉醒啼山鳥。主還賓，昏更曉。一杯到手，百事都忘了。確實如此，一杯在手，諸事皆忘：包括人世間的一切苦難。下闋寫醉後的神態：萎靡不振、煩悶不作，繼續寫作者生活不暢、科舉不如意，導致：舊緒難提，瘦骨嶙峋，淚流將盡，交往不利。還是為了身體好：戒酒吧，你我緣分已盡。

黃景仁的人生有唐代詩人李白的影子，李白的詩歌豪放飄逸，生活上「斗酒詩百篇」，黃景仁他要傚仿他，但李白是李白，黃景仁是黃景仁，黃貧困潦倒，生活都不易，更何談遍覽祖國名山大川？可悲啊，黃景仁！

最高樓

〔原文〕

樓上憶，意態忒分明。花照眼，月關情。遠詞已託微波寄，曉雲休傍別峰橫。牽羅袂，揩淚眼，可憐生。留下了、許多珍重語。分下了、一天離別苦。山水驛，短長亭。馬經舊地嘶芳草，雁和殘夢落層城。共淒涼，俱老大，各飄零。

〔注釋〕

1. 意態：神情、態度。
2. 遠詞已託微波寄：化用曹植《洛神賦》中的句子：託微波而通辭。
3. 羅袂：絲羅的衣袖。漢武帝《落葉哀蟬曲》：羅袂兮無聲，玉墀兮塵生。
4. 長亭：十里長亭，常指送別之處。出自南北朝庾信《哀江南賦》「十里五里，長亭短亭。」

〔譯文〕

樓上憶：神情、態度太分明。花照眼，月關情。遠詞已經託給微波去寄，曉雲不要依傍在別的橫峰。執手相看淚眼，不易分手；留下了、許多珍重語。分下了、一天離別苦。山水驛站，長短亭。馬經舊

地在草地上鳴叫，雁和殘夢落在高城。年齡大了，還是淒涼不如意，飄零天涯。

〔賞析〕

　　此詞是黃景仁寫的一首送別詞，寫得纏綿悱惻，難捨難分。上闋寫景敘事，情景交融，寫出離別之苦、難。「樓上憶」總領全詞；接著，作者由花到月，由曉雲到別峰，借用典故，暗寫情懷之真實；最後敘事：執手相看淚眼，不易分手。下闋繼續寫分回憶：兩人在長亭處，難分難捨；寫景：馬經舊地嘶芳草，雁和殘夢落層城；借寫馬和大雁，還是寫人難分、情難捨。

　　總之，黃景仁是一位以抒情見長的一位詩人，在抒情中描寫細膩，抽絲剝繭般細細道來，值得後人仔細玩味與借鑑。

虞美人・落梅

〔原文〕

　　枝頭桃柳春將鬧，趁此抽身早。今宵有夢待尋君，只恐花前消盡、更無魂。

　　黃昏庭院誰相問，一次傷春信。冷風飄動五更愁，化作半輪殘月、掛羅浮。

〔注釋〕

1. 鬧：生機勃勃，旺盛。語出北宋宋祁的「紅杏枝頭春意鬧」。
2. 更無魂：再無魂魄。
3. 羅浮：山名，在廣東省東江北岸。蘇軾詩曰：羅浮山下四時春。

〔譯文〕

　　梅花開花時間之早，超過了桃花柳樹。她的可遇而不可求，讓人在花前欣賞更加陶醉。

　　落梅是「傷春的信使」，她在黃昏庭院中出現。這時，冷風帶著愁感，化作殘月，懸掛在羅浮山的上空，令人想起隋朝時趙師雄巧遇梅花仙女的故事。

〔賞析〕

這是黃景仁寫落梅的詠物詩。上闋首先寫她的早；接著，寫她的可遇而不可求。下闋寫落梅是「傷春的信使」，意味著春將逝去；這時，冷風帶著愁感，化作殘月。作者借寫落梅的故事，寫出了美好的事物可遇而不可求的特徵，同時，美的事物總是稍縱即逝的、很短暫的，另外美總是充滿夢幻般的詩意，令人無限嚮往。

買陂塘・登白紵山

〔原文〕

冷清清、荒臺敗瓦，日斜來弔宣武。如雲賓從當年事，對面青山歌舞。飛蓋舉。下擁著、蝟鬚石眼人如虎。南州雄據。笑作賊匆匆，更何情緒，來顧曲中誤。

休相笑，尚解登山作賦。此兒還有佳處。一時裙屐原瀟灑，誰料轉頭黃土。江月苦，把一片歌聲，悄悄沉將去。雄心認取，聽漠漠蒼林，非絲非竹，打起佛樓鼓。

〔注釋〕

1. 弔：慰問。
2. 宣武：指桓溫，字符子，東晉明帝的女婿，廢帝立簡文帝，圖謀篡位，未實現而死。
3. 如雲賓從：賓主、從客如雲般。
4. 飛蓋：古代大臣儀仗隊中的車蓋或傘蓋。
5. 蝟鬚石眼人如虎：指桓溫的外貌：豪爽有風概，姿貌甚偉，面有七星。
6. 笑作賊匆匆：盡作姦臣之相。
7. 來顧曲中誤：本指周瑜的典故，此指桓溫好《白寧》之歌等雅事。
8. 尚解登山作賦：指孟嘉龍山落帽之事。
9. 此兒還有佳處：指桓溫也是王敦一樣的風流人物，出自劉義慶《世說新語》。
10. 轉頭黃土：撒手人寰。

11. 非絲非竹：不是音樂之聲。

〔譯文〕

荒臺敗瓦冷清清，我日暮來弔念桓溫。當年如雲賓從，面對青山歌舞，傘蓋高舉，下擁著桓溫，桓溫雄據南州，盡作姦臣之相，裝作好《白寧》之歌等雅事。

不要笑，尚解當年孟嘉龍山落帽之事。桓溫也是王敦一樣的風流人物，當年風度翩翩，誰料也撒手人寰？江月把一片歌聲悄悄消沉去。我應雄心認取，聽那廣漠蒼林，不是音樂，而是敲起佛樓鼓（應振作有爲起來）。

〔賞析〕

此詞是黃景仁追思歷史的傑出人物而生出的無限感慨，間接地表達了要像桓溫學習：也要在歷史上留下痕跡，要有所作爲。

鵲踏枝 · 落梅和稚存

〔原文〕

怪道夜窗虛似水，月在空枝，春在空香裏。一片入杯撩不起，風前細飲相思味。

冷落空牆猶徙倚，者是人間，第一埋愁地。占得百花頭上死，人生可也當如此。

〔注釋〕

1. 稚存：指作者的好友、同學洪亮吉。
2. 空香：澄澈的幽香。
3. 徙倚：徘徊，來回的走，逡巡。語出屈原《楚辭·遠遊》「步徙倚而遙思兮，怊惝恍而乖懷。」
4. 空牆：無人居住的院落，語出《文選·張協·雜詩》。

〔譯文〕

莫道月光似水照在窗戶上，月掛在空枝上，春天彌漫在空香裏。一片落梅入杯撩不起，在風前細細地品味思君的味道。

　　我在冷落無人居住的院落徘徊，這是人間第一埋愁地。在百花叢中第一個去死，人生應當如此。

〔賞析〕

　　剛剛讀過黃景仁的《虞美人・落梅》，那為「今宵有夢待尋君，只恐花前消盡更無魂」的落梅定給您留下了深刻的印象。今天，我們再次賞梅，走進芳香四溢的梅花世界。上闋開頭三句就把人帶進空虛的世界：月光似水、月掛空枝、春在空香，接著由落梅入杯，引起對友人的懷念。下闋開頭三句續寫憂愁，作者愁怨之深，他自認為他所處的地方是人間第一埋愁怨的地方。最後兩句是名句：搶的百花前面開放，然後凋謝，這是人間第一流的表現，我的人生也應當如此。

　　「占得百花頭上死，人生可也當如此」在今天可有現實意義。「大眾創業，萬眾創新」的今天，我們特別需要這種冒險精神、犧牲精神。今日特別需要有譚嗣同「我自橫刀向天笑，去留肝膽兩崑崙」豪邁英雄主義精神，可是，這種精神哪裏去了？

蝶戀花・落梅和稚存（其二）

〔原文〕

　　莫怨妒花風雨浪。送我泥深，了卻冰霜障。身後繁華千萬狀，苦心現出無生相。

　　隱約綠紗窗未亮，似有魂來，小揭冰綃帳。報導感君憐一晌，明朝掃我孤山葬。

〔注釋〕

1. 泥深：深泥。
2. 無生：佛教用語，不生不滅的意思。
3. 孤山：山名，在浙江杭州西湖，林逋有「孤山處士」之稱。
4. 冰綃帳：薄而潔白的絲綢帳幕。出自王勃《七夕賦》。
5. 報導：報告；告知。唐李涉《山居送僧》：若逢城邑人相問，報

導花時也不聞。

6. 孤山葬：葬於孤山。孤山注釋見3。

〔譯文〕

不要埋怨妒忌梅花的風雨浪，送我深泥，結束冰霜的遮蓋。身後繁華千萬種形狀，苦心現出不生不滅的樣子。

綠紗窗隱約未亮，似有魂來，輕輕地揭開潔白的薄帳。來看我為了感謝您厚愛我，明天早晨讓我將您埋葬在孤山上。

〔賞析〕

這是黃景仁詠落梅的第二首，整首詞用的是比擬的手法，我就是落梅。上闋寫我的遭遇和生活前後對比。概括起來就是風吹雨打能奈我何？生前潦倒、生後繁榮，確是不生不滅之相。卜闋具體地寫落梅經風飄拂落在我的薄帳上，很有詩情畫意。落梅對我厚愛，我表示感謝，那就明天早上讓我將您埋葬在孤山吧。

至此，梅花的高潔品行、卓爾不群、不畏懼苦難給廣大的讀者以教育：生當如落梅，想起了《紅樓夢》中的林黛玉，那句「質本潔來還潔去」的一顆高傲的未受玷辱的詩心，在今天還稱得上是楷模。

蝶戀花‧春燕

〔原文〕

挑菜湔裙猶草草。近海樓臺，燕子飛飛早。連日峭寒花放少，倩他絮與春知道。

休說置身高處好。等託簷間，莫漫輕相笑。社屋白楊人共老，春風轉眼秋風到。

〔注釋〕

1. 湔：洗。
2. 草草：鬥草，一種遊戲，一般小兒女所喜愛。出自《荊楚歲時記》。
3. 倩：請求。
4. 漫輕相笑：隨便嘲笑。

5. 社屋：社廟。

〔譯文〕

　　像女孩子挑菜、洗裙、鬥草一樣，靠近大海的樓臺，燕子早就飛來了。連日春寒料峭花朵開放得很少，請求柳絮讓春天知道。

　　不要說置身在高處好，等到在屋簷間，不要隨便嘲笑它們（燕子）。社廟中的白楊跟人一起老去，春風轉眼就過，秋風馬上就到。

〔賞析〕

　　此詞是黃景仁詠物詞，他所歌詠的對象是春天的使者——燕子。上闋運用比擬的手法，寫燕子回來的早。連日春寒料峭，花朵開放得很少，請求柳絮告訴春姑娘，讓她知道。下闋寫春燕的生存環境：不要以為託身在高處好，還是在屋簷間舒服。社廟裏的白楊樹與人共老，時間飛逝，轉眼秋天就要來到。

　　此詞中，「休說置身高處好。等託簷間，莫漫輕相笑」很有哲理，莫說高處好，高處不勝寒。放低姿態，心廣體胖，這樣一切皆會好。

蝶戀花‧鷓鴣

〔原文〕

　　管甚行人行不得。誰是哥哥，慢喚生疏客。只許隔花啼磔磔，啼時又惹天如墨。

　　敗葉遮身休歎息。有地孤飛，莫問江南北。前度詩人頭已白，黃陵廟外逢寒食。

〔注釋〕

1. 磔磔：鳥鳴聲。
2. 黃陵廟：指二妃廟，在湖南湘陰西北。
3. 寒食：寒食節。

〔譯文〕

　　管什麼行人行不得。誰是哥哥，慢慢呼喚生疏客。只許隔花啼叫聲，天黑時又啼鳴。殘破落葉遮身不要歎息，有時孤單地飛翔，不管

長江南北。前度詩人頭已白，黃陵廟外遇到寒食節。

〔賞析〕

　　此詞借寫鷓鴣而來寫內心的苦悶，更遇到環境的險惡，讀來令人惆悵唏噓不已。

蝶戀花・百舌

〔原文〕

　　偏是春來干汝事。報向林間，聒耳何時已。叫入五更忙欲死，請君一飲黃梅水。

　　顧眄自知憐紺尾。百種新聲，舌底瀾翻起。縱使學成些子是，半生只爲人忙耳。

〔注釋〕

1. 百舌：鳥名，能易其舌效白鳥之聲，比喻雖多言無益於事也。
2. 顧眄：回視，斜視。出自曹植《美女篇》「顧眄遺光彩」。
3. 紺尾：黑紅色的尾巴。
4. 些子是：這麼多（技巧）。

〔譯文〕

　　春天來到，干你啥事。在林間生存，聒噪不停。叫到五更忙得要死，請君一飲黃梅時節的雨水。

　　它回視自知憐愛黑紅色的尾巴。百種新聲，舌底翻起大浪。縱使學成這麼多技巧，半生只爲他人忙。

〔賞析〕

　　黃景仁這組寫鳥的詞很有特色。上闋寫百舌聒躁不已但卻忘記飲水，下闋寫辛苦地爲他人忙亂，自己卻無所收穫。

水龍吟・寒夜披名山圖獨飲，陶然竟醉

〔原文〕

　　一杯看遍名山，空廚籌盡深宵火。某山某水，一丘一壑，曾

行曾坐。小有登臨，憂生感逝，百般難妥。喚山靈語汝：此間好處，百年後，留埋我。

莫說他年朽骨，只誅茅、幾時才果？胸中五岳，須將長劍，劖平方可。誰耐將身，死兒女手，作僵蠶臥。待向平事了，頭童齒豁，尚能遊麼？

〔注釋〕

1. 誅茅：剪茅為屋。
2. 幾時才果：什麼時候才出現前面結果？
3. 劖平方可：蕩平煩惱就行。
4. 作僵蠶臥：作衰老狀。
5. 向平事了：運用東漢向平的典故，指子女婚嫁自立。
6. 頭童齒豁：人之衰老，語出韓愈《進學解》。

〔譯文〕

飲一杯酒，看一遍名山圖，廚房火盡深宵再點火。名山圖上某山某水，一丘一壑，我曾遊歷。小有登臨，頓生憂愁，百般難妥。讓山靈告訴您：此間好處，百年後，留埋我。

說上文還為時尚早，只剪茅為屋蕩平胸中的煩惱，我不願度過平凡的一生。待到子女婚嫁自立，我衰老了，還能遊覽名山大川嗎？

〔賞析〕

此詞展示了黃景仁作為名士的風采。上闋寫了名山的情狀：某山某水，一丘一壑。接著寫登臨此山，感慨生死，決定百年之後，埋葬於此。下闋寫作者的志向，言外之意：趁年輕時，飽覽祖國的名山大川，否則，老了就不中用了。

春夏兩相期·晦日風雨

〔原文〕

春寒甚、蕭條旅況，今朝小盡都忘。堪憎彌空石燕，撲穿花障。雨絲抽得柳芽長，草色黏來溪流漲。最是難聽，夜深風急，

鬼車南向。送窮難送窮相。願年年伴著，窮神無恙。□□□□
□，□□□□。幾人花裏閉門居，誰家燭底低聲唱。爲算今年，
二分春剩，再休輕放。

〔注釋〕

1. 晦日：農曆每月的最後一天。
2. 石燕：鳥名，似蝙蝠，產於石窟樹叢中。
3. 撲穿花障：撲穿有花草攀附的籬笆。花障：有花草攀附的籬笆。
   語出《紅樓夢》第 17 回。
4. 鬼車：九頭鳥。語出段成式《酉陽雜俎》。
5. 窮相：貧窮的樣子。
6. 窮神：貧窮的人。

〔譯文〕

　　春寒料峭，旅途蕭條，今朝是小月的末日都忘。可恨滿空的石燕，
撲穿有花草攀附的籬笆。雨絲抽得柳芽長，滿眼綠草溪流漲。最是難
聽，夜深風急，九頭鳥向南飛去。

　　送窮難送貧窮的樣子。願年年伴著，貧窮的人沒有疾病。□□□
□□□，□□□□。有幾人花裏閉門居，哪家在蠟燭燈下低聲吟唱？
算今年，春剩二分，再不要輕易放過。

〔賞析〕

　　此詞是黃景仁寫的感時傷懷詩。上闋寫景，通過寫石燕撲穿花
障、雨絲抽打柳芽長、草色黏來溪流漲，勾勒出一種迷茫冷清荒涼的
意境，寫出了景物的蕭條、淒涼、迷茫，爲全詞奠定了傷感的基調。
下闋抒情議論，願貧窮的人年年無疾病，送窮難送窮相，也就是咱們
通常講的「窮人沒病就是福」。可是，富裕人家又有多少啊？趁春天
還在的時候，好好享受美好的春光吧！

　　儘管，詩人處境艱難，但不失青雲之志，這種精神理念值得後人
學習傚仿。

眞珠簾 · 花朝雨

〔原文〕

春陰潑墨人愁坐，把雨絲、牽下春雲如磨。千束芳心，昨夜鼓聲摳破。安得錦衾裁百幅，左右攤、百花同臥。避過，者蜂攢蝶簇，雨顛風簸。

莫道護花難妥。只憫寒悵暖，春都難作。且趁是初生，理隔年功課。闌內自憑儂照管，外屬與、金鈴犬邏。知麼？漸清江綠漲，待伊紅涴。

〔注釋〕

1. 此詞寫於 1772 年農曆二月十五日。
2. 春陰潑墨：比喻天氣所呈現的暗黑色。
3. 摳破：敲破。
4. 儂照管：我照管。
5. 金鈴犬邏：佩戴金鈴的犬邏。
6. 涴：弄髒。

〔譯文〕

天空變黑，人愁坐，把雨絲如磨牽下春雲。千束芳心，昨夜被鼓聲敲破。怎麼將錦繡的被子裁成百幅，左右相攤、百花同臥？躲避過去，任憑這蜂攢蝶簇，雨顛風簸。護花可以安排，只管憫悵寒暖，春天都可以作息。且趁是春天初生，理好功課。闌內自憑照，外面交與佩戴金鈴的犬邏。怎麼？等到清江綠水上漲，把那紅花玷污。

〔賞析〕

此詞是詩人在花朝雨時寫的一首憐香惜玉的詞。上闋寫的是護花難，難在自然環境（雨顛風簸），難在外界環境（蜂攢蝶簇），但詩人愛惜百花之情不改。下闋寫趁著春天剛到，好好複習功課，要知道，時光會改變一個人的。

貂裘換酒・題萬黍維持籌讀律圖

〔原文〕

那得金如屋？把人間、異書全購，名流都蓄。欲覓錢刀須作賈，休管儋何名目。奈心計、顛毛般禿。更問竹書三尺底，夜深時、多少錢神哭。蕭何律，須勤讀。

先生此計思真熟，問蒼蒼、有才如此，賦窮何酷！阿堵且難求便得，大願幾時方足。總輸與、容容之福。莫向五湖精力盡，把致君、堯舜功名祝。一任爾，餐珠玉。

〔注釋〕

1. 萬黍維：作者的好友之一，常州宜興人。他乾隆 51 年中舉人，54 年中進士，官廣東仁化、台山知縣。
2. 異書：珍貴或者罕見的書籍，語出《後漢書・王充傳》。
3. 錢刀：錢幣。
4. 休管儋何名目：不管承擔什麼名目。
5. 奈心計：擔心計。
6. 顛毛：頭髮。
7. 竹書：編綴成冊的竹簡。
8. 錢神：指萬能的金錢。
9. 蕭何律：漢朝蕭何制定的典章律令。
10. 賦窮：窮盡賦稅。
11. 阿堵：錢。
12. 容容：盛大的樣子，出自《楚辭・九辨》。
13. 致君、堯舜功名祝：出自杜甫的《奉贈韋左丞丈二十二韻》。

〔譯文〕

什麼時候有足夠的財富讓找把人間的奇書出名作品統統收購。要想得到金錢就得做生意，不管承擔什麼名目（不管做什麼生意），要擔多少心計，頭髮都掉了禿了。更不談三尺長的竹書，在夜深時，多少錢神在哭泣，還是要好好讀讀蕭何的典章制度。（不要幹違法亂紀的事情）。萬兄的辦法真老練，問老天爺、有如此之才，徵收賦稅卻

如此殘酷！金錢且難求，大願幾時才能滿足。總輸與盛大的洪福。莫向五湖耗盡精力，考中功名再致君堯舜禹，接著享受榮華富貴。

〔賞析〕

　　黃景仁的詞幾乎不談金錢，但此詞破例了。古代文人恥談金錢，但無錢，何來讀書？何來功名？

　　上闋寫金錢的價值，然後寫有些人為獲得金錢，不擇手段，就是錢神也痛哭流涕。最後寫：要勤讀法律，尤其是蕭何律。下闋回到萬黍維《持籌讀律圖》：萬兄的大作，真是太有才了，按此執行，收取賦稅不可能殘酷。百姓的金錢不容易取得，還是多為天下百姓多考慮，將來成就歷史上的堯舜禹的功業，到那時，你也就功成名就了。

　　我們讀到了一顆憂國憂民的情懷，真令人感動不已。

行香子

〔原文〕

　　曲唱涼州，曲唱伊州，送征人、萬里邊愁。車輪一轉，都望封侯。總不知春，不知夏，不知秋。

　　一劍猶留，雙淚難收，鐵衣穿盡海西頭。舊時同伴，鬼哭啾啾。也有耶娘，有妻子，有田疇。

〔注釋〕

1. 涼州：古樂曲名。
2. 伊州：曲調名，商調大曲。
3. 鐵衣：古代將士穿的盔甲；海西頭：古西域一帶。
4. 鬼哭啾啾：出自杜甫的《兵車行》：新鬼煩冤舊鬼哭，天陰雨濕聲啾啾。
5. 有耶娘，有妻子，有田疇：出自《兵車行》：爺娘妻子走相送；縱有健婦把鋤犁。

〔譯文〕

　　剛剛唱罷送別曲，送征人、到萬里戍邊。車輪一轉，役夫出征都希

望能夠封侯；卻不知春夏秋的苦難與艱辛。一劍猶留，雙淚難收，盔甲穿盡海西頭。舊時同伴大都離開人間，他們也有耶娘、妻子、田疇。

〔賞析〕

　　黃景仁這首詞控訴了封建時代殘酷的服役制度給廣大人民帶來的苦難，即使康乾盛世也不例外。封建時代用功名來愚民，豈不荒唐之極！

少年遊 · 初四夜見月

〔原文〕

　　碧天無際暮煙收，新月苦凝眸。一曲如舟，纖雲作槳，載下古今愁。

　　看看望斷遠山頭，須上最高樓。急喚媧皇，將他煉就，拌著不圓休。

〔注釋〕

1. 纖云：微雲、輕雲。語出【東漢】傅玄《雜詩》。
2. 媧皇：女媧氏，語出（唐）王勃《七夕賦》。
3. 拌著：拼命煉就。

〔譯文〕

　　一碧萬頃，暮煙收聚，注視新月。新月如舟，微雲作槳，載下古今愁。

　　望盡遠山頭，必須上最高樓。急喚女媧氏，讓他拼命煉就不是圓形否則不罷休。

〔賞析〕

　　此詞是詞人在農曆三月初四看月時即興詠懷之作。上闋寫景：新月的出場是在碧天無際的背景之下，顯得卓爾不群。接著，連續用了兩個比喻：將月亮比作小船兒，微雲比作船槳，船兒搖盪，載著古今連綿不絕的愁怨。下闋繼續望月：須上最高樓；同時，喚取女媧氏，讓月亮永遠不圓下去。我才會永遠欣賞這美麗的景色，否則，月圓就

太完美了，這世界能有多少了？

　　詞很短，但寫景很美，「一曲如舟，纖雲作槳，載下古今愁」堪稱爲描寫月亮的絕唱。「看看望斷遠山頭，須上最高樓。」富含哲理，給人啓迪：有高視野、高眼界，才會有非凡的發現。

　　到此，我不得不佩服黃景仁的獨特的行文思路：美景如畫（描述）──如何欣賞（條件）──保持下去（假設），誰說中國詩歌裏沒有邏輯呢？

　　閱讀詩歌，有兩大好處：1 培養一雙慧眼，如遇到好的詩句會一見鍾情；2 養成一顆善心，就是通常講的詩心，對苦難、貧窮我們會有一顆憐憫之心。

滿庭芳

〔原文〕

　　題下瓊簽，喚來青使，邀他仙侶神洲。今宵會早，新賀玉成樓。約得羿妃同駕，笑冰輪、漫似銀虯。招手語，閬風近也，待爾碧雲頭。

　　雲璈才奏罷，矼光舞歇，無限新愁。道巨鼇釣去，海欲西流。正擬乘風歸也，奈三山、破碎難留。還羨爾。白頭戴勝，穴處得優游。

〔注釋〕

1. 瓊簽：漏簽。
2. 青使：傳遞信息的使者。
3. 羿妃：指嫦娥。
4. 冰輪：指月亮。
5. 銀虯：指銀白色的虯龍，指月光。
6. 閬風：閬風嶺。
7. 雲璈：雲織。
8. 矼光：指矼光帽。

9. 三山：語出【東晉】王嘉《拾遺記》，指東海三山：方丈、蓬萊、瀛洲。

10. 戴勝：指西王母，語出《山海經‧西山經》。

〔譯文〕

　　題下漏籤，喚來信使，邀請其他神仙同伴共遊神洲。今宵適逢很早，新賀玉成樓落成。約得嫦娥同駕，笑話月亮、漫似月光。向靠近閬風嶺招手說話，我在碧雲頭等你。

　　才奏罷雲織，戴著硏光帽，舞蹈才歇，無限新愁。按道理釣去巨鼇，海欲西流。正想乘風回去，無奈東海三山留下。還羨慕你，白頭西王母，能夠在住處自由自在地優游。

〔賞析〕

　　此詞是作者運用浪漫主義手法，與嫦娥共賞月宮下的美景。上闋寫賞景的快樂，下闋寫不得不結束欣賞美景的失意，還是回到現實來吧。

六州歌頭‧愁

〔原文〕

　　從來此物，埋葬幾書生。提便起，追偏遠，視無形，聽無聲。百計難迴避，和著夢，隨他醒。攪著淚，催他病，不分明。才說人言，我欲先闌入，清鏡無情。便春花秋月，如在霧中經。略怕飛觥，也難傾。

　　或來如陣，索如負，重如障，固如城。盧號莫，湖稱莫，四誰名，九誰名？一事差堪取，遇秋士，始逢迎。隨宋玉，交吳質，友張衡。倘是儈才儈父，休相覷，雅昧平生。任江河日下，瀉不到滄溟，卻也堪憎。

〔注釋〕

1. 闌入：隨意而入，出自於《漢書‧成帝紀》。

2. 盧號莫：盧莫愁，古代女子的名字。

3. 湖稱莫：指莫愁湖，在今天江蘇省南京市。

4. 四誰名：中四是【東漢】張衡的《四愁詩》。

5. 九誰名：中九指愁之多，曹植有《九愁》名世。

6. 秋士：遲暮不遇之士，出自《淮南子》。

7. 逢迎：迎接，結交。

8. 宋玉：屈原的學生，戰國時期著名的文學家，也是著名的美男子。

9. 吳質：三國時魏國的文學家。

10. 張衡：東漢著名的文學家，我國歷史上著名的科學家。

11. 傖才儈父：粗鄙之才。儈父：市儈。

12. 雅昧平生：與某人一向不認識。

13. 滄溟：大海。

〔譯文〕

　　從來愁這東西，不知埋葬了多少書生？提著便起來，追著就偏遠，看著無形狀，聽著無聲音。想盡各種辦法難以迴避，它跟夢在一起，隨他醒還是睡著。攪和著淚，催著疾病而生，不可言說。才說人話，我欲先隨意而入，明亮的鏡子無情。便像春花秋月，如在霧中經過。大略怕流動的酒杯，也難以倒盡。

　　有時憂愁來到就像陣陣大風，像背著的繩索，重得像路障，堅固得像城牆。盧莫愁，湖因名而稱；《四愁詩》因誰而名，因曹植有《九愁》名世？一事大抵應該記取，遇遲暮不遇之士，始結交。跟隨宋玉，結交吳質，交友張衡。倘是粗鄙之才，與他不認識，不要看不起他。任憑愁怨加重就像江河日下，流淌不到大海，卻也令人憎惡。

〔賞析〕

　　這是詞人寫愁的佳作名篇。上闋總寫愁的危害，接著寫愁的形狀，然後寫愁的表現形式，最後寫他的特點：如春花秋月，像在霧中經過，他稍稍害怕酒。下闋首先用兩組排比句寫愁的來勢洶洶，不可一世，接著寫愁怨喜歡與害怕的對象，最後點出成就大業幹大事的人一生難免不遇到苦難，只有咬緊牙關甘願吃苦充滿信念就有可能成就人生的輝煌。

應天長・題稚存小照

〔原文〕

夢夢天正睡。怪靜夜誰來，盜他清氣。廓廓落落，著手蔚藍光膩。一鈎殘魄死，是小劫、前身堪記。仙梵起，卻被天風，斷續吹細。

何人能到此？算此間惟君，尚堪位置。換了狂奴，便有幾行清淚。無邊飛動意，切莫問、人間何世？還放爾，腳底青峰，出箇頭地。

〔注釋〕

1. 夢夢：混亂、不明。語出《詩經・小雅・正月》：民今方始，視天夢夢。
2. 光膩：光亮，滑膩。
3. 小劫：佛教語，時節歲數。
4. 殘魄：殘月，將落之月。
5. 仙梵：道教徒誦經的聲音。
6. 狂奴：典出《後漢書・嚴光傳》，泛指狂放傲世之人，這裡是作者自稱。見黃景仁《滿江紅》第三首，本冊解讀第34首。
7. 出個頭地：高處別人的地位。

〔譯文〕

整天混亂，怪靜夜誰來，偷走我清新秀氣。光明磊落，發出蔚藍光亮。殘月將要消失，這是時節歲數、前身應該記住的。誦經的聲音響起，卻被天風，斷續吹細。

什麼人能到這裡？估算一下，這裡只有你，適合這位置。換了我，便只有流淚。我無限感慨，不要問人世？還放你到腳底的青峰去出人頭地。

〔賞析〕

這是詩人自歎身世、祝福朋友的作品，寫的情真意切。上闋寫詩人自己的落魄之命運，開頭四句還是用「玉晨初破」好，跟下文銜接

自然。下闋是對好友洪亮吉的祝福：你才華出眾，能力超群，我不像你，祝福你：堅守夢想，出人頭地！

　　詩人有一顆豐富敏感的心靈，所以他的周圍不乏知己，洪亮吉是他的人生知音之一，人生的朋友不需要多少，像洪只需幾人夠了。

卜算子慢・姑孰春感

〔原文〕

　　過年樣日，居斗大城，閒看好春如駛。極目平蕪，直恁冷清清地。詎南州、如此成佳麗。怎覓出、一輛香車，□□半行遊騎。

　　若問當年事。有四姓衣冠，千門羅綺。一片斜陽，收了傾城名士。為傷春、添出興亡意。且錦被、蒙頭睡過，□禁煙天氣。

〔注釋〕

1. 姑孰：故城名，在今天安徽當塗縣。
2. 平蕪：草木叢生的平曠原野，出自江淹《去故鄉賦》。
3. 南州：南方地區。
4. 詎：怎，豈。
5. 四姓衣冠：名門望族。
6. 羅綺：穿絲綢的人，借代為富貴者。

〔譯文〕

　　過年時日，居斗大的城市，閒看春天過得飛快。極目平曠原野，竟然這樣冷清清地。怎麼南方地區，春天這麼美好。忽然出現一輛香車，在塵土中路的一邊遊逛。

　　如果問當年事。有名門望族富貴子弟在一片斜陽裏成為歷史。因為傷春、無端添出興亡意。等過了這禁煙天氣，且用錦被蒙頭而睡。

〔賞析〕

　　此詞是詞人在三月登城望遠的詠懷之詞。上闋寫城之小，放眼四周，冷冷清清；但南方地區，發展迅速，要看遍南方部分需要遊伴一同完成。下闋回憶往事：想當年，這裡有四家名門望族，一派富庶。

可是，幾十年過去，一片斜陽收了名士。所以，流傳了許多傷春、興亡的故事。還是回頭蒙頭而睡吧，過了這禁煙天氣，重新生活吧！

　　人生無常、命運不掌控在自己的手中，人生應怎麼度過？古今多少興亡事，都在後人的斜陽笑談中。

風流子・送黍維歸宜興

〔原文〕

　　桃花浮一片，雙槳急、江水去何長。算對泣楚囚，聚原無益，戀群小鳥，別又堪傷。消魂極、新知俱失路，送客是他鄉。十雨九風，春人俱去，一亭兩榭，花月俱荒。

　　鴉啼青山曉，離堂酒盡，殘燭黯無光。屈指自今以往，此夕難忘。只來日大難，憂貧憂病，前途宜慎，時煖時涼。折得將離盈把，助汝行裝。

〔注釋〕

1. 黍維：即萬黍維，萬應馨，作者的友人。
2. 楚囚：處境窘迫的人。運用《左傳・成公九年》的典故。
3. 消魂極：為情所感、若魂魄離散的樣子。
4. 新知：剛剛結交的人。
5. 失路：不得志的意思。
6. 離堂：餞別之堂。語出謝眺的《離夜》。
7. 可離盈把：滿把的芍藥。可離：芍藥。

〔譯文〕

　　一片桃花浮在水面上，我搖動雙槳正急、江水向東漫漫漫流去。就算對著窘迫的人哭泣，相聚本來沒有好處，戀群小鳥，分別又怎麼能夠忍受感傷。魂魄離散、剛剛結交的都是不得志之人，他鄉屬於送客的。我十雨九風，春與人一同離去，一亭兩榭，花跟月亮一同殘缺。

　　早晨時烏鴉在青山啼鳴，餞別之堂酒盡，殘燭黯淡無光。伸開手指算算自今以往，此夕難忘。只是擔心來日禍變，憂貧憂病，前途應

該慎，時暖時涼。折得滿把芍藥，祝你一帆風順。

〔賞析〕

　　此詞是黃景仁在 1772 年寫的送別友人萬黍維的一首詞。萬黍維此行是來邀請黃、洪歲末做客宜興的，作者設宴餞別歡送友人的。上闋詩人首尾兩句、運用比興寄託的手法，寫出送別之景抒發難別之情。下闋回憶了昨晚的餞別之情況，以及對友人生活的叮囑。最後兩句：折得可離盈把，助汝行裝。這種細節描寫，已經使人潸然而淚下。

念奴嬌 · 清明偕容甫稚存訪城東古院

〔原文〕

　　蒼城一角，被長林古寺，襯來如畫。客子入門風習習，松是一千年者。石徑蝸涎，佛頭鳥糞，鼠竄飄簷瓦。閒花滿地，舊愁無限縈惹。

　　不合攜手登樓，遠山常笑我，春魂未化。三兩兒童相趁逐，也算少年遊冶。小有登臨，不成時節，添了離人話。只疑是夢，未知此會真假。

〔注釋〕

1. 此詞寫於 1772 年三月初二，作者偕汪中、洪亮吉訪問城東古院。汪中（1745～1794）字容甫，江都人，祖籍安徽歙縣，清朝著名的哲學家、文學家、史學家，與阮元、焦循同為「揚州學派」的傑出代表，著有《述學》、《廣陵通典》、《容甫遺詩》。

2. 被：加上。

3. 客子：旅居異地之人。

4. 蝸涎：蝸牛行走所分泌的黏液。

5. 佛頭：佛像的頭。

6. 縈惹：牽纏、招引。出自宋代史達祖《賀新郎·六月十五日夜西湖月下》詞：被東西幾葉雲縈惹。

7. 春魂：春日的情懷。

8. 遊冶：游蕩娛樂。

〔譯文〕

　　古城一角，藏著長林古寺，襯托著它來如詩如畫。我們這些旅居異地之人入門，風習習，松樹有千年的歷史。石徑蝸牛行走所分泌的黏液，佛像的頭鳥類的糞，鼠在簷瓦間竄跳。看到滿地開花，舊愁被無限招引。

　　不該攜手登樓，遠山常笑我，春日的情懷尚未結束。三兩兒童相追逐，也算少年出遊尋樂。小有登臨，不一定在逢時過節，這樣會增添了離人告別的話。只懷疑是在夢中，不知此會真假。

〔賞析〕

　　這是詩人偕友人訪訪問城東古院的所見所聞所感。上闋寫景，給人以蒼老、破舊之感，惹起舊愁。下闋寫登臨，友人們共賞遠景，真懷疑是在夢中？

念奴嬌・送容甫歸眞州

〔原文〕

　　思親遠夢，記連宵夜雨，一燈分作。羨爾思歸歸即得，飄若浮雲先去。客本非家，聚原有散，但怪如斯遽。一鞭捎過，勞勞亭子邊路。

　　今日世態波濤，才名瓦礫，無我疏狂處。待有五湖三畝宅，多恐萱幃遲暮。歸既難歸，客還送客。觸起悲秋緒。一言墮淚，不知何地重遇？

〔注釋〕

1. 分作：分開。
2. 斯遽：如此匆忙。
3. 勞勞亭：古代指送別之地，語出李白《勞勞亭》：天下傷心處，勞勞送客亭。
4. 疏狂：粗疏狂放。
5. 萱幃：指母親。語出劉三吾《野壯賦》。

6. 遲暮：暮年、晚景。語出屈原《離騷》。

7. 客還送客：在他鄉還需送客。

〔譯文〕

　　遠夢思親，記起連宵夜雨，由一燈分開。羨慕你想回去就回去了，像浮雲一樣飄著先離開。客居他鄉本來不是家鄉，團聚就意味著分手，但奇怪的是如此匆忙。一鞭抽過，送別之地就在前邊。

　　今日世態炎涼，才名似瓦礫般，不如我的粗疏狂放。待有五湖三畝宅，多擔心母親晚年無人贍養。回去已經難於回去，在客鄉還要送客。觸起悲秋緒。一言流淚，不知何地重遇？

〔賞析〕

　　此詞是黃景仁在 1772 年三月送別友人汪中回眞州（今南京儀徵）所作。上闋寫作者跟友人分手，羨慕汪中飄若浮雲，思歸歸即得。下闋寫我的今生不如意，遇到的社會環境險惡；我也想歸田隱居，但放心不了家中的老母。觸起悲秋緒。一言墮淚，不知何地重遇？下一次，我們不知在何處重逢？寫到此，爲他們執著純眞的友誼所欽佩。

小重山・壬辰三月晦日新安客舍

〔原文〕

　　整整春光客底逢。人隨波上下，絮西東。鶯啼草長雨濛濛。花事盡，添倍暮城空。

　　門巷落英中。幾番尋不見，舊時蹤。餞春筵散太匆匆。簾卷處，三十六遙峰。

〔注釋〕

1. 此詞寫於 1772 年三月三十（是年元日立春）在歙縣客舍，新安是安徽徽州的古稱。

2. 花事盡：落花已盡。

3. 落英：落花，語出司馬相如《上林賦》。

4. 餞春：飲酒送別春光。語出楊萬里《道旁桐花》。

5. 三十六遙峰：黃山有天都峰蓮花峰 36 大峰，有 36 座小峰。

〔譯文〕

　　在明媚的春光裏我們在他鄉相逢：人隨水波上下，柳絮西東游蕩。鶯啼草長雨濛濛，落花已盡，到黃昏倍添城空。門巷落花中，尋不見舊時的蹤跡。飲酒送別春光筵散太匆匆，捲簾處正對著黃山。

〔賞析〕

　　此詞是寫黃仲則即景抒情的名作。上闋寫景：春光融融、柳絮飄拂、鶯啼草長、雨濛濛、花事盡，寫出了春天將逝，城市了無生機的景象。下闋繼續寫暮春的情況：門前落英，餞春匆匆，時光流逝的太快。但是，春天真正留在遠處的黃山的三十六座山峰上。

減字木蘭花 · 黃梅

〔原文〕

雨顛風駛。催得梅如金彈子。小摘吳娘。未忍沾牙只嗅香。

懊儂情緒。怕唱方回腸斷句。半晌徘徊，聞道湖州刺使來。

〔注釋〕

1. 金彈子：梅子熟的時候成黃色，如同金色的彈子。

2. 吳娘：比擬黃梅。

3. 懊儂：煩悶的情緒。

4. 方回：指南宋詩人賀鑄：試問閒愁都幾許？一川煙草，滿城風絮，梅子黃時雨。

〔譯文〕

　　風狂雨驟，催得黃梅如同金色的彈子彈來彈去。小摘黃梅，未忍沾牙只嗅香氣。

　　煩悶的情緒，怕唱南宋詩人賀鑄的斷腸句。片刻徘徊，聞道湖州刺使來。

〔賞析〕

　　此詞是黃景仁詠黃梅的佳作。上闋寫梅子的外形、味道，下闋抒情，抒發詞人煩悶的心情，最後寫聞道湖州刺使來？是福還是災禍？不得而知。借寫黃梅實則爲傷春之作也。

南浦・寄仇一鷗

〔原文〕

　　一鷗無恙，記煙波、浩蕩舊盟深。貪看蒼梧雲去，五載斷瑤音。盡把六橋三竺，好湖山、一一讓君吟。況酒徒座上，有人宿草，說著總寒心。

　　負汝窮途一諾，奈空囊、羞澀到如今。拌把鬢毛絲盡，無處換黃金。聊倩南飛一雁，告別來、思淚滿離襟。問臨江樓上，那時醉墨可能尋。

〔注釋〕

1. 仇一鷗：仇麗亭，名養正，榜名永清，號一鷗，浙江仁和人，乾隆丁酉舉人，官桐廬訓導。
2. 蒼梧：山名，相傳舜死於此。
3. 瑤音：對他人聲音或者文字的尊稱，見於明朝徐禎卿《酬邊太常於燕山見憶之作》：故人惠思我，百里寄瑤音。
4. 六橋三竺：指杭州西湖。靈隱寺的六座橋和三座山。
5. 宿草：人已死多時。
6. 聊倩南飛一雁：姑且請南飛之雁。
7. 醉墨：醉中所作的詩書。

〔譯文〕

　　一鷗你還好嗎？記煙波浩蕩，舊情很深。貪看蒼梧山中雲後離開，五年沒有你的消息。盡把西湖美景，好湖山、一一讓君吟。況座上的酒徒，有人已經作古，說著總寒心。（指勞濂叔、蔣思謇）

　　對不起你，我答應要大幹一場，無奈到如今，口袋沒錢。就是把鬢髮拔盡，也無法換取黃金。姑且請南飛之雁，告訴你分別以來，思

淚滿衣襟。試問臨江樓上，那時醉中所做的詩書可否找到？

〔賞析〕

此詞是黃景仁給友人仇一鷗的回信，寫的動人心腸。上闋回憶兩人過去的斷斷續續交往：看蒼梧雲、六橋三竺，把酒共盞，令人難忘。下闋繼續寫往事：我答應你要大幹一場，無奈現在一貧如洗，無奈我年紀大了，年老不值錢。但我對您的思念之情不改。真難忘：在臨江樓上，那時醉墨可能尋？

筆者最不忍心讀下去的就是這一類詩歌，無法用言辭來概述。

柳初新・七月初二日夜宴

〔原文〕

雨聲滴碎梧桐院，早是悲秋病券。無端乙夜，哀絲豪肉，激得異鄉愁斷。更被澆腸熱酒，水犀般、將愁分半。

一半香溫褥軟，前遊隔得天遠。哀多於樂，醒常如醉，半為綺年難挽。待灑淚珠成串。怕驚他、四筵酬勸。

〔注釋〕

1. 此詞寫於乾隆 37 年壬辰（1772）七月初二夜，時值安徽學政使朱筠夜宴。
2. 病券：病象。
3. 乙夜：二更，夜裏 10 時。
4. 哀絲豪肉：悲切的弦樂，洪亮的歌喉。
5. 澆腸：飲酒。
6. 水犀：取心有靈犀般之意。
7 綺年：青春、少年。

〔譯文〕

雨聲滴碎梧桐院，早是悲秋的病象。無端二更，悲切的弦樂，洪亮的歌喉，激得異鄉愁斷。幸運的是飲酒心有靈犀般把愁分半。

一半香溫席軟，前遊隔得天遠。悲哀多於喜樂，常醒如醉態，多

半是因爲青春少年時光難以挽回。待灑淚珠成串，怕在筵席上酬勸。

〔賞析〕

　　這是一首寫夜宴的詞，無意間卻成了寫雨的名詩。上闋寫雨，雨可以消去炎熱，也可以消去不快，更可以消去心中的塊壘。今夜的宴會，悲切的弦樂，洪亮的歌喉，惹得我愁思全消；更被飲酒，將愁分半。下闋回憶往事，再寫現狀：哀多於樂，醒常如醉，半爲綺年難挽。但現在不要哭泣，否則，會驚擾鄰座。時光易逝，想後悔都來不及了。

千秋歲・二喬宅旁有井水，常作胭脂色

〔原文〕

　　傾城俊傑，流韻江東壁。空腹痛，西陵客。玲瓏齊解佩，照耀分聯璧。誰不羨、一門佳婿東風力。

　　並倚攤書策，舊地餘荒宅。風雨暗，莓苔碧。土消蘭麝氣，井汲臙脂色。曾染出、南朝千載生香國。

〔注釋〕

1. 空腹痛：運用西施的典故，寫出西施的嫵媚。
2. 西陵：浙江蕭山西興鎮。
3. 玲瓏齊解佩：玲瓏指玉器清越的聲音；解佩指解下所帶的飾物。
4. 聯璧：並列的美玉。
5. 一門佳婿：指大喬嫁給了孫策，二喬嫁給了周瑜。
6. 莓苔：指青苔。
7. 蘭麝：指蘭和麝香。

〔譯文〕

　　傾城俊傑，名貫江東。本天生麗質，是西陵客。飾物同時解開，美玉一齊照耀。誰不羨慕一門正春風得意的佳婿。

　　曾經一起攤開書策，卻在舊地留下荒宅。風雨暗，青苔碧。土消解蘭花和麝香之氣，井中汲取胭脂色，曾染出千載南朝生香的地方。

〔賞析〕

此詞是黃景仁寫的詠史懷古詩，懷念的對象三國時著名的美女二喬。《漁洋詩話》中記載：山谷詩云：松竹二喬宅，雪雲三祖山，今遺址爲彰法寺。上闋是懷古：先總寫（側面寫）二喬的美麗和魅力：傾城俊傑，流韻江東壁；接著側面繼續寫；直接寫二喬的風流，令人目眩；最後直接抒情，二喬的魅力無與倫比。下闋寫現在：當年發生的事情已經寫進歷史；當年二喬居住過的舊地，餘荒宅蘭麝氣胭脂色已經成爲歷史的殘跡；但這些都抹殺不了千年前一代美女在這裡生活過，信哉！千載江南盛產美女。

一叢花‧懷寧道中

〔原文〕

小黃茅店睡初酣，風力透蘆簾。馬嘶人起匆匆甚，正驚我、歸夢江南。一夜輕寒，五更殘月，閣住遠山尖。

微哦依舊下車襜，酒面怕霜醃。才情薄負渾多事，漂泊苦、久更難堪。孤負心盟，凋殘身世，流淚滿征衫。

〔注釋〕

1. 此詞寫於 1772 年，作者擔任安徽學政使朱筠的幕僚，有空到處看看走走。懷寧：在安徽潛縣。
2. 微哦依舊下車襜：微哦是微吟的意思；車襜是車上的帷幕的意思。
3. 征衫：旅人的衣。
4. 孤負心盟：辜負內心的誓約。出自李東陽《祭尼山廟文》。

〔譯文〕

在小黃茅店裏，我睡得正盡興，風穿透蘆葦作的簾幕。馬嘶而鳴叫人匆匆起來，正驚醒著歸夢江南的我。一夜微冷，五更殘月擱在遠山尖上。

微吟撩起車上的帷幕下車，酒後我的臉怕霜醃。才情薄不能幹許多事，漂泊困苦、更加難堪。我辜負內心的誓約，想起苦難身世，流

淚沾滿旅人的衣。

〔賞析〕

此詞寫旅途上的見聞感受。上闋寫景：風力、馬嘶、人起、五更殘月、遠山，詩人向我們描繪了一幅他鄉游子羈旅行役圖，同時寫出了詩人對家鄉（江南）的熱切懷念。下闋敘事抒情：漂泊苦、久更難堪；最後寫「孤負心盟，雕殘身世，流淚滿征衫。」中「心盟」指科舉得意，然後做官，走中國傳統讀書人之路。

黃景仁詩歌之精巧、語言之雅致，在同時代的作家中是少有的；也許趙懷玉的作品中有類似的題材文章，我們在以後文章中一起來探討。

春風嫋娜 · 中秋夜使院對月

〔原文〕

被冰輪入戶，喚起無聊。蘭炷減，篆香消。悵平分秋色，露和人瘦，細搖花影，夢與簾飄。寡女絲虛，霜娥鬢冷，肯枉空齋絮寂寥。樹底捉、金蟆客去，天邊駕、彩鳳人遙。

空自兩手叉拏。雙肩聳削。閒題句、縻費芭蕉。愁萬疊，淚雙交。盈階蟋蟀，半壁蠨蛸。急管三更，彌空作陣，繚垣一曲。畫地成牢。此時幾個在，好欄干畔，低低私祝，歲歲今宵。

〔注釋〕

1. 此詞寫於 1772 年八月十五中秋節，黃景仁夜攜酒過洪亮吉飲，當時洪病情嚴重。
2. 冰輪：指月光。
3. 無聊：無助，無可依靠。
4. 蘭炷：對線香的美稱。語出歐陽修《洛陽春》。
5. 篆香：盤香。語出李清照《滿庭芳》
6. 寡女、霜娥：嫦娥，月亮。
7. 空齋：寂寞的廣寒宮。
8. 金蟆：金蟾。出自唐代段成式《酉陽雜俎》。

9. 挲：拿；牽引；搏鬥。

10. 糜費：浪費，耗費。

11. 蠨蛸：蟲名，即喜蛛。出自《詩經·豳風·東山》：伊威在室，
 蠨蛸在戶。

12. 急管：節奏急速的管樂。

13. 繚垣：圍牆。出自張衡《西京賦》。

14. 劃地成牢：只許在限定額範圍內活動。

〔譯文〕

　　月光照進屋內，更加產生無聊之感。線香漸漸熄滅，盤香已經熄滅。惆悵的是露和人平分秋色，露和人一樣瘦弱，慢搖花影，美夢與簾幕同時飄動。嫦娥鬢髮看上去使人產生冷酷之感，豈肯在空齋像柳絮般寂寥虛度光陰；樹底捉金蟆客離去，天邊駕彩鳳那人很遙遠。

　　兩手空自拿叉，雙肩聳削。寫下閒題句浪費芭蕉。愁萬種，淚雙交。滿階蟋蟀，半壁喜蛛。管樂三更時的節奏急速，滿空陣陣，圍牆一曲在限定的範圍內活動。此時幾個親近的人，在欄干畔低低祝願：歲歲今宵快樂。

〔賞析〕

　　此詞是黃景仁中秋賞月的名作。上闋寫景，有一詞概括詞人的心情：無聊，下面寫人、寫景處處圍繞無聊來寫：蘭炷減，篆香消；露和人瘦，細搖花影，夢與簾飄；寡女絲虛，霜娥鬢冷，肯杆空齋絮寂寥。樹底捉金蟆客去，天邊駕彩鳳人遙：就是天上那麼美好的嫦娥玉兔桂樹故事，也逃脫不了淒涼。下闋抒情，還是回歸現實吧：不要寫詩歌了；音樂雖好，但時間很短，空間有限；儘管歲月無情，我們還是暗暗祝福：年年都像今夜一樣的美好與難忘。

踏莎行 · 十六夜憶內

〔原文〕

　　珠斗斜擎，雲羅淺熨，蟾盤偷減分之一。重逢又是一年看，明年看否誰人必。

今夜蘭閨，癡兒嬌女，那知阿母銷魂極。擬將歸棹趁秋江，秋江又近潮生日。

〔注釋〕

1. 此詞寫於 1772 年八月十六日，這是回憶妻子的詞。

2. 珠斗斜擎，雲羅淺熨，蟾盤偷減分之一：這是黃景仁寫室外景的句子。雲羅：如網羅一般遍佈上空的陰雲。蟾盤：指圓月。語出【唐代】曹松《中秋對月》：無雲世界秋三五，共看蟾盤上海涯。

3. 蘭閨：對女子居室的尊稱，語出王勃《春思賦》：自有蘭閨數十重，安知榆塞三千里。

4. 阿母：這裡稱呼孩子的母親。

〔譯文〕

北斗七星的柄向西傾斜，陰雲淡薄，月亮偷減一分。重逢又是一年後，明年看否能成行。

今夜你的居室，癡兒嬌女，那知你傷心極點。擬將歸船趁秋江，秋江又近潮生的日子。

〔賞析〕

此詞是黃景仁在異鄉思念親人的作品。上闋寫室外景，但美景不可能共享，還需要等到明年，但明年未必欣賞到如此美景。下闋想像家中的情況：兒女可愛，但妻子傷心銷魂；還是今晚趁秋江駕船回家吧，但秋江今晚快要漲潮了：回不了了！

寫生活、寫親情，這是文學作品的永恆話題：以後我努力把這兩方面寫好。

玉燭新

〔原文〕

影兒何處覓？剩空館餘香，綠苔行跡。曉風殘月關山路，應減昔時蘅澤。如許腰肢，怕掌上、少人憐惜。可念我、思淚朝朝，搵爛吳綃幾尺？

　　多時客館相偎，把錦被濃薰，砑箋親擘。檀槽撥到剛私語、忽地當胸一畫。看花易老，況又作、花間過客。拚憔悴、換得瀕行，眼波輕擲。

〔注釋〕

1. 此詞是黃景仁在 1772 年八月份在皖城校文之暇，多所登覽，有詩詞記之。

2. 曉風殘月關山路：晨風吹拂，殘月在天，情景冷清；關隘山嶺充斥在路途。

3. 薌澤：香澤，香氣。

4. 朝朝：天天，每天。

5. 砑箋：壓印有畫圖的信箋。

6. 檀槽：絃樂器。

7. 私語：低聲說話。

8. 拚：甘願。

〔譯文〕

　　哪兒找到影子？在留有餘香的空館，略留行跡的綠苔。晨風吹拂，殘月在天，情景冷清；關隘山嶺充斥在路途，完全沒有過去的香澤。我如此憔悴，擔心容易使少數人憐惜。可念我每天思淚翻湧，擦爛多少手絹？

　　常常在客館相偎，把錦被濃薰，親寫信箋。撥絃樂器，剛低聲說話、時間很短，卻要結束。看花易老，何況又作花間過客。我願意離開，寧願憔悴，不辜負你的關心。

〔賞析〕

　　此詞是詞人登覽古城有所感而作的文章。上闋由眼前景寫到對舊人的回憶：如許腰肢，掌上憐惜，但空有思淚，景物雖在但人卻不在，令人唏噓不已。下闋繼續對伊人懷念：客館相偎，錦被濃薰，信箋親寫，檀槽撥到，私語一時，當胸一畫，卻要結束。看花易老，況又作、花間過客：時光總是這般無情，相聚時總是這般短暫，難就難在我們

即將分手的時刻。

　　生離死別，這是文學作品的永恆關注點，尤其是離別。古人講：
悲莫悲兮生別離，就是這個道理。

薄倖

〔原文〕

　　斜披氈笠。耐西風、獵獵吹急。遞一陣、深楸虎氣。驢耳雙
雙都立。轉平岡、細草黏空，誰添幾點牛羊入。記來往南山，重
逢此景，閒煞黃皮袴褶。

　　顧瘦影、沉吟罷，清淚漬、草根都濕。詎茫茫大地，竟無歸
處，此間卻灑楊朱泣。且休鳴唈。算途遙日暮，今宵可趁郵亭及。
土壁繩牀，料是百憂橫集。

〔注釋〕

1. 氈笠：用氈製成的笠。
2. 獵獵：形容風聲或者風吹動紅旗的聲音。
3. 深楸：楸樹，一種落葉喬木。
4. 細草黏空：指平崗上的草彷彿與天相連。
5. 袴褶：服裝名，上穿褶，下穿褲，外不加裘裳。
6. 楊朱泣：語出《荀子‧王霸》指用以表達對世道崎嶇，擔心誤入
　　歧途的憂慮，或者在歧路的離別情緒。
7. 鳴咽：低聲哭泣。
8. 郵亭：驛館。

〔譯文〕

　　斜披氈笠，怎耐西風獵獵吹急，送來一陣虎氣的楸樹。一雙驢耳
都直立著。轉過平岡、平崗上的草彷彿與天相連，幾點牛羊加入。還
記得我多次來往南山，重逢此景，閒煞那些服裝。

　　環顧瘦影伶仃、沉吟罷，清淚打濕衣襟，草根都打濕了。難道茫
茫大地，竟無歸處，此間卻灑離別之淚。且不要低聲哭泣。就算路途

遙遠、今晚日暮，快到驛館休息。看到眼前用土砌的壁用繩弔起來的床，眞是百感交集。

〔賞析〕

這是青年黃景仁思考人生問題的一篇文章。上闋寫景，可分兩部分：轉平崗前是斜披氈笠、西風獵獵、深楸虎氣、驢耳雙立；轉平崗後是細草黏空、幾點牛羊；最後點出特別羨慕那些身穿黃皮袴褶的人。下闋寫人生面臨選擇的痛苦：顧瘦影、沉吟罷，清淚潰、草根都濕；詩人發問茫茫大地，人生歧路，竟歸何處？最後無法求解，只好：算途遙、日暮今宵，可趁郵亭及，土壁繩床，料是百憂橫集。選擇苦難，這座人世間最好的大學。

這不是一個青年人遇到的問題，而是帶有普遍性的問題：人生抉擇，是追求名利場，還是青燈皓首求得眞理？這時，想起了柳青《創業史》，想起了路遙《平凡的世界》，想起了更多。

文章的題目是薄倖，是薄情的意思，即命運待我太薄了。

喜遷鶯 · 皖城懷古

〔原文〕

荒城一曲。想碧眼孫郎，臨壕擁纛。赤壁燒餘，濡須戰罷，此地彈丸誰屬。莫道廬江重鎭，況是皖田如玉。三軍奮，聽一聲萬歲，堞樓齊覆。

攻速。記是役、慷慨爭先，端仗升城督。夾石兵收，潯陽寇窘，費了幾堆斷鏃。莫說千年王氣，到眼幾行殘局。和盤算，歎江流遺恨，孫劉未睦。

〔注釋〕

1. 皖城：地名，安徽潛山縣北。
2. 碧眼孫郎：指孫權。據《三國演義》載，孫權紫髯碧眼，目有精光，方頭大口，狀貌奇偉。
3. 臨壕擁纛：纛，古代軍隊裏的大旗。揮舞大旗，來到對方的壕溝。

4. 赤壁燒餘：赤壁，山名，在湖北蒲圻縣，長江南岸。赤壁燒後。

5. 濡須戰罷：濡須，水名，又名運漕河或者裕溪河，歷史上孫權在此爲塢，抵抗曹操月餘。戰罷濡須。

6. 盧江：江名，又名潛川，在今天安徽合肥盧江縣，周瑜故里。

7. 皖田如玉：皖田像玉一樣的整齊。

8. 堞樓齊覆：城樓一齊到下。堞樓，城上如齒狀的矮牆。

9. 夾石：指北峽山，今安徽桐城縣北。

10. 潯陽：地名，呂蒙曾擔任潯陽令。

11. 斷鏃：斷折了的箭頭。

〔譯文〕

　　一曲荒城：想當年孫權，擁旗臨壕。赤壁燒後，濡須戰罷，彈丸此地屬誰？不要說盧江重鎮，更甭提皖田如玉。三軍奮力，聽一聲萬歲，城樓一齊倒下。

　　迅速攻城：記是役、慷慨爭先，打仗尾聲（將軍）督促士兵攻城。用石頭夾攻收兵，呂蒙在潯陽剷滅敵寇，費了幾堆斷箭。莫說千年王氣，到眼幾行殘局。和盤失算，歎江流遺恨，孫劉沒有和睦到終。

〔賞析〕

　　黃景仁的這首詞向我們描述了赤壁之戰的驚心動魄的過程：孫權身先士卒、周瑜儒雅風流、呂蒙的勇敢善戰，可惜的是王氣短暫、蜀國吳國不和睦，最後三國歸晉。

　　此詞的特色是場面描寫雄渾氣魄，再加上細節描寫，讀者眞像身臨其境般來到古戰場。

菩薩蠻・秋海棠

〔原文〕

　　頰垣缺髩臙脂色。斷腸花對銷魂客。小樣卻中看。帶來些子酸。

　　從今擔心薄福。爲負傾城目。辛苦繫紅絲。暮秋逢嫁期。

〔注釋〕

1. 缺甃：殘缺的井壁。

2. 子酸：梅子酸。

3. 爲負傾城目：爲了不辜負眾人欣賞。

〔譯文〕

頹垣缺壁胭脂色，斷腸花對銷魂客。樣子卻適合看，只是梅子酸。

從今擔心福分淺，爲了不辜負眾人欣賞。辛苦繫上紅絲，到晚秋逢逢好日子出嫁。

〔賞析〕

黃景仁的這首詞是詠海棠花的。上闋寫海棠花生長的環境和外表：胭脂色，中看，子酸（味覺）；下闋寫開花的時間，運用比擬的手法，暮秋出嫁，魂歸自然。

好事近·阻風江口

〔原文〕

一霎起驚飈，我與浪花頭白。占得鸂鶒拳處，看楚天秋色。

回風低送鼓聲撾，前灣有舟泊。少頃亂帆來也，奈去船無隻。

〔注釋〕

1. 驚飈：突發的暴風。

2. 鸂鶒拳處：即鸂鶒佔據的很小地方。

3. 回風低送鼓聲撾：回風低送，鼓聲敲過。

〔譯文〕

突然起暴風，激起浪花一片白色。占得鸂鶒拳頭大的地方，還得看楚天秋色。

回風低送，鼓聲敲過，前灣有船停泊。不一會大小船來避大風，無奈沒有船離開。

〔賞析〕

此詞是詩人阻風於江口的所見所聞所感。所見：驚飈，我與浪

花頭白，楚天秋色。所聞：回風低送鼓聲摵。所感：亂帆來也，奈去船無隻。人的本能是尋求片刻的休閒與自在，哪怕是極小的時間與空間。

步蟾宮

〔原文〕

　　一層丁字簾兒底，只繡著、花兒不理。別來難道改心腸，便話也、有頭沒尾。

　　蘭膏半減衾如水，陡省是、夢中情事。可憐夢又不分明，怎得個、重新做起？

〔注釋〕

1. 丁字簾：丁字形的捲簾。
2. 蘭膏半減：用半減蘭香煉膏，語出《楚辭・招魂》：蘭膏明燭，華容備些。
3. 衾如水：被子冰涼如水。

〔譯文〕

　　一層丁字形的捲簾的底，只繡著花兒。分別以來難道改心腸，盡說出沒頭沒尾的話。半減蘭香煉膏，被子冰涼如水，我陡然省去這夢中情事。可憐夢又不分明，又不能夠重新做起。

〔賞析〕

　　此詞是黃景仁少有的柔曼之音（【清】王之春《椒生隨筆》），他給我們印象永遠是「大江東去」式的豪邁，但這首詞是例外，真是：才人真無所不至也。我們可以想像這樣一個場景：作者與一個定交的女子重逢，她說話有頭無尾，難道她改了心嗎？做夢，可是夢中的情事卻不分明，又不可能重新做。此詞寫出了一位情竇初開，純真而又對未來無限嚮往的形象，真使人充滿無限想像。

滿江紅・吳大帝廟

〔原文〕

　　伯也無年，把草草、江東付爾。不數載、西連北拒，公然帝矣。彼國有人難徑渡，諸君為將偏甘死。只幾封、降表落中原，生平恥。

　　垂珠冕，翹華履，睛點碧，鬒掀紫。問生兒誰道，不應如是。半壁江山成夜火，一生事業憑春水。小朝廷、血食尚千秋，誰能此？

〔注釋〕

1. 伯也無年：孫策無福享受天年。
2. 吳大帝：指孫權，他的廟在南京清涼寺西。
3. 西連北拒：向西聯合蜀國向北抗拒魏國。
4. 難徑度：難以徑直度過。
5. 伯也無年：指孫策意外去世。
6. 只幾封、降表落中原，生平恥：指太康元年，東吳被晉國所滅，孫皓投降，乃孫權恥辱。
7. 垂珠冕，翹華履，睛點碧，鬒掀紫：此指孫權的外貌。
8. 問生兒誰道：出自曹操的「生子當如孫仲謀」。
9. 半壁江山：國土的一半或大部分。
10. 血食：鬼神享受的祭祀。
11. 千秋：歲月久遠。

〔譯文〕

　　孫策無福，把江東草草交給你。沒幾年、西連北拒，公然稱帝。吳國命運多舛，諸君為將甘心而死。到後來，孫皓投降，確是孫權恥辱。

　　垂下珠冕，翹起華履，眼睛碧綠，鬒髮掀紫。真應了「生子當如孫仲謀」（曹操語），難道不應如是？國土的一半成夜火，一生事業憑春水。小朝廷享受後代的犧牲祭祀尚能夠歲月久遠，後人誰能做到此？

〔賞析〕

　　此詞是黃景仁的詠史懷古的詞，他詠懷的對象是孫權。上闋寫孫

權受任於危難之際，臥薪嚐膽，成就帝業，但不幸的是去世沒幾年，東吳就滅亡了。下闋寫孫權的外貌、抱負，別人的評價，但能在如此的困局中成就大業的，能有幾人呢？

醜奴兒令・潁州西湖半沒爲田矣

〔原文〕

聚星堂上人何處，一換揚州。一換杭州，碎割西湖十頃秋。

千年魂魄重來此，高處眠牛。低處藏鷗，便是蓬萊清淺流。

〔注釋〕

1. 此詞寫於 1772 年十月初，潁州的州治在安徽的阜陽。
2. 聚星堂：北宋的文壇大家歐陽修於潁州西湖畔所建，皇祐二年正月初七歐陽修曾在此宴會，分韻作詩。
3. 碎割西湖十頃秋：語出歐陽修的《西湖戲作示同遊者》：都將二十四橋月，換得西湖十頃秋。
4. 眠牛：風水好的葬地，語出《晉書・周光傳》。
5. 蓬萊清淺：世事變化大，語出東晉葛洪《神仙傳》。

〔譯文〕

歐陽修在何地呢？一換揚州，一換杭州，如今的西湖有一半成爲良田。假使歐陽修的魂魄千年後再來此，（會看到）高處地方已經作了墳塋，低窪地方讓人隱居，這世事變化真大。

〔賞析〕

此詞是黃景仁的一首詠史懷古詞，他追念的對象是一代文豪歐陽修。人生在世，變化真大。所以，生命中的每一天都是重要的日子。作者的如畫妙筆，不愧爲大才子。

鳳凰臺上憶吹簫

〔原文〕

天上團圓，人間離別，一般徒倚長橋。詎填成烏鵲，直憑魂銷。其下潑翻銀漢，如箭駛征舲。似有語聲天半，翹首見、雙袖

齊招。招手處、九天咳唾，別淚同拋。

　　停橈。風雨聚，乍驅來人穴，不辨呼號。似尾生柱朽，豫讓聲消。歲歲洗車舊例，為征人、移在今朝。猶隱隱、數聲珍重，飄落雲霄。

〔注釋〕

1. 此詞寫於 1773 年七月初七，作者的船從練江出發，各位同仁【沈範孫、袁鈞等人】送別到紫陽橋上。突遇風雨，把船隱藏在橋下不得出，送者亦散去，寫了這首詞來抒發愁悶。

2. 徙倚：徘徊，來回地走。

3. 詎填成烏鵲：烏鴉填河，每年七夕之夜，牛郎織女相會，群鵲銜接為橋以渡銀河。詎：豈，怎。

4. 潑翻銀漢：潑翻銀河。

5. 征舠：遠行的小船。

6. 咳唾：指人的言論。

7. 停橈：停船。

8. 乍驅：一下子來到。

9. 尾生柱朽：尾生是戰國時堅守信約的人。

10. 豫讓聲消：豫讓是戰國刺客，吞炭為啞。

11. 沈範孫：字子孟，號又希，別號筠簏，浙江嘉興秀水縣人，諸生，久困場屋，年 70 應秋試。主開封大梁書院。生平喜為詩，客遊四方，一時名士皆推重之。著有《又希齋集》。

〔譯文〕

　　天上團圓，人間離別，一般在長橋上徘徊相聚。七夕之夜，牛郎織女通過群鵲銜接的橋，渡過銀河來相會。接著，潑翻銀河，如小船箭駛。好像天空上有說話聲，擡頭望見雙袖在招手。在招手的地方，天地為之動容，同灑離別之淚。

　　趕快停船，風雨齊聚，大家一起來到橋下，喊聲一片，好像尾生守約，豫讓俠骨。每年都有為征人洗車的舊例，移到今天，這得感謝老天爺下雨，隱隱約約感受到大家分手時的告別聲。

〔賞析〕

此詞是黃景仁在特定的時間特定的背景下寫的詞：時間是七夕，背景是跟同仁道別。上闋寫在七夕節這天大家相聚，這本是有情人相聚的日子，可是我不得不跟眾位同仁分手。特別是最後三句叫人怎能輕易分手呢？下闋再詳細的敘述用了兩個典故寫出了分手之難、情感之真，最後三句跟上文照應，珍重、別淚這是一幅無以用語言描繪出的畫面，豈是文字所能表達出來？

高陽臺・自湧金門至柳浪聞鶯，遇雨

〔原文〕

問水亭邊，湧金門外，三錢穩趁湖船。自我來思，於今又是三年。敗荷衰柳垂垂盡，似渠儂，一樣堪憐。更無端，冷雨敲篷，添倍淒然。

扁舟悄艤蘋花岸，喚舟人小坐，卻話從前。見說當壚，於今尚記逋錢。兩峰不放修眉看，為傷心、鎖合湖煙。且歸眠，淚是愁人，雨是愁天。

〔注釋〕

1. 湧金門：南宋的都城杭州的西城門，門臨西湖。
2. 柳浪聞鶯：西湖十景之一。
3. 問水亭：明朝孫隆建，在湧金門外。
4. 三錢：多種財物。錢：財物。
5. 渠儂：他，他們。
6. 當壚：賣酒。
7. 蘋花：又叫四葉菜、田子草，多張于湖塘溝渠中。
8. 逋錢：欠款。

〔譯文〕

問水亭邊，湧金門外，多種財物裝滿湖船。自我來到這兒，於今又是三年。敗荷衰柳快難覓蹤跡，他們一樣值得憐愛。更不知緣故，

冷雨敲篷，添倍淒然。

扁舟悄悄地停在蘋花岸，喚舟人小坐，卻話從前。遇到賣酒的，於今還記得當年欠款的情形。放過兩峰不放過眼前美女，因爲傷心鎖合湖煙。還是回去睡覺，淚是愁人的淚，雨是愁人的天。

〔賞析〕

這是詞人雨中游西湖的隨筆。上闋回憶了三年前遊西湖的情況，但於我來說，沒有大的改觀，還是敗荷衰柳垂垂盡，跟我的人生太相似。下闋繼續追憶往事：喚舟人小坐，卻話從前；見說當壚，尚記通錢。沒有心思看風景，只有傷心。還是回去吧！人愁流淚，天愁下雨。

買陂塘 · 過聚景圖舊址

〔原文〕

怪行行、東湖一角，淒煙怨水如許。舊是趙家行樂地，那覓綺樓朱戶。君試數。剩幾點、流螢照打官蛙鼓。草蚉低訴。又垣粉零香，階瑤腐碧，歲歲葬秋雨。

湖山路。不是幾番今古。樓臺塞破煙霧。荷灣柳港知多少，三兩漁舫占取。菱唱苦。向斜日、橫塘窈窈聽將去。野花無數。尚著露含風，年年開向，曾駐翠華處。

〔注釋〕

1. 聚景圖：南宋的皇家園林，在今天的杭州西湖邊清波門外，又名西園。
2. 趙家：南宋的皇帝姓宋。
3. 綺樓朱戶：錦繡樓房朱門大戶。
4. 官蛙鼓：官蛤蟆的叫聲，語出《晉書·惠帝紀》。
5. 蚉：蝗蟲；蟋蟀。
6. 垣粉：粉牆。
7. 階瑤腐碧：石階變綠。瑤階：玉砌的石階，用爲石階的美稱。
8. 塞破：籠罩。

9. 漁舠：刀型的漁船。

〔譯文〕

　　東湖一角很奇怪，淒煙怨水。舊是皇帝的行樂地，哪裏找到華美的房屋。不信你數數看。只剩下幾點流螢、癩蛤蟆、低訴的蟋蟀。又粉牆飄著零香，石階變綠，歲歲葬秋雨。

　　湖山路，不知走過了多長時間。煙霧籠罩樓臺，知多少荷灣柳港和漁船。唱著採菱苦的歌謠，向斜日橫塘處劃去，遠遠地聽去；野花無數還著露含風，年年開向，當年的繁華之處。

〔賞析〕

　　此詞是黃景仁遊南宋皇家園林的即景所做。上闋寫皇家園林曾經的輝煌與現在的破敗進行對比；下闋繼續寫古今對比：古代的樓臺塞破煙霧。荷灣柳港知多少；現在的採菱苦、向斜日橫塘，窈窈聽將去、野花無數。最後三句尚著露含風，年年開向，曾駐翠華處。過去的輝煌不在，其中也不過過去了 500 年。撫今思昔，真叫人痛苦不已！

青玉案·泛舟丁家山下

〔原文〕

　　湖天漠漠陰晴半，雙槳急、湖雲亂。雲到峰腰船泊岸。水蓮花謝，木蓮花放，沒箇人來看。

　　回頭拍拍飛鳧散，隔岸猶挑酒家幔。莫為聽歌腸欲斷。有情天地，無邊風月，不與閒人算。

〔注釋〕

1. 本詞作於乾隆 38 年癸巳（1773），黃景仁七夕舟發徽州，由新安江東下至杭，隻身遊遍武林之名勝，作詩詞很多。

2. 丁家山：在錢塘縣西，靠湖，山光水影，上下相接，又名蕉石鳴琴。

3. 水蓮花謝，木蓮花放，沒個人來看：語出白居易《木芙蓉花下招客飲》「莫愁秋無伴愁物，水蓮花盡木蓮開」。木蓮就是木芙蓉。

4. 漠漠：迷茫的樣子。

5. 飛鳧：飛鴨。

6. 酒家幔：賣酒的旗幟。

〔譯文〕

　　湖天迷茫陰晴各半，雙槳急、湖中的倒影凌亂。雲到峰腰船泊岸。水蓮花謝，木蓮花放，沒有人來看。

　　回頭拍手，野鴨飛散，在對岸還樹立著酒家旗子。不要因爲聽歌腸欲斷。天地有情，風月無邊，不與閒人算帳。

〔賞析〕

　　此詞是詞人隻身一人泛舟丁家山的心得體會。上闋寫景：湖天漠漠、雙槳急、湖雲亂、雲到峰腰、船泊岸，天氣陰晴不定，人的心情也飄忽不定，倒是美景也無心情去享受。下闋抒情：拍飛鳧散、挑酒家幔，實際上是詩人沒有心思在遊玩，天地有情，風月無邊，不與閒人算，別人無法理解你的心思。魯迅的詩歌「心事浩茫連廣宇」中「心事浩茫」可算最精當的概括了。

江南好

〔原文〕

（其一）

　　西湖好，十頃碧悠悠。有怨只澆蘇小骨，無情不上范蠡舟。斷送幾人愁。

（其二）

　　西湖好，恨事古今無。邀得官家猶北顧，未曾亡國是西湖。唐突怨傖奴。

〔注釋〕

1. 蘇小小：南齊錢塘著名歌妓，杭州西湖的西泠橋畔有蘇小小墓。

2. 范蠡舟：據說西施幫助吳國滅越後，就跟范蠡泛舟江湖，後范蠡成爲出色的商人。

3. 邀得官家猶北顧，未曾亡國是西湖：南宋王朝偏安江南一隅，實為亡國。官家：舊時對皇帝的稱呼。

4. 傖奴：粗野的奴才。

〔譯文〕

（其一）

西湖好，面積廣闊無窮碧綠。有怨只澆蘇小小骨，無情不上范蠡舟，使得幾代人發愁。

（其二）

西湖好，恨事古今無。南宋王朝偏安江南一隅，實為亡國，被侵略之後怨恨奴才。

〔賞析〕

兩首詞寫出了詞人的不同的感知：第一首寫了蘇小小的骨氣，范蠡的多情；第二首對腐敗的南宋王朝進行了抨擊，他們實則是小人當道，不可能做出驚天之大業。

菩薩蠻·暮遊湖山神廟

〔原文〕

分明有蝶孤飛去，轉過庭梢無覓處。悄步向花前，掃花人正眠。

獨立成惆悵，更上湖樓望。湖上雨吹來，看花人盡回。

〔注釋〕

1. 湖山神廟：跨虹橋西，祭祀湖山之神。

2. 梢：事物的末端或者一段時間的盡頭。

〔譯文〕

分明有蝴蝶孤單飛著離開，轉過庭院的盡頭無法尋找。悄步向花前，掃花人正眠。

獨立成惆悵，更上湖樓望。湖上雨吹來，看花人都回去了。

〔賞析〕

　　這首詞寫了兩種人：掃花人與看花人，掃花人正眠，看花人惆悵，更上湖樓望。這個世界真有趣，與我有關；還有另外一些人，這個世界與我無關。兩種世界觀，導致兩種價值觀。我認為還是要帶著欣賞的眼光來看這個世界，儘管這個世界充滿各種無奈、苦難、挫折；這樣的人生會有趣的多。

水慢聲・宿聽水亭

〔原文〕

　　昨夜睡鄉真妥，慣年來、水宿生涯。拍枕琤瑽，連床嗚咽，隔牆外、訴盡幽懷。醉情漠漠，耐聲聲、柔櫓相捱。只有夢兒，飛不透、煙波成陣，鷗鷺與徘徊。

　　不是貪眠，非關病渴，水鄉深處，小住亦為佳。君看十頃碧，一明如鏡，剛有薄雲如絮，來往相揩。雙槳休拏，半篙輕試，和怨一齊埋。還借取、峰頭雨意，遮住采蓮娃。

〔注釋〕

1. 水宿：在船中或者水邊過夜。
2. 琤瑽：象聲詞，水流聲。
3. 漠漠：迷茫的樣子。
4. 柔櫓相捱：只聽到船槳輕柔劃動的聲音。

〔譯文〕

　　昨夜睡鄉真穩當，這些年來已經習慣水宿生涯。睡在枕頭上，聽到外面水流聲，連著床嗚咽，隔牆外、訴盡幽懷。醉情迷茫，只聽到船槳輕柔劃動的聲音。只有夢兒，飛不透，煙波成陣，鷗與鷺徘徊。

　　不是貪眠，也不是病渴，水鄉深處，小住為好。君看無限綠色，明淨如鏡，還有薄雲如棉絮，飄忽不定。不要拿雙槳，輕試半篙，一齊來埋怨。還借取峰頭雨意，遮住採蓮娃。

〔賞析〕

此詞是黃景仁寫的臥聽水聲的名詞。上闋寫的很有特色：空間是由船內寫到船外，由具體寫到抽象再回到具體，顯示了一代大家的風格。下闋繼續寫小住爲佳：十頃碧，一明如鏡，剛有薄雲如絮，來往相揩。雙槳休拿，半篙輕試，和怨一齊埋。將江南的水景寫絕了。「還借取、峰頭雨意，遮住採蓮娃」最後三句景、人、事達到了和諧統一，眞是美不勝收！

一叢花‧花朝

〔原文〕

不成供養不成筵。爲爾禮金仙。衆香國裏休回首，要重來、何事生天。羯鼓頻撾，並刀快剪，盼取一生緣。好春剛半月剛圓。此景最堪憐。人生若使當今日，便百歲、也是中年。綵筆前身，紅塵去路，閱世總如煙。

〔注釋〕

1. 此詞寫於 1774 年二月十二日花朝節，黃景仁（26 歲）此時在揚州。

2. 供養：爲禮佛或齋僧之意，佛教以香花、明燈、飲食等資養三寶爲供養。

3. 金仙：佛。

4. 衆香國裏：花朝日百花盛開的境界；佛國。

5. 生天：佛教謂行十善者死後轉生天道。

6. 撾：敲打；抓。

7. 並刀：古時候并州剪刀以鋒利著稱。語出陸游《秋思》：詩情也似並刀快，剪得燭光入卷來。

8. 綵筆前身：前生辭藻富麗的文章。語出江淹、郭璞的典故。

〔譯文〕

爲禮佛而成筵。爲你而禮佛。佛國裏不要回首，否則，怎麼能生天？不斷敲打羯鼓，並刀快剪，盼取一生緣。春天剛半月剛圓，此景

最值得憐憫。人生如果活在當下，便百歲也是中年。前生辭藻富麗的文章，這是人生的去路，這個世界總像雲煙一般。

〔賞析〕

此詞是作者在花朝節這天的活動與願望。人生在世要普度眾生，要禮佛和行善。趁在中年、年輕時候，幹出一番事業，寫出華美的人生詞章來。

金縷曲 · 次韻贈劍潭

〔原文〕

數語容疏放。算神交、大江南北，十年相望。試問一江東去水，誰似此情難量。怎相見、轉成惆悵。半世顛狂誰念我，覓酒壚、酣睡陶家葬。西園梗，同飄蕩。

直須位爾青霞上。耐些時、衝寒閣雪，梅花情況。結習未除猶綺語，便得瘦腰何恙。勤剗啄，綠陰門巷。一片竹西歌吹裏，伴枯桐、守住維摩帳。君試撫，眾山響。

〔注釋〕

1. 劍潭：汪端光，字劍潭，江蘇儀征人，乾隆辛卯舉人，官至廣西知府，工詩詞，與黃仲則、汪中多有酬唱。
2. 疏放：放縱，不收拘束。語出杜甫《狂夫》。
3. 神交：彼此慕名而沒有見過面的交誼。
4. 陶家：陶潛，語出司空圖《楊柳枝》。
5. 勤剗啄：勤於雕琢。
6. 竹西歌吹：語出杜牧《題揚州禪智寺》：誰知竹西路，歌吹是揚州。
7. 維摩：佛名，無垢。
8. 試撫：執著堅持下去。

〔譯文〕

隨便說說，我已經慕名交往大江南北青年俊彥，已有十年。此情似東去的江水，難以測量。怎相見、轉成惆悵。誰念我半世顛狂？尋

找酒壚邊、飲酒酣睡像陶潛。游蕩在西園，一起飄蕩。

應志存高遠。尋些時候，克服險阻，學習梅花的精神。苦覓嘉詞妙句，就是人憔悴也無妨？在綠陰門巷裏勤雕琢。在揚州歌吹裏，陪伴著枯桐、守住純潔的目標。到時候執著堅持下去，定會一鳴驚人。

〔賞析〕

此詞回憶了作者與汪端光的十年友情，在這十年裏，留下了共同生活、學習的美好印象。當然，最難忘的還是在揚州相處的美好時光。所以，人們常講，你要成為高手，就得跟一流的人交往，否則，你也是平常之人了。

金縷曲・酒後呈友人，再迭前韻

〔原文〕

莫把悲歌放。倚台垣、一星司命，熒熒相望。狂到一分窮得倍，半黍肯差衡量。惹我輩、坐愁行悵。願借一鋤乾淨土，取十年、詞賦深深葬。否即付，秦灰蕩。

幾人笑我層城上。把茫茫、塵沙下士，等閒相況。自見蓬萊清淺後，誰保鬢絲無恙。海水立、一條如巷。便踏白黿從此去，喚陽春、小揭東皇帳。敲赤日，玻璃響。

〔注釋〕

1. 臺垣：這裡指檻子或者矮牆。
2. 司命：星名，有少司命、大司命之分。
3. 熒熒：星光閃爍。
4. 狂到一分窮得倍：越狂放，人生越坎坷。窮：不達。
5. 半黍肯差衡量：這話一點兒不假。半黍：半個黍米大小，形容微小。
6. 秦灰：秦始皇焚燒書籍的灰燼。
7. 層城：高大的城闕，京師。
8. 塵沙下士：底層寒士。
9. 等閒相況：隨便相比。

10. 蓬萊清淺：形容世事變化大，典出《神仙傳》。

11. 海水立、一條如巷：舊以河清海晏象徵太平盛世，這裡反其意而用之。

12. 白黿：白色的大鱉。出自《楚辭‧九歌‧河伯》：乘白黿兮逐文魚，與女遊兮河之渚。

13. 東皇：司春之神。

14. 便踏白黿從此去，喚陽春、小揭東皇帳：幻想乘黿而去，輕輕揭開春神的帳簾，請他將春光送回人間。這裡化用李白的詩句「身騎白黿不敢度」。

15. 敲赤日，玻璃響：鞭策紅日高升，驅除黑暗。語出李賀《秦王飲酒》：義和敲日玻璃聲，劫灰飛盡古今平。

〔譯文〕

　　我不唱悲歌，倚在臺上，遙望星星，星光閃爍。人越狂放，人生越坎坷，這話一點兒不假。願借一鋤乾淨土，把十年詞賦深埋葬，或者付與一把火。

　　幾人笑我在京師，卻被視作底層寒士，自見人事變幻大，誰保鬢絲不白。即便世事維艱如海水直立，我也要乘白黿而去，輕輕揭開春神的帳簾，請他將春光送回人間。鞭策紅日高升，驅除黑暗。

〔賞析〕

　　此詞表達詞人對過去坎坷生活的不滿，期待著寫出更加好的文章來，同時，對未來人生的憧憬，對光明的期盼。

金縷曲‧楊四禾招遊小秦淮，三疊前韻

〔原文〕

　　急買扁舟放。記隋家、玉欄珠楯，參差盈望。亡國未關行樂事，莫把此兒輕量。總付與、夕陽惆悵。一片景華宮下土，有深宵、十斛秋螢葬。光照見，香魂蕩。

　　故人醉我荷香上。倩多情、二分明月，伴人清況。南部繁華猶未滅，漸報煙花多恙。且歸去、踏歌深巷。詞客揚州同落拓，

問誰先、夢覺梅花帳。吹鶴背，笛聲響。

〔注釋〕

1. 楊四禾：即楊倫，「毗陵七子」之一，乾隆辛丑進士，官廣西知縣。
2. 玉欄珠楯：用珠玉做的欄杆。楯：欄杆。
3. 小秦淮：揚州虹橋之上，在小東門內夾河。出自《平山堂圖志》。
4. 參差盈望：滿眼參差不齊。
5. 一片景華宮下土，有深宵、十斛秋螢葬：隋朝消逝已久。十斛秋螢典故出自《隋書·煬帝傳》、杜牧的《揚州三首》其二：秋風放螢苑，春草鬥雞臺。
6. 二分明月：指美好的風光。出自【唐代】徐凝《憶揚州》：天下三分明月夜，二分無奈是揚州。
7. 清況：清雅的生活境況。
8. 落拓：放蕩不羈。
9. 梅花帳：我國古代文人雅士們普遍喜歡的一種床具。
10. 鶴背：語出李白的詩句：腰纏十萬貫，騎鶴下揚州。

〔譯文〕

　　友人招遊揚州的小秦淮：猶記隋朝華美的欄杆，滿眼參差不齊。國家滅亡跟娛樂沒有關係，不可忽視隋煬帝。隋朝總付與這夕陽，令人惆悵。隋朝消逝已久，殘光照見，香魂動盪。

　　故人陶醉，我享受荷香。請多情的美好的風光，伴我清雅的生活。南部繁華未滅，漸報煙花多病。且歸去、踏歌深巷。你與我同在揚州放蕩不羈，問誰先、夢醒梅花帳裏。何時春風得意騎鶴下揚州？

〔賞析〕

　　此詞是黃景仁與楊倫的應答詩，上闋寫了隋朝揚州的繁盛與滅亡之快，下闋寫詩人們同遊揚州的情況，但揚州儘管繁榮但不是久居之地，「南部繁華猶未減，漸報煙花多恙。」還是回去吧！騎在鶴背上，吹著笛聲，那人生是何等的愜意啊！

金縷曲 · 送孫淵如歸里，且訂白門之遊，四疊前韻

〔原文〕

忍便歸橈放。不多時、廣陵花月，客中吟望。除是邗江嗚咽水，省識此愁無量。問底事、臨風怊悵。不信軟紅塵埃裏，把珠光、劍氣常埋葬。滿六合，悲心蕩。

憑君寄語高堂上。抵千金、平安兩字，邇年遊況。鐵甕江聲京口樹，依舊布帆無恙。記後約、烏衣門巷。一揖六朝殘照下，又天涯、聽雨聯秋帳。更對策，摩雲響。

〔注釋〕

1. 孫淵如：孫星衍，江蘇常州陽湖人。乾隆丁未進士及第，官至山東督糧道。

2. 白門之遊：指江寧秋試，白門指南京。

3. 廣陵花月：揚州美好的風光。

4. 邗江：邗溝，大運河在揚州的一部分。

5. 省識：認識。

6. 怊悵：感傷惆悵。

7. 軟紅塵埃：飛揚的塵上，指揚州。

8. 珠光、劍氣：指人的富貴和才氣。

9. 六合：指天地四方。

10. 高堂：對自己的父母的尊稱。

11. 邇年：近年。

12. 鐵甕：指鎮江北固山前的一座古城，相傳爲孫權所建。

13. 布帆無恙：典故出自劉義慶著的《世說新語》，指旅途平安。

14. 烏衣門巷：形容豪門世族聚居的地方，此指對世事興衰的感傷。語出元朝薩都刺《滿江紅·金陵懷古》：王謝堂前雙燕子，烏衣巷口曾相識。

15. 對策：自漢起作爲取士考試的一種形式。

〔譯文〕

忍著先放好回去的船槳，揚州美好的風光使你難忘。那邗江嗚咽

水，更使你惆悵。問什麼事使你臨風惆悵？不信揚州城，把人的富貴和才氣常埋葬。滿天四方，悲心難平。

通過你寄語我尊敬的雙親。近年遊學平安兩字太重要。祝你旅途平安。明年，相約南京，拜謁六朝的殘照古蹟。到時候，我們一起在秋帳中聽雨聯；再對策，響遏行雲。

〔賞析〕

此詞是作者 1774 年在揚州偕同孫星衍、洪亮吉遊覽所作。上闋寫了對揚州的繁盛進行了回顧，給人印象最深的是：邗江嗚咽水，此愁無量。下闋希望孫星衍旅途平安保重，且訂白門之遊：記後約、烏衣門巷。一揖六朝殘照下，又天涯、聽雨聯秋帳。更對策，摩雲響。大家一起來參加秋試。

水調歌頭・題明春岩圖照

〔原文〕

為問綠楊岸，幾日漲痕添。先生釣本非釣，坐愛此澄潭。不羨羊裘大澤，那用綠蓑西塞，一領水紋衫。風過忽飄颺，意太絕清酣。

論家世，高棨戟，盛纓篸。袖中活國隻手，先把釣竿拈。便有五陵裘馬，何似五湖煙水，此味幾人諳。掩卷莫重憶，惹我夢江南。

〔注釋〕

1. 明春岩：明新，江寧布政使姚永泰長子，工詩畫，諳音律，泰州伍祐場大使。
2. 羊裘：指隱者或者隱居生活，出自《漢書・逸民傳・嚴光》。
3. 論家世，高棨戟，盛纓篸：指明新出身於名門世家，簪纓之族。
4. 五陵裘馬：指生活奢華。

〔譯文〕

問綠楊岸邊，何時漲水了？先生本愛釣，因為愛此澄潭。不羨慕

隱居生活，那用綠蓑西塞，一領水紋衫。一會大風吹來，垂楊飄來飄去，意境太清冷。

明新出身於名門世家，簪纓之族。袖中活國手，先把釣竿拈。便有奢華生活，哪如五湖煙水，此味幾人能熟悉。掩卷莫再憶，惹我夢江南。

〔賞析〕

此詞是黃景仁題在《把釣圖》上的一首詞，寫出了明新儘管出身高貴，但他有高超的畫技，好像把作者帶進了真正的江南。

青玉案·題金酉書吟紅藥圖

〔原文〕

烏絲界破箋兒鳳，芳意閣、春愁中。一縷茶煙凝不動。花光半面，衣香一桁，約得吟襟重。

知君未是閒嘲弄，如此華年了非夢。茗椀筆牀疏不空。美人香草，名花傾國，淡薄文人供。

〔注釋〕

1. 金酉書：金翀，字振之，號香涇，安徽徽州休寧縣人，國子監生，吳蔚光的表弟，官兩淮新興、板浦場大使，山東鹽場大使，著有《吟紅閣詩選》。紅藥：芍藥。

2. 吳蔚光（1743～1803），清學者、詩人、文學家、藏書家。字哲甫，號執虛，自號竹橋，別號湖田外史。祖籍安徽休寧，寄籍昭文（今江蘇常熟）。乾隆四十五年（1780）進士，任四庫全書館編校官，選庶吉士，授禮部主事，後因身體不佳，辭官回歸家鄉（常熟）。居家20多年，潛心讀書著述，擅長古文，詩詞尤佳。蔚光著作較多，有《古金石齋詩前後集》、《毛詩臆見》四卷、《讀禮知意》、《寓物偶留》、《春秋去例》、《小湖田樂府》、《閒居詩話》《易以》、《洪範音諧》一卷，《春秋去例》、《春明補錄》、《求闕錄》、《杜詩義法》、《唐律六長》、《蘇陸詩評》、《詩餘辨訛》、《姜張詞得》、《方言考據》、《素修堂詩集》二十四卷、《素修堂文集》十卷、《小湖田樂府》一卷等。

3. 烏絲界：也稱烏絲欄，泛指有黑色界格的書畫用紙。

4. 鳳箋：泛指精美的紙張。

5. 桁：衣架。

〔譯文〕

芍藥常常出現在信紙中，表達芳意或者春愁，我們一起來欣賞《吟紅藥圖》：一縷茶煙，嫋嫋升起，花開半面，衣香一架，使得詩人（金酉書）大發感慨。

知君是君子，不虛度年華，與茶碗筆筒常相伴。芍藥是植物王國裏的美人香草，名花傾國，金酉書不愧爲淡薄文人。

〔賞析〕

這是黃景仁通過《吟紅藥圖》，寫出了芍藥的大家閨秀，名花傾國的美豔絕代才華，進而寫出金酉書不愧爲淡薄明志類文人。

滿江紅·題高佩之圖照

〔原文〕

大袖疏襟，憑管領、秣陵秋色。省古貌、鬚髯尺五，羲皇標格。三徑袛餘猶子守，半生悔作諸侯客。檢青箱、和笑喚孫前，經橫膝。

淮水上，絲歌咽，冶城畔，車塵熱。住繁華窟裏，寂寥揚宅。肯讀便成佳子弟，看山可放閒蹤跡。待他年、風景按圖中，來尋覓。

〔注釋〕

1. 高佩之：江寧人，生平事蹟不詳。（根據黃志述《先友爵里名字考》）

2. 秣陵：江蘇省江寧縣。

3. 省古貌、鬚髯尺五，羲皇標格：高佩之有伏羲氏的風采。標格：風度、風采。

4. 三徑：指歸隱者的家園，出自《歸去來兮辭》中「三徑就荒」。

5. 青箱：收集書籍字畫的箱子。出自《宋書·王准之傳》

6. 冶城：指南京朝天宮附近。

7. 寂寥揚宅：寂寞中方可揚名。

〔譯文〕

　　您身穿大袖繫緊疏襟，豎立管領、有秣陵人的特色。古貌、鬍鬚尺五，有古羲皇風朵。您苦守歸隱者的家園，半生悔作諸侯客。檢典書箱、和笑著呼喚孫在面前，橫跨膝蓋。

　　淮水之上，絃歌哽咽，冶城之畔，風塵僕僕。你住在繁華窟裏，寂寞中方可揚名。肯讀便成佳子弟，看山可放閒蹤跡。待他年、風景案圖中，來尋覓你。

〔賞析〕

　　黃景仁在此詞中指出年輕學者成才必經兩大路徑：肯讀、放閒（原話是：肯讀便成佳子弟，看山可放閒蹤跡）。肯讀這是前提，我們這個社會不肯讀的人太多了，往往只滿足於知識碎片化；光肯讀還不行，還需要看山放閒，理理思緒，弄清楚上山之合理路徑，當然，對我們這些年輕的治學者尤其是尋找到那個適合你自己最佳的路徑。我苦苦尋覓那條路徑整整幾十年，浪費了無數美好的春光，今天在恩師的指導下才稍有眉目。閱讀黃景仁的詞晚了幾十年！

　　「三徑只餘猶子守，半生悔作諸侯客」人生短暫，時光荏苒，少做為他人做嫁衣裳，多關注身邊的事情。在有限的人生中找到最佳發展路徑。

珍珠簾 · 雪夜懷蔣耘莊青陽

〔原文〕

　　一燈孤幌青無色。坐聽竹聲都寂。擁鼻正微哦，奈亂愁千結。窗內紅爐窗外雪，只一紙、寒溫便隔。悽惻。況懷人天際，關嶺重迭。

　　念爾回首無家，只隨身弱季，依依作客。絮語夜闌時，問可曾眠得。瘦損腰圍多病後，詎損了江湖彩筆。相憶。倘有句裁成，寄南飛翼。

〔注釋〕

1. 一燈孤幌青無色：孤燈一盞暗淡無光。
2. 蔣耘莊青陽：蔣青耀與蔣青陽都是常州陽湖人，哥哥蔣青耀，字良卿，是個監生。
3. 擁鼻正微哦：掩鼻正微吟。
4. 惘惘：哀憐。
5. 弱季：冬季。
6. 瘦損腰圍：病愁瘦損。
7. 彩筆：寫出辭藻華麗豐富的文章，語出江淹郭璞的典故。
8. 裁成：寫成詩句。

〔譯文〕

　　孤燈一盞暗淡無光，坐聽竹聲很寂寞。掩鼻正低聲抽泣，奈亂愁怨太深。窗內紅爐窗外雪，寒溫只隔開一張窗戶紙。懷想的人（指蔣氏兄弟）在天邊，令人同情，但關嶺重迭，無法傳遞。

　　我思念著你們，但我寄身他鄉，就是在冬天，只好作客他鄉。夜深絮語時，可曾記得我。我病愁瘦損後，怎能損了江湖彩筆。如果寫成詩句，我一定乘南飛之雁帶給你們。

〔賞析〕

　　此詞是黃景仁懷念家鄉友人蔣青耀與蔣青陽的詩詞。雪夜詩人無法成眠，惦記著友人的身體，更掛念著友人的生活。詩人想念友人時定會寫出更美的文章來，通過南飛之雁，帶到在異地他鄉的他們。

湘月・春夜

〔原文〕

　　犀簾燼盡，問深宵、幾回枕上彈指。生慣春愁，怎昔日、不到愁心如此。幾陣風時，數聲雨後，心碎如窗紙。睡鄉才穩，隔花鐘又敲起。

試算大地茫茫，斷無春到，只有霜毛裏。莫問尋歡，便好夢、不許而今重理。病沒人知，寒無人問，守得衾成水。銷魂尚可，更無魂可銷矣。

〔注釋〕

1. 犀簾：用犀牛皮做的簾子。
2. 彈指：佛家指時間很短暫。
3. 睡鄉：睡眠溫柔之鄉。
4. 隔花鐘：一種鐘。
5. 霜毛：白髮。
6. 銷魂：形容哀愁，語出江淹《別賦》。

〔譯文〕

用犀牛皮做的簾子爛盡，問深宵幾回，枕上一會兒。慣生春愁，怎昔日不到，愁心如此。幾陣風時，數聲雨後，心碎如窗紙。剛剛進入夢鄉，隔花鐘又敲起。

人海茫茫，沒有感到春天已經來到，卻徒生白髮。不要說夢中尋歡便是好夢，不出現好夢而又重新去做。病沒有人知，寒沒有人問，守得寒冷的像水一樣的被子。如此哀愁，更無魂可銷矣。

〔賞析〕

這是文學家黃景仁寫春愁的名作，多角度、多方位來寫愁情，真稱得上絕唱。

賀新涼・壽州遇桐城吳竹亭丈話舊

〔原文〕

因及甲申歲常州知府潘峨溪先生試童子，拔予第一，丈即先生中表也。先生後作浙江寧紹臺道，卒於官。

往事為翁數。記當日、詞場跳盪，猛於乳虎。正值憐才潘騎省，籍甚眾中一顧。把江夏、無雙見許。是日論文翁在座，費三條紅燭三撾鼓。感此意，極辛苦。

　　而今同賦淮南樹。且聯床、十年愁話，一燈分訴。聞說東山絲竹盡，誰慟西州門路。翁矍鑠、依然如故。怪我早衰蒲柳質，問生年、那得常三五。慚愧煞，受恩處。

〔注釋〕

1. 吳竹亭：安徽安慶府桐城縣人，根據黃景仁詞中「是日論文翁在座，費三條紅燭三撾鼓」句子，兩人乾隆 29 年甲申歲（1764 年）相識於常州府署。

2. 潘峨溪：即潘恂，字闌谷，號峨溪，安徽桐城縣人，乾隆六年舉人，七年進士。

3. 臺道：清朝的道是省以下、府以上的機關的長官。

4. 記當日、詞場跳蕩，猛於乳虎：指黃景仁參加童子試取得第一名。乳虎：幼虎。

5. 潘騎省：指潘峨溪，騎省：官署名。

6. 把江夏、無雙見許：贊許我爲第一。

7. 聯床：就是倆個人睡在一張床上。

8. 東山絲竹：語出《晉書·王羲之傳》中的典故，指中年人用音樂陶冶性情排遣憂傷。

9. 西州門路：語出《晉書·謝安傳》中羊曇的典故，指悼亡故人、感舊興悲之情。

10. 蒲柳質：語出【南朝·宋·劉義慶】《世說新語·言語》，比喻未老先衰或者體質衰弱。

〔譯文〕

　　我向你敘說往事：10 年前，我參加童子詩，被取爲第一名，可謂初生牛犢不怕虎。恰好遇到潘峨溪先生，他在眾人考卷中獨具慧眼，3000 人中取爲第一。這天吳竹亭丈恰好就座，場面之嚴肅：點明燭、敲打鼓，爲國選才之決心，令人難忘。

　　10 年後，我們再次相逢，圍著燈光，共話淮南樹，睡在同一張床上，共話十年間往事。潘峨溪先生愛好音樂，讓我常常懷念他；而您精神抖擻，一切如過去一般。可恨的是，我體質不好，常年不如意。想到當年承蒙抬舉，令人慚愧啊！

〔賞析〕

　　黃景仁的詞回顧了十多年前與潘吳交往，同時，為今天的相遇感到高興和興奮。當然，從這首詞中，我讀到最多的是遺憾和自責：想到 10 年前恩師的提拔，但今日的功業無成，作者感到的更多的是愧疚。中國古人講：士為知己者死，就是這個道理！

沁園春 · 題程仲南印譜，即索刻小印

〔原文〕

　　刻石鼓詩，勒燕然銘，姑從緩圖。向蜼彝竇豆，尋些事業，銅斑玉血，墾出膏腴。莫恤譏彈，何妨篆刻，世上由來幾壯夫。人間事，被幾番鐘鼎，換盡蟲魚。

　　一言翁定葫蘆，肯為試劐天妙手無。問書同雅點，姓名誰識，文惟醬覆，印信何須。我為翁言，翁誠許我，我當靈威赤虎符。臂此去，辟山精跳歊，路鬼揶揄。

〔注釋〕

1. 程仲南：名雲槎，安徽鳳陽府壽州人。根據下闋，程仲南的年齡當倍於詩人。
2. 石鼓詩：唐初在天興三畤原出土的十塊鼓形石，上刻籀文四言詩，每塊十首為一組。
3. 燕然銘：化用東漢竇憲破北匈奴，登燕然山，刻石記功的典故。後來，班固作《封燕然山銘》。後泛指歌頌邊功的文字。語出北周王褒的《從軍行》中「功勒燕然銘」。
4. 姑從緩圖：姑且還是慢慢籌劃。
5. 蜼彝：指青銅器，古代的一種禮器。周禮的六禮之一，器上以蜼為飾，故稱之。
6. 竇豆：院落中的禮器。
7. 膏腴：肥沃。
8. 莫恤譏彈：中恤：憂慮。譏彈：指責缺點與錯誤。
9. 鐘鼎：鐘和鼎，上面銘刻記事表功的文字。
10. 劐天：剗除邪惡。

11. 雅點：美好的點飾。

12. 醬覆：著作無人理解，毫無價值，這是謙詞，語出《漢書 87 卷》中有關揚雄和王歆的典故。

13. 靈威赤虎符：即上古六天帝：蒼帝（靈威仰）、赤帝（赤熛怒）、黃帝（含樞紐）、白帝（白招矩）、黑帝（汁光紀）、天皇大帝（耀魄寶）（傳說），亦即道教的六天說。

14. 山精：傳說中的山間怪獸，語出《淮南子・泛論訓》。

15. 揶揄：戲弄，嘲笑。

16. 辟：本義指施加刑罰，此指排除。

〔譯文〕

　　要想像古人一樣，刻下石鼓詩，寫下燕然銘，姑且還是慢慢籌劃。從前的青銅器等禮器，都是留給那些取得傑出成就的人去刻寫的。不要憂慮別人的指責，更不要說篆刻，這個世界哪是由幾個男子漢（普通人）說定的。人世間發生的事情，被鍾鼎文記錄下來，換成花鳥蟲魚等景物表達出來。

　　程仲南妙手在葫蘆上刻印，獨具匠心。當今的讀書人讀書只關注書籍的外表，不問作者，不問文字，不需要印章。我請程君刻小印，您不加思索答應我，我要感天謝地。我拿了印章而去，遠離山間的怪獸跳躍以及路上的野鬼嘲笑。

〔賞析〕

　　黃景仁的這首詞借題寫印譜和索取小印兩件事，指出社會歷史主要是由少數幾個人撰寫的，同時，批評了社會上不良現象：只重視現實，不看重內容的形式主義作風。其實，中國封建社會大體就是這樣的；就是號稱康乾盛世也不例外。

南鄉子・秋夜寄懷維衍

〔原文〕

　　生怕數秋更。況復秋聲徹夜驚。第一雁聲聽不得，才聽，又是秋蛩第一聲。

　　凄斷夢回程。冷雨愁花伴小庭。遙想故人千里外，關情，一樣疏窗一樣燈。

〔注釋〕

1. 維衍：左輔（1751～1833），江蘇陽湖人，乾隆進士。以知縣官安徽，治行素著，能得民心。嘉慶間，官至湖南巡撫。他工詩詞古文，著有《念苑齋詩詞古文書牘》五種，傳於世。

2. 秋蛩：蟋蟀。

〔譯文〕

　　平生最怕經歷秋天，更怕聽秋聲，那聲音使我徹夜驚。錯過了第一雁聲，才聽到蟋蟀的第一聲。

　　夢中回鄉忽驚醒，我獨立小庭，冷雨愁花伴隨我。遙想千里外故人，一樣在疏窗和燈下，掛念著遠在他鄉的我。

〔賞析〕

　　讀罷黃詞，第一個想到的話是：我思君處君思我。人與人相處，到了一定程度，會靈犀相通，這也許就算是一種場。黃景仁之所以了不起，是因為他周圍的朋友了不起，眾人捧一個。

踏莎美人 · 發壽陽

〔原文〕

　　背郭依山，投村向驛。古原何限勞勞客。夕陽秋思正清酣。坐對數行秋樹、古淮南。

　　帳飲還醺，衣塵漸染。送人只有清淮遠。幾堆殘戍幾家村。當日錦帆行樂、是何人。

〔注釋〕

1. 壽陽：壽州古稱，今安徽壽縣，清朝時屬於安徽鳳陽府。

2. 勞勞：惆恨憂傷的樣子，出自《孔雀東南飛》。

3. 帳飲：在郊野張設帷帳宴飲送別。

4. 還醺：還酒醉。

5. 清淮：1 清江與淮城的合稱，即今江蘇淮安。2 酒名。這裡指淮安。

〔譯文〕

背城依山，投村向驛，我去壽陽。古原上不僅僅有我這個遠行人。夕陽秋思正使人暢快，坐對數行古淮南秋樹。

送別的酒意還未退，衣服上漸漸染上塵土。送人只有淮安遠。幾家村落裏有許多退伍的軍人，雲遊四方及時行樂能有幾人？

〔賞析〕

詩人走在夕陽古道上，雲遊他鄉，是孤獨還是行樂？此種情懷只有作者知道。我們經常講人生的目標在於遠方和詩歌，也許經歷過的人才有體會。

琵琶行 · 留別孫吟秋、程雲槎

〔原文〕

綠酒紅燈剛遣卻，蕭索九秋風景。又早白雁聲聲，離程被攢緊。是解得、別原未免，再一晌、流連便怎。花替人愁，酒供人淚，幽恨誰省。

問何苦、幺絃湨湩，把如此歡場變淒哽。縱有金壺汁瀉，奈此情難盡。試壯語、神仙將相，和錯刀、留贈公等。拌取爛醉離觴，一程程醒。

〔注釋〕

1. 孫吟秋：本名孫嘉瑜，世居淮陰，工詩詞，著有《梅花山房詩》。
   程雲槎：即程仲南，安徽壽州人。
2. 九秋：秋天。語出西晉張協《七命》。
3. 攢緊：越來越近。
4. 別原未免：分別本來不可避免。
5. 誰省：誰能明白。
6. 幺絃湨湩：琵琶聲音綿延，出自柳宗元和賈誼的相應詩句。
7. 淒哽：哽咽。

8. 金壺汁瀉：美酒佳餚。

9. 錯刀：寫字、繪畫的一種筆體。

〔譯文〕

　　剛剛參加完餞行宴，即將告別秋景。早晨白雁聲聲，離程快要到了。是離開，還是再留一會兒？花都替離人發愁，酒使得人流淚，這種恨誰明白？

　　為什麼綿長的琵琶聲把離別鬧得如此淒慘？即使有美酒佳餚，也難盡此情。試著把豪言壯語、神仙將相，和美好的筆體留贈你們。寧願酩酊大醉，漫漫地在路程醒來。

〔賞析〕

　　此詞還是黃景仁式的贈別詩。景真，情更真。讀完這首詞，我感受到詞人的赤子之心，朋友間的深厚情誼。

江神子（二首）

〔原文〕

（其一）

　　顫提裙衩步蒼苔。首驚回。甚時來。昨宵花底、風露為誰捱。念我一番寒澈骨，分半角，錦衾偎。

（其二）

　　端相一霎太津津。乍微嗔。卻回身。人間天上、此景最消魂。我戀卿卿卿自會，卿戀我，是何因。

〔注釋〕

1. 這兩首詞所懷的女子，似仍為宜興姑母之婢。

2. 捱：忍受。

3. 澈骨：透骨，比喻很冷。

4. 端相：正視，細看。

5. 津津：有味的樣子。

6. 嗔：生氣的樣子。

7. 回身：一會兒工夫。

8. 卿卿我我：形容夫妻或者相戀的男女十分親暱的樣子。語出【南朝·宋】劉義慶《世說新語·惑溺》。

〔譯文〕

　　你輕輕地拎起裙釵走上蒼苔，猛地回頭看見了我。昨夜的花下，你為了等我而忍受風露。趕快到我被子裏，分一角給你，讓你趕快得到溫暖。

　　正眼看你正有味，初看你你好像有點生氣，可是一會兒就消失了。我最喜歡看你似怒非怒的樣子。我愛你你心裏明白，你喜歡我不知什麼原因。

〔賞析〕

　　前面剛剛閱讀過《步蟾宮》領略了詩人婉約的一面，今天再次感受到詩人這一風格。無論「首驚回」、「最銷魂」，可稱得上是詞壇上的多面手。

風流子·懷錢三夢雲滁州

〔原文〕

　　去年當此日，秋城內、傳語秀才康。卻南巷逢君，短衣縛袴，西泠載我，素舸輕裝。相將去、登山傾一慟，入市倒千觴。詞客生平，大都蕭瑟，酒徒散後，兩地顛狂。

　　環滁皆山色，朝朝畫閣，掩映新妝。可念舊時游伴，添鬢蒼蒼。記鄂舟雨夜，同眠繡被，彭城佛寺，相贈檳榔。莫話十年前事，倍惹淒涼。

〔注釋〕

1. 錢三：錢邁，字夢雲，一字霞叔，家中排行第三，故又叫錢三。性通脫，善詼諧，室名味夢軒，有《雙山詩》。滁州：州名，在今安徽省。

2. 去年當此日，秋城內、傳語秀才康：指錢邁當時入贅滁州。

3. 縛袴：捆綁的褲子。

4. 西泠：西泠橋。

5. 傾一慟：抒發悲慟之情。

6. 詞客生平：我倆的生平經歷。

7. 兩地顛狂：違背常情，放蕩不羈。

8. 環滁皆山色：語出歐陽修的《醉翁亭記》。

9. 彭城：古都涿鹿或者江蘇徐州的舊稱。

〔譯文〕

　　去年的今日，滁州城內，聽說你入贅了。想不到在南巷遇到你，穿著短衣短褲，穿越西泠橋，登上一小船。我們一起登山去，一起到酒店喝酒，我倆的經歷、愛好、情趣太相似了；喝酒之後，回歸當地，放蕩不羈。

　　滁州周圍的山太美了，每天早晨我們登上畫閣，她們坐落在崇山之中。想起當年的你多麼年輕，可現在鬢髮蒼蒼。回想當年雨夜在鄂舟，我們同眠繡被；在彭城佛寺，相贈檳榔。不要再說十年前事，令人倍感淒涼。

〔賞析〕

　　「青燈有味是兒時」，是的，年輕時給我們留下了多麼美好的回憶：友誼、讀書、實踐等等，但印象最深的是年輕人之間的交往：一起登山、一起飲酒、一起討論、一起求學，這是最純潔的東西，使人常記於腦海中，永不磨滅。

念奴嬌 · 渡江至京口

〔原文〕

　　銅琶鐵板，問何人解唱，大江東去。如此山川才稱得，一箇寄奴家住。花月茫茫，魚龍混混，淘洗英雄處。金焦兩點，為誰閱盡朝暮。

　　卻好南倚金閶，北連淮海，劃斷繁華路。我渡此江凡幾遍，自對夕陽低數。送客依依，笑人麂麂，不少閒鷗鷺。卸帆京口，聲聲萬歲樓鼓。

〔注釋〕

1. 開頭三句寫蘇軾的文章豪爽激越，慷慨激昂。
2. 寄奴：南朝宋高祖劉裕的乳名。
3. 金焦：鎮江兩座山的合稱。金山因爲裴頭陀江際獲金，後來李騎奏改。焦山因爲焦光隱居在此。
4. 金閶：指蘇州。
5. 低數：敘述自己的志向。
6. 鹿鹿：唐突的樣子。
7. 卸帆：到達。
8. 萬歲樓：樓名，在江蘇鎮江。

〔譯文〕

　　當年東坡問別人有關他文章的風格，他人告訴他，他的文章好比關西大漢手拿銅琶鐵板唱大江東去（顯示了蘇軾文章豪爽激越的風格）。描繪如此美麗的山河，只有有才的人才配，而當年劉裕曾經居住。茫茫花月，魚龍混雜，這才能淘洗出英雄。金山焦山閱盡歷史的滄桑。

　　恰好鎮江南面依靠蘇州，北面連接淮海，劃分了繁華與貧寒。我好幾次渡過長江，多次面對夕陽敘述自己的志向。送客留戀，笑話他人唐突，輕視那些無所事事的人。到了鎮江，在萬歲樓上傳來陣陣鼓聲。

〔賞析〕

　　黃景仁的這首詞讀後，第一個想到的是「滄海橫流，方顯英雄本色」。詩人爲劉裕傾倒、蘇軾歎服，確實是有志之人，我等望塵莫及。

催雪 · 懷遠舟夜憶內

〔原文〕

　　爲語長年，前途暝色，莫犯支祁神怒。向漁火叢中，將毋小住。擁鼻待賦。懷人煢燈，風又在、篷疏處。一船離恨，一腔思

淚，付淮流去。

夢斷蘭閨路，對古國塗山，荒祠啓母。爲問娶塗人、別家何遽。天地平成猶易，只此恨、綿綿終莫補。蕭蕭雨。拍枕波聲，似有英靈來訴。

〔注釋〕

1. 本詞黃景仁寫於 1775 年冬，他舟發安徽鳳陽，北上京師，此詞乃行至懷遠所作。懷遠：縣名；憶內：憶妻。
2. 長年：經常。
3. 暝色：暮色。語出【東晉】謝靈運：林壑斂暝色，雲霞收夕霏。
4. 支祈神：山神名。
5. 漁火：船上的燈火。語出【唐代】錢起《送元評事歸山居》：水宿隨漁火，山行到竹扉。
6. 擁鼻：用雅音曼聲，語出《世說新語箋疏》。
7. 剪燈：修剪燈芯。後常指夜談。
8. 塗山：古國名。
9. 蘭閨路：回家的路。
10. 啓母：啓母石。
11. 爲問娶塗人、別家何遽：運用大禹的傳說，他結婚四天就告別家人去治水。
12. 蕭蕭：冷落淒清的樣子。
13. 英靈：去世英名的神靈。

〔譯文〕

我經常跟您講，我的前途充滿坎坷，不要使得山神發怒。對面船上的燈火叢中我不在船上多停留。我用雅音曼聲準備寫文章，夜談懷人，此時大風吹在稀疏的簾身。我的心中充滿離恨，充滿相思，隨著淮河之水逐步流去。

我常常在夢中回到家中，面對著故國塗山，荒祠啓母石，想起了大禹治水的故事：他結婚四天後，就告別了愛妻。治水成功相對容易，但是綿綿不盡的夫妻之情，卻無法彌補。外面的雨聲冷落淒清，不時

傳出拍枕波聲，好像有英明的神靈來訴苦。

〔賞析〕

　　幹大事就不要顧慮兒女情長，就要像大禹治水一般，拋小家，顧大家，人們永遠記住的總是那些具有獻身精神的人。黃景仁這裡告訴妻子，他也要像大禹一樣，犧牲私情，成就人生之美。

沁園春・王述庵先生齋頭消寒夜宴，即席賦呈（二首）

〔原文〕

　　讀萬卷書，從十年征，歸來策勳。有聞名破膽，白狼青徼，望風稽顙，樊女髳君。黔蜀烽銷，西南堠一，脫劍仍歸鵷鷺群。承明暇，拉一時燕許，置酒論文。

　　長安車馬紛紛，只左擁尊彝、右典墳。算才還得福，文昌司命，知能兼勇，司馬行軍。絕域功名，熙朝柱石，天下蒼生望雨雲。書生意，感牛心分炙，白練題裙。

〔注釋〕

1. 王述庵先生：即王昶，字德甫，號述庵、蘭泉，江蘇松江府青浦縣人。生於 1725 年 1 月 6 日，卒於 1806 年六月七日。乾隆 18 年舉於鄉，明年成進士。從大將軍阿桂累建軍功，官至刑部侍郎。著有《春融堂集》、《古今金石考》，編有《湖海詩傳》、湖海文傳》。

2. 從十年征，歸來策勳：化用《木蘭辭》中的詩句：將軍百戰死，壯士十年歸。和策勳十二傳，賞賜百千強。策勳：記功於軍書之上。

3. 白狼青徼：古代羌族的兩支。

4. 稽顙：以頭觸地，極度悲痛。

5. 樊：西南地區的少數民族。

6. 黔蜀烽銷，西南堠一，脫劍仍歸鵷鷺群：戰事既罷，班師回朝，位列朝堂。鵷鷺：指班行有序的朝官。

7. 燕許：本指唐玄宗時候燕國公張說和許國公蘇頲並稱，兩人都以文章名世，當時號稱「燕許大手筆」。

8. 只左擁尊彝、右典墳：古代酒器和古代的各種書籍。

9. 文昌司命：傳說主持文運的星。

10. 熙朝柱石：使王朝興盛的支柱。語出《漢書・霍光傳》

11. 牛心分炙：才能得到認可，這一典故跟王羲之有關。

12. 白練題裙：學習臨摹，書法益工，語出《南史・羊欣傳》。

〔譯文〕

　　您王昶飽讀詩書，打了十年仗，軍功卓著。在與羌人的戰鬥中，打得敵人聞風喪膽，披靡而逃。戰事既罷，班師回朝，位列朝堂。有閑暇工夫就與文豪，置酒論文。京城車水馬龍，達官貴人，一邊燈紅酒綠，一邊閱讀三墳五典，這是文人們自豪的地方。您所交往的人，才華橫溢，智勇雙全；馬上指揮，揚名塞外，你們都是中流砥柱，有你們在是黎民百姓所盼望的。您書生意氣，才華橫溢，信心百倍，不斷學習，定會成功。

〔賞析〕

　　作者向我們描繪了一幅文能治國、武能安幫的一群國家的棟樑形象，有他們在，是我們國家富強之希望、民族振興之保證。

沁園春 · 王述庵先生齋頭消寒夜宴，即席賦呈（二首）

〔原文〕

　　久客京華，落拓無成，咿吁暮朝。歎名場已醒，夢中蕉鹿，酒徒難覓，市上荊高。冰柱如山，雪花比席，昨夜征衣換濁醪。塵土外，但西山一角，冷翠迢迢。

　　朝來寒竟須消。怪賤子何當折柬招。卻幾層幕底，歌圓似豆，一重門外，風利于刀。顧曲心情，當場意氣，今日逢公頗自豪。明朝事，任紇干雀凍，鵑旦蟲號。

〔注釋〕

1. 開頭三句寫自己貧困失意的淒慘境況。落拓：貧困失意，景況淒涼。咿吁：表達因傷感而歎息。

2. 蕉鹿：比喻人世真假雜陳，得失無常。出自《列子・周穆王》。

3. 荊高：指任俠行義的人，具體指荊軻和高漸離。

4. 雪花比席：出自李白的《北風行》：燕山雪花大如席。

5. 濁醪：指濁酒。出自左思《魏都賦》：濁醪如河。

6. 顧曲：欣賞音樂、戲曲。出自《三國志·周瑜傳》。

7. 鶡旦：鳥名，即寒號鳥，出自《禮記·月令》。

〔譯文〕

我久居京城，貧困失意，早晚歎息。我已經看破名利，人世得失無常，再也尋找不到荊軻高漸離式的人物。外面冰柱如山，雪花大如席，昨夜我們脫下征衣端上酒杯，暢飲美酒，但不會忘記征程艱辛。早晨的寒意已經消去，感謝您對我殷勤相待。室外，寒風凜冽；室內，春光融融；欣賞音樂，可謂開心，能夠遇到王公真愉悅。今天歡飲，任憑明天紇干山頭冷得可以凍死麻雀，寒號鳥不斷哀號。

〔賞析〕

詞人已經看破名利，人世得失無常：今朝有酒今朝醉。人生逢知己，當及時享樂，否則，會遺憾終身。全詞按照時間順序，由昨夜寫到今天，井然有序。

齊天樂·題朱灃泉夢遊圖

〔原文〕

玉華久斷層城路，被君夜魂飛透。枕倚遊仙，臺經靈夢，樓上有人垂手。分花拂柳。乍獻果猿驚，銜芝鹿走。一笑相逢，可憐宵裏那時候。

依稀琴韻數弄，露涼風細處，按節輕奏。衣上香多，袖中雲在，不似人間星斗。此鄉真有。便花月精靈，盡難消受。煙外霜鐘，一聲聲聽取。

〔注釋〕

1. 此詞寫於乾隆42年丁酉（1777）29歲，作者客都中。根據吳蔚光《小湖田樂府》，此詞作於本年春。朱灃泉：生平不詳。

2. 玉華：最精美的玉。

3. 層城：指仙鄉。

4. 臺經：經過仙臺。

5. 霜鐘：鐘聲。出自《山海經・中山經》。

〔譯文〕

　　戴上精美的玉，飛走在神仙之路上。我頭靠枕頭，做著遊仙夢，經過仙臺做著美夢，這時樓上有人招手。他分發花朵和垂下柳絲。一下子獻果銜芝，猿驚鹿走。你我笑臉相逢，在夢裏最可愛的那時候。在這美好的仙境裏，好像聽到幾曲琴聲，在露水涼爽微風吹過的地方，根據節拍，輕輕彈唱。衣上香多，袖中雲在，不似人間星斗。此鄉眞有。就有花月精靈，使人很難接受。今夜無眠，只好聽取外面的聲聲鐘鳴。

〔賞析〕

　　此詞是黃景仁寫的遊仙詩，眞是美好極了。詩人運用浪漫主義和積極想像的手法，把廣大的讀者帶進了一個五彩斑斕、夢幻般的世界：花朵和垂下柳絲、獻果銜芝、笑臉相逢、幾曲琴聲、花月精靈、聲聲鐘鳴。眞是「此曲只應天上有，人間難得幾回聞」，更主要的是寫出了現實的可怖。

換巢鸞鳳・王述庵先生招集陶然亭

〔原文〕

　　素景商飆。正羈懷落漠。病思蕭寥。忽飛天外賞，來赴酒邊招。群公交車蓋滿亭皋。文雄談綺，書狂飲豪。非此會，可不負、鳳城秋好。

　　清眺。山容悄。偏愛秋山，耐得斜陽照。對酒能歌，拈花解笑。未揖年時懷抱。吟情孤嫋，驀停杯，長天看得征鴻小。歸鞍遲軟，角聲催度林杪。

〔注釋〕

1. 此詞寫於乾隆 42 年丁酉（1777）八月十九日，王昶宴客於陶然

亭，朱筠、翁方綱、程晉芳等 46 人與會。陶然亭：在北京外城西南隅，取自白居易的「更待菊黃家釀熟，共君一醉一陶然」，又名江亭。

2. 素景：秋天的景色。商飆：秋風。

3. 落漠：人生落魄。

4. 亭皋：水邊的平地。

5. 文雄談綺：文豪用綺麗的語言。

6. 鳳城：指都城。

7. 清眺：悠閒地遠望。

8. 孤嫋：孤單悲傷。

9. 驀：突然。

10. 征鴻：征雁。

11. 遲鞚：遲來的馬籠頭。

12. 林杪：樹梢。

〔譯文〕

　　秋風秋景，可是我卻羈旅愁懷人生落魄、疾病纏身。應主人之邀，我來陶然亭參加宴會。各位嘉賓車水馬龍，文豪雲集，書家回應，可不要辜負這美好的京城大好時光。我悠閒遠望，山靜悄悄，我特別喜歡秋山此刻的夕陽照。我們把酒歌唱，拈花大笑，不忘年輕時的抱負志向。儘管孤單悲傷，猛然不要停杯喝酒，仰望蒼穹，征雁還小。勒緊馬籠頭，遠方出發的鐘聲已經響徹林梢。

〔賞析〕

　　這是一次不小的聚會，幾十個志同道合的朋友，選擇了陶然亭，面對長風白雲，詩人及友人登高望遠，心胸開曠，縱酒高歌。在這暫時遠離俗世的寬鬆氛圍中，雖然「羈懷落漠，病思蕭寥」，但他依舊「對酒能歌，拈花解笑，未損年時懷抱」。

　　他常在詞中常有「狂蹤跡，空自笑。」的感慨，是對自己徒勞拼搏的苦笑，也是對許許多多緊追不捨的不幸的嘲笑，讀來令人辛酸。

湘春夜月·竹簾，同蓉裳賦

〔原文〕

　　是何人。生生擘碎湘雲。掩映綺閣銀櫳，漠漠漾波紋。界上一絲絲月，又幾絲花氣，約住爐薰。任軟紅十丈，此間清絕，不到纖塵。

　　昔遊還記，黃陵廟外，青草湖濱。細認綠煙一段，有未枯怨血，不斷離魂。晝長窣地，看模糊、猶帶煙痕。斜捲處，把冰紋簟展，《楚詞》讀罷，如見湘君。

〔注釋〕

1. 蓉裳：即楊芳燦，字才叔，號蓉裳，常州府金匱縣人，楊潮觀侄子，楊揆兄，作品有《芙蓉山館全集》。

2. 擘碎：掰碎。

3. 銀櫳：綺麗的銀窗。

4. 漠漠：廣漠無邊的樣子。

5. 軟紅十丈：俗世的熱鬧。

6. 纖塵：一點。

7. 昔遊還記，黃陵廟外，青草湖濱：兩人曾暢遊湘江大地。

8. 窣地：拂地。出自（宋）梅堯臣《蘇幕遮》：獨有庾郎年最少，窣地春袍。

9. 湘君：古代傳說中的帝王「舜」。

〔譯文〕

　　這是什麼人，不停止地掰碎南方天空的雲朵。竹簾遮映著綺麗的銀窗，廣袤的天空密佈著繁星星河。月光照進來，又透著幾絲花氣，擋住了薰爐的氣味。任憑俗世的熱鬧，這個地方清絕，沾染不到一點污垢。還記得我們暢遊湖湘大地，遊覽黃陵廟，縱覽青草湖濱，細看一段綠陰，有未枯怨仇，不斷離魂。竹簾晝長拂地，模糊地看還帶著煙痕。把竹簾捲起來，把冰紋形竹席展開，讀罷《楚詞》，好像見到舜一樣。

〔賞析〕

此詞跟楊芳燦的詞爲同題異作。「任軟紅十丈，此間清絕，不到纖塵」我們應遠離熱鬧，尋找清淨，不納污垢。很有哲理。「細認綠煙一段，有未枯怨血，不斷離魂。」仔細閱讀，有屈原的遺韻，值得讀者反覆品玩。

邁陂塘・蝙蝠

〔原文〕

到黃昏、廊盧屋古，和煙燼忽飛動。佛樓山館時來去，捎破晚風一弄。穿畫棟，休攪亂、香窩燕子尋花夢。名經鑿空。怪鳥鼠都非，羽毛難別，生不屬麟鳳。

神仙種，何必淮南丹汞，羞他雞犬相共。寄人簷下須臾事，且耐冷嘲閒諷。尋古洞，聞說有、松脂石乳煙霞供。人間無用。便老爾千年，明砂拋盡，不值一錢重。

〔注釋〕

1. 捎破晚風一弄：乘著晚風回來。
2. 麟鳳：指麒麟和鳳凰。
3. 淮南丹汞：《淮南子》中煉丹者從朱砂中提煉出來的丹藥。
4. 明砂：朱砂。

〔譯文〕

黃昏的時候，在廢墟走廊古屋，跟著煙霧上下飛動。它們不時地飛去佛樓山館，乘著晚風飛來。它們穿過畫棟，但沒有攪亂香窩裏面的燕子尋花之夢。經典的書籍立論無據，奇怪的是蝙蝠它不是鳥類和鼠類，羽毛難以辨別，它不屬於麒麟和鳳凰。

神仙的種子，是《淮南子》中所記載的丹藥，羞與其他雞犬共處。蝙蝠們寄人簷下一會兒的事，且能夠耐住他人的冷嘲閒諷。尋人間無用的古洞，聞說有松脂石乳煙霞，就是老了千年，拋盡朱砂，不值一錢重要供應。

〔賞析〕

　　《蝙蝠》一文，寫了蝙蝠儘管寄人籬下，但仍然耐住他人的冷嘲熱諷，保住高潔的品性：因為他的目標是遠方是詩歌。

　　詞人以蝙蝠自喻，藉以託物抒情，蝙蝠本是神仙種卻為人嘲諷，正如自己非凡的才能卻無人賞識。既如此，不如遠離世俗的社會，回到仙山古洞去，至少能保持人格的獨立。不必與世俗同流合污，這種與社會相疏離的情感在禁錮思想，殺戮異端的社會是難能可貴的。

石州慢·蒲扇

〔原文〕

　　澤畔荷離，妙手拈來，製成風翣。愛他涼沁露葉，平鋪煙條細摺。聚頭新樣，倘將巧思翻來，模糊綠認春帆葉。堪笑牧豬兒，把陳編空緝。

　　妥帖，箇是吳儂，水鄉風味，舊曾諳習。任說團蕉鏤竹，一清難及。甄妃善感，便教塘上吟成，秋風不效班姬泣。莞蒻展方花，共波紋重疊。

〔注釋〕

1. 澤畔荷離：澤畔的白芷。
2. 風翣：風扇。
3. 把陳編空緝：把空的地方縫起來。
4. 吳儂：吳人。
5. 團蕉：蒲團。鏤竹：竹籃。
6. 甄妃善感，便教塘上吟成：甄妃作《塘上行》。甄妃：魏國文昭皇后。
7. 秋風不效班姬泣：班姬失寵後，寫《團扇》詩歌，以秋扇見棄自喻。語出唐朝詩人徐夤《詠扇》：誰信班姬淚數行。
8. 莞蒻：兩種編席的蒲草。
9. 共波紋重迭：共同展示重迭的波紋。

〔譯文〕

澤畔的白芷，隨手拈來，製成風扇。我喜歡它沁涼露葉，煙條平鋪細折。巧思翻來，模糊把綠葉認作春帆。可笑養豬兒，把空的地方縫起來。吳人眞恰當，熟悉水鄉風味。無論蒲團還是竹籃不可與比。甄妃善感作《塘上行》；班姬失寵後，寫《團扇》詩歌，以秋扇見棄自喻。莞和藭兩種蒲草開出花，共同展示重疊的波紋。

〔賞析〕

此詞雖短，但卻有很深的文化積澱：由普通的蒲扇聯繫到歷史上的甄妃與班姬，作者的才力非常人可比。另外，寫出了生活中的白芷之葉很美，運用豐富的想像力來展示，令人佩服！

水調歌頭·題王蘭泉先生三泖漁莊圖

〔原文〕

一幅好東絹，煙水煞空濛。先生曾讀書處，差許輞川同。閒覓釣師罟友，共飽金虀玉鱠，樂事總無窮。三面寫晴泖，九朵削雲峰。

營門外，馬背上，直廬中。時時一展圖畫，歸興滿吳淞。已是文章千古，又待功名萬里，何暇思秋風。魚鳥莫相憶，此意在天公。

〔注釋〕

1. 此詞寫於 1776 年，王蘭泉先生就是王昶，三泖漁莊是王昶的住所。根據錢泳《履園叢話》：三泖漁莊，在青浦縣之朱家角，刑部侍郎王蘭泉先生所居也，有經訓堂、鄭學齋、蒲褐山房諸額。
2. 東絹：指四川鹽亭產的鵝溪絹。
3. 煙水煞空蒙：空蒙的煙水色。
4. 輞川：王維的住處。
5. 罟友：漁友。金虀玉鱠：美味佳餚。
6. 晴泖：晴天下水面平靜的小湖。

7. 直廬：舊時侍臣直宿之處。

8. 吳淞：上海市北部，黃浦江的入口處的西側。

9. 思秋風：回歸故鄉。

〔譯文〕

多麼好的三泖漁莊圖！它刻在四川產的鵝溪絹上，空蒙的煙雨色。王昶先生讀書的地方，大底跟王維的輞川相似。尋覓民間高人隱士，共享美味佳餚，令人愉悅的事情總是無窮。三泖漁莊的三面環湖，山峰聳入雲霄。我在營門外，馬背上，值宿處中。不時一展圖畫，很想去吳淞。已著千古文章，又待功名萬里，哪有時間回家鄉？還是順其自然吧。

〔賞析〕

讀完此詞，印象最深就是兩點：1 閒覓釣師罟友，共飽金虀玉鱠，樂事總無窮。與高人交往，彼此學習，其樂無窮。2 已是文章千古，又待功名萬里，何暇思秋風。好男兒應該志在四方，取得更大的成績，不應該鼠目寸光。

東風第一枝 · 送錢獻之之西安

〔原文〕

易水風寒，幽州日淡，誰教我輩遊此。君行忒恁匆匆，去醉古長安市。茫茫身世。那禁得、幾番不是。放空囊、老鐵成虹。添得關門氣紫。

杯酒外、離愁似海。攜手處、月華如水。不知秋為誰深，豈意別從今始。經過壁壘。問成名、幾多豎子。更咸陽、一炬秦餘，可有蠹魚乾死。

〔注釋〕

1. 此詞寫於乾隆 42 年丁酉（1777）29 歲，九月十三日，王昶召集朱筠、翁方綱、程晉芳、趙秉淵、陳以剛、徐鄉坡、張彤、作者等集寓齋，公餞別錢坫赴陝西。錢坫：江蘇太倉嘉定人，錢大昕的族子，著有《說文解字校注》、《爾雅古義》。

2. 長安：在今天的陝西西安市。

3. 老鐵成虹：點鐵成金，銳氣成虹。

4. 豎子：小子，古代罵人的話，語出《鴻門宴》。

5. 更咸陽、一炬秦餘：指項羽攻破咸陽，屠城縱火，咸陽夷爲平地。

6. 蠹魚：書蟲。

〔譯文〕

易水的風還是寒冷，幽州的太陽還是平淡，誰教我們到此遊學。你行蹤太匆匆，即將去古代的長安市。人海茫茫，哪禁得這番折騰。我想你到任後，會大有作爲，點鐵成金，銳氣成虹，使得關內紫氣東來。

杯酒之外，離愁似海一樣的深。我們手拉手，外面月光如水。不知秋天已經很深了，難道離別從今天開始？經過古戰場，問古代傑出的人物中有幾個是普通的凡夫俗子？經過咸陽，屠城縱火之後，可有吃書蟲（讀書人）活活餓死？

〔賞析〕

黃景仁的這首詞充分表達了對朋友的信任，同時，也寫出了要幹一番大事業的決心。

醉太平（三首）

〔原文〕

（其一）

庭陰綠莎，牆頭翠蘿。照人迢遞星河，忽誰家皓歌。華心暗磨，歡場夢過。不聽時也愁多，況聽時奈何？

（其二）

燈前眼波，尊前頰渦。也曾題遍香羅，喚當筵唱過。紅兒玉蛾，花娘麗哥。半生清淚如波，爲伊曹費多。

（其三）

江城綺羅，遷鶯鬧蛾。聲聲攪著鼕婆，被輕風遞過。中年感多，人生幾何？便教徹夜清歌，問伊家怎麼。

〔注釋〕

1. 此詞寫於 1778 年，作者時年 30 歲，這組詞有個副標題是：夏夜聞鄰院歌聲。
2. 照人迢遞星河：中「迢遞」是遙遠的樣子；「星河」即銀河。這句話是說遙遠的銀河照著人。
3. 皓歌：嘹亮的歌聲。
4. 頰渦：酒窩。
5. 香羅：綺羅的美稱。
6. 紅兒玉蛾：指歌妓和美貌的女子。
7. 花娘麗哥：指歌女和娼妓。
8. 伊曹：他們。
9. 遷鶯：登第。出自李商隱《喜舍弟羲叟及第上禮部魏公》：朝滿遷鶯侶，門多吐鳳才。
10. 鬧蛾：中國古代婦女的頭飾。
11. 鼕婆：琵琶。出自黃景仁《褚五郎行》。
12. 人生幾何：出自曹操《短歌行》：對酒當歌，人生幾何？

〔譯文〕

（首一）庭院陰森綠色莎草，牆頭上開遍翠蘿。遙遠星河照著人，忽然鄰居家中傳來歌聲。我仔細地欣賞音樂，確實是美好的享受。不聽時愁怨很多，何況聽時愁怨更多？

（首二）燈前的眼神，酒杯前的酒窩。我也曾經在綺羅上題遍，我也喚取他們在當堂唱過。歌姬與美女，為她們流淚，為她們花費太多。

（首三）江城傳來登第的消息，女子盡著華美的絲綢衣服。琵琶聲聲聲不斷，原來是輕風遞過。中年感想很多，人生能有幾年？便教徹夜清歌，又能怎樣？

〔賞析〕

這組詞從三個角度來寫歌聲：我的感受、演唱場面、歌唱的原因（背景），這裡不得不歎服黃景仁非凡的藝術功底。

買陂塘 · 歸鴉同蓉裳少雲作

〔原文〕

倚柴門、晚天無際。昏鴉歸影如織。分明小幅倪迂畫，點上米家顛墨。看不得。帶一片、斜陽萬古傷心色。暮寒蕭淅。似捲得風來，還兼雨過，催送小樓黑。

曾相識，誰傍朱門貴宅。上林誰更棲息。郎君柘彈休拋灑，我是歸飛倦翮。飛暫歇。卻好趁、江船小坐秋帆側。啼還啞啞。笑畫角聲中，暝煙堆裏，多少未歸客。

〔注釋〕

1. 此詞寫於乾隆 43 戊戌（1778 年），作者時年 30 歲。蓉裳是楊芳燦，少雲是余鵬翀。
2. 倪迂：指元代著名畫家倪瓚，號雲林。
3. 米家顛墨：歸鴉如畫家隨意點染的墨點一樣。米家：指北宋著名畫家米芾。
4. 小樓黑：歸巢的烏鴉。
5. 柘彈：用柘木做的彈弓。
6. 歸飛倦翮：歸飛疲倦的烏鴉。
7. 畫角：古代軍隊中的吹奏樂器，用竹子或銅為之，外形彩繪，樂聲淒厲。
8. 暝煙：傍晚的煙霞，語出唐代詩人戴叔倫的《過龍灣五王閣訪友不遇》中：野橋秋水落，江闊暝煙微。

〔譯文〕

靠著柴門，傍晚的天空無邊無際，歸巢的烏鴉如同織布的針線一樣多。這情形如同畫家倪瓚的小幅畫一樣，也如同畫家米芾隨手點染的墨點一樣，用肉眼看不出來。帶著一片斜陽萬古傷心色。暮

寒蕭瑟，好像卷得風來，還伴著微雨，催送歸巢的烏鴉（進巢）。曾相識，我沒有依靠朱門貴宅，也沒有到上林棲息，您的彈弓不要拋灑，我是歸飛疲倦的烏鴉，飛暫歇，卻好趁江船，小坐秋帆的一側。聲音沙啞地在畫角聲中高興，在傍晚煙霞堆裏，還有好多游子無家可歸。

〔賞析〕

此詞是跟楊芳燦，余鵬翀的同題異構之作，都是寫歸鴉的。黃景仁的歸鴉寫得很美：分明小幅倪迂畫，點上米家顛墨，跟藝術畫一樣的美。最後由歸鴉寫到了無家可歸的游子，可謂立意之深刻：我還是幸運的，不幸者還有很多。

詞人將自己與歸鴉對比，以灰暗淒冷的色調烘托出一幅「倚門望歸圖」。昏鴉歸影如畫般出現，在暮寒蕭淅、風兼雨過的旅途，一種人不如烏鴉、怨歸難歸的怨苦心境躍然紙上。詞的下闋借人鴉發議論。詞人的人生倦態、神思疲憊狀灼然可見，那種低沈蕭瑟的情緒是其漂泊無依的情感體驗的真實表現。

飛雪滿群山 · 冰花

〔原文〕

水欲凝時，風還蹙住，偶然五出成紋。開原頃刻，色香何許，可知泡幻前因。空花先現處，是姹紫嫣紅後身。鬢髯看取，幾絲宮繭，隨剪落紛紛。

應自笑、傾陽無分，也借霜姿一點，雪豔三分。鏡菱初展，瓶梅欲坼，一般冷意相侵。鏤成都逼肖，卻輸與、文章有神。不愁漂泊春風，古澗尋斷魂。

〔注釋〕

1. 此詞寫於 1778 年，楊芳燦也有同題之作。
2. 蹙：縮小，收斂。
3. 五出：五瓣，語出楊炯《梅花落》。

4. 開原：開花本來。

5. 泡幻：虛幻。

6. 空花：雪花。

7. 傾陽無分：遇到陽光就不存在了。

8. 逼肖：很相似。

〔譯文〕

　　水要凝結的時候，風還收斂住，偶然開出五瓣的圖紋。開花本來一會兒工夫，色香到哪兒了，可知虛幻和前因。雪花開始出現的地方，是五顏六色後出現的東西。好像看到，幾絲宮繭，隨剪刀紛紛落下。應笑自己、遇到陽光就不存在了，借助一點霜姿，雪更加美豔三分。菱形的鏡剛剛展開，瓶中的梅花要裂開，不同一般的冷意要侵擾。雕刻完成都很相似，卻輸與有神的文章。不愁在春風中漂泊，而愁的是在古澗中尋找遺跡。

〔賞析〕

　　此詞描寫的對象是冰花，他的外形很美觀但是生命很短暫，外形不錯但是缺少內容。儘管生命有限，但他到處流浪，在春風古澗中尋找歸宿，顯示了旺盛的生命力。

燭影搖紅・燈花

〔原文〕

　　驀地凝晬，蟬紗減卻銀釭亮。嫋成蘭氣不多些，幻出花花相。深掩珠屏斗帳。莫教他、一絲風颺。金錢罷擲，碁子停敲，剪刀輕放。

　　莫是明朝，青鸞有信堪凝望。只愁今夜似前宵，刻意將人誑。憎絕侍兒憨樣。報聲聲、妝臺斜傍。且挑香穗，書就桃箋，寄伊悃悵。

〔注釋〕

1. 此詞寫於 1778 年，楊芳燦也有同題之作。

2. 蟬紗減卻銀釭亮：像蟬翼一樣薄的紗（燈芯）少卻了。

3. 香穗：焚香的煙凝聚未散之狀。語出蘇舜欽《和彥猷晚宴明月樓》中有：香穗縈斜凝畫棟。

4. 刻意：克制欲望。誑：欺騙。

5. 桃箋：桃花箋。

6. 憨樣：可愛樣。

〔譯文〕

　　突然細看，像蟬翼一樣薄的紗（燈芯）少卻了，而燭臺越亮。煙氣繚繞升騰成蘭氣已經不多些，變換出各種花的圖案。深掩珠屏斗帳。莫教他一點隨風飄揚。不要扔金錢，停敲棋子，輕放剪刀來破壞燈花的形狀。可能明天早上青鸞有信值得期盼。只擔心今夜跟前宵一樣，克制欲望將人欺騙。真討厭侍者可愛，聲聲回報在妝臺斜傍有燈花照過，而且是挑穗狀的香煙，幻化成桃花箋，將惆悵寄給你。

〔賞析〕

　　此詞跟上幾首一樣，都是同題異構之作。黃景仁的這首詞寫出了燈花的特點：他能幻化出各種圖案；將燈花幻化成信箋，在上面寫成文章，寄託對思念的人的懷念。真是天才式的想像。

雨中花慢・不寐

〔原文〕

　　坐夜如年，將宵作晝，不知是底心情。怪愁偏黯淡，影最分明。又是一絲涼雨，和風捲入疏櫺。境真凄絕，夢都拋我，忒可憐生。

　　屏空屋古，骨冷神清。階前葉墮還驚。誰省識、拋乾鉛淚，濕遍桃笙。偏是黃雞睡穩，滴殘花漏無聲。再休相笑，空堂燕蝠，各有生平。

〔注釋〕

1. 疏櫺：窗戶。

2. 省識：認識。

3. 鉛淚：瀉淚如鉛水傾流。語出唐代李賀《金洞仙人辭漢歌》：空將漢月出宮門，憶君清淚如鉛水。

4. 桃笙：桃枝竹編的竹席，語出左思《吳都賦》：桃笙象簟。

5. 生平：一生（指從出生到死亡的階段）。

〔譯文〕

坐夜如年，將夜晚當作白天，不知是什麼心情。心情更加黯淡，映窗人影最分明。又是一絲涼雨，和風捲入窗戶。生活處境眞淒涼，夢都拋我，太可憐了。

空空的屏障在古老的屋子裏，淒神寒骨。看到階前葉掉落讓我吃驚，認識他們、拋乾眼淚，淚水已經打邊桃枝席。偏是黃雞睡穩，滴漏無聲。再休相笑，空堂的燕子蝙蝠，也有一生。

〔賞析〕

此詞黃景仁緊扣「不寐」二字，寫出他的孤獨、敏感、善感，這是一顆詩心，他細膩的捕捉這些意象：黃雞、殘花、燕子、蝙蝠，傳達出一種獨到的思考：人來到世界一生，你要想改變它，只有奮鬥。

醉花陰·夏夜

〔原文〕

煙外鐘聲飄數杵。風過涼生竽。隔竹捲珠簾，幾個明星，切切如私語。

滅燭坐沉香一縷。悵好閒庭戶。和淚囑流螢，莫近蓮塘，照見雙棲羽。

〔注釋〕

1. 此詞寫於 1778 年，楊芳燦也有同題之作。

2. 切切如私語：出自白居易的《琵琶行》：小絃切切如私語。

3. 沉香：用沉香製作的香，語出李白《楊叛兒》。

4. 雙棲羽：棲息的水鳥。

〔譯文〕

煙外飄著鐘聲以及幾點杵聲，風過後，涼爽易生苧麻。隔著竹子捲起珠簾，幾個明亮亮的星星，切切如私語。滅燭而坐，點起一縷沉香，在庭戶飄蕩。帶著淚囑咐流動的飛螢，不要靠近蓮塘，以免照見一雙棲息的水鳥。

〔賞析〕

夏夜的景真有特色：明星私語；沈香飄蕩；囑螢悄悄。詩人仰望星空，同時又腳踏實地，關注他人，具有高潔情懷，令人驚歎不已。

洞庭春色·帆影

〔原文〕

十葉高懸，一痕斜漾，慣趁行船。過綠蕪野岸，還爭燕掠，白蘋深港，不礙鷗眠。最好夕陽低映處，待揩遍、秋江一幅箋。輕移去，怕風花易卸，水葉常偏。

江樓有人徙倚，看不定、檻外簾前。更遙黏夜火，閃波如電，背飛落月，貼草疑煙。長是送君南浦後，與銷剩、離魂共黯然。相思夢，願從伊飄去，落向郎邊。

〔注釋〕

1. 此詞寫於乾隆 43 戊戌（1778 年），吳蔚光同期寫有《洞庭春色·帆影和黃仲則》的詞。
2. 白蘋：水中的浮草。語出（南朝）宋鮑照《送別王宣城》：既逢青春獻，復值白蘋生。
3. 卸：凋落。
4. 徙倚：來回不定。
5. 貼草疑煙：猜想像煙霧一般貼在草上。
6. 南浦：常用為送別之地，語出《楚辭·九歌》中的「送美人兮南浦」，還有江淹的：送君南浦，傷如之何？
7. 與銷剩：只剩下。

〔譯文〕

　　高懸著十片帆葉，撐一支長篙波光蕩漾，慣於趁行船。經過綠草叢生地野草的對岸，平安相處，深港中的浮草，不影響鷗鳥睡眠。夕陽低映處最美，待揩遍、眞是秋江一幅美好的畫面。輕輕移開，怕風中花容易凋落，水葉常被吹走。江樓有人來回不定，看不清楚、是在欄杆外、簾幕前。更遙想：船兒連接著夜火，閃波如電，在落月下飛過，像煙霧一般貼在草上。送您在分手的時間很長，只剩下對你的無限懷念。相思夢，願從你這邊飄去，落在心愛的人身邊。

〔賞析〕

　　此詞寫了帆影的特徵：秋江的一幅美好的剪影，同時，帆又跟離別聯繫在一起，使人銷魂，寫得俊美，直逼辛柳。

壺中天慢・柝聲

〔原文〕

　　九門鎖上，早蟆更報急、淒淒夜永。常向漏聲疏處補，街鼓頻番相應。古驛銜山，荒城抱水，幾箇人攲枕。欲沉猶未，星星蕭寺鐘殷。

　　便擬刁斗千屯，胡笳萬帳，無此聲淒警。獨火營門青似豆，打得霜酸月冷。今夜嚴城，傳來虎旅，一樣愁清聽。可知獨客，被他鄉夢敲醒。

〔注釋〕

1. 九門：北京外城共有九道門。
2. 街鼓：設置在京城街道的警夜鼓。
3. 攲枕：斜倚枕頭。
4. 蕭寺鐘殷：佛寺鐘聲。
5. 刁斗：古代行軍的用具，斗形有柄，銅質。
6. 胡笳：蒙古族的氣鳴樂器。
7. 嚴城：戒備森嚴的城池。

〔譯文〕

北京九門鎖上，早起的蛤蟆更報急、淒涼夜長。常向漏聲疏處補，警夜鼓頻繁相應。古驛荒城銜接著山水，幾箇人斜倚枕頭。似睡非睡，星星點點佛寺鐘聲。便準備千屯刁斗，萬帳之外的胡笳樂器，無此聲則淒涼警厲。營門外獨火青似豆，照得霜酸月冷。今夜戒備森嚴的城池，傳來虎旅之師入侵，一樣愁不堪聽。可知獨客，被他鄉夢敲醒。

〔賞析〕

此詞跟同期的詞一樣，都寫於 1778 年，都是同題異構的詞。這首詞句句圍繞著柝聲（敲梆子的聲音）來寫，思路精巧，主旨句是最後一句：可知獨客，被他鄉夢敲醒。還是寫思鄉之情懷。

滿江紅・瓦松

〔原文〕

浪得松名，借片瓦、託根而已。也只伴、牆蒿城草，一般生理。餘氣慣催金碧換，劫灰不共鴛鴦死。博詞人、爭詠昔邪房，香生齒。

鴟吻畔，魚鱗裏，連斷蘚，交叢杞。怪宮空寢壞，爾曹偏喜。似有客樓新雨綠，更無僧寺斜陽紫。怕深宵、發屋走妖狐，齊飛起。

〔注釋〕

1. 瓦松：一種長在山坡或者房頂的植物，壽命最短的植物，可做藥療。
2. 一般生理：跟它們一樣的生活。
3. 昔邪：烏韭，生長在屋瓦上的苔類。
4. 香生齒：香生齒頰間。
5. 鴟吻：古代宮殿屋脊兩端的一種飾物，後來樣式改變折向上似張口吞脊，故名。
6. 魚鱗：瓦片。出自陸游《村舍》。
7. 叢杞：雜生的荊杞。

8. 爾曹：你們。出自杜甫《戲爲六絕句之二》。

〔譯文〕

瓦松，浪得松名，借片瓦託根而已。也只陪伴牆蒿城草，跟它們一樣的生活。餘氣劫灰使得金碧鴛鴦不共死，使得詞人爭詠烏韮房，香生齒頰間。瓦松生活在鴟吻畔，瓦片裏，連接著斷蘚，與雜生的荊杞友好。奇怪的是宮空寢壞，你們（瓦松們）偏喜。似乎擁有剛被雨水洗過的客樓，顯得一片蔥綠，再無斜陽照耀下的僧寺，此刻成爲紫色。怕深宵發屋走妖狐，瓦松齊飛起。

〔賞析〕

此詞寫於 1778 年，同時，楊芳燦與施晉都有同題之作。這首詞寫出了瓦松的生活環境、習性，其中習性是：餘氣慣催金碧換，劫灰不共鴛鴦死。博詞人、爭詠昔邪房，香生齒。似有客樓新雨綠，更無僧寺斜陽紫。瓦松不喜金碧，愛好僧寺，不事張揚的特點淋漓盡致的寫出來了。

詞人借詠瓦松來諷喻封建官僚階層，揭露了依附封建王權的官僚體制的腐敗。他們依附王權卻並不努力使藉以託根的王權更好發展；相反，王朝根基的敗壞眞是他們所喜歡看到的。因爲王朝越腐敗，他們越能渾水摸魚。詞人對官僚體制的揭露可以說是一針見血。正如「能寫出這樣的題目，有這般的立意，在乾隆時代是難能可貴的」也是同時代的詠物詞所不能及的（嚴迪昌的《清詞史》）

沁園春 · 送安桂浦之廣平

〔原文〕

有客長安，西笑多時，今方作裝。向邯鄲古道，訪平原客，叢臺落日，弔武靈王。暇即登樓，豪宜置酒，城上千山走太行。清狂甚，喚娃嬴挾瑟，一代名倡。

奸雄已事堪傷，七十二遺墳蔓草荒。笑此曹作計，將毋佼僥，吾儕弔古，倍覺蒼涼。此去關河，大都遼廓，匹馬嘶風度濁漳。

憑君去，問仙翁一枕，可熟黃粱。

〔注釋〕

1. 安桂浦：即安家相，湖北省武昌市江夏人。廣平：今河北永年。
2. 西笑多時：指渴慕帝都。
3. 作裝：整理好行囊。
4. 平原：指戰國時趙國公子的平原君。
5. 叢臺：戰國趙建築，在河北邯鄲，數臺相連。
6. 弔武靈王：慰問趙國的趙雍。
7. 娃嬴：戰國時趙國吳廣的女兒，趙武靈王之後，亦名孟姚。
8. 奸雄已事堪傷，七十二、遺墳蔓草荒：曹操死後，建造 72 座墳墓，防止人盜墓。
9. 佼傆：狡詐詭譎。
10. 遼廓：遼遠。
11. 嘶風：沙啞的風聲中。
12. 濁漳：水名，也稱潞水。
13. 憑君去，問仙翁一枕，可熟黃粱：化用黃粱夢，指虛幻的事情或者不能實現的欲望。

〔譯文〕

　　有客人從長安來，渴慕帝都，現在已經整理好行囊。沿著邯鄲古道，賓客去訪平原君，落日下的叢臺，懷念趙武靈王。有空的時候就登樓，手頭闊綽時應置酒，城上千山趨向太行。很清狂，喚一代名倡娃嬴挾瑟彈琴。

　　曹操死後，建造 72 座墳墓，防止人盜墓。笑曹操奸計，不要狡詐詭譎，我們懷念古人，倍覺蒼涼。此去關河，大都遼遠，駕匹馬在沙啞的風聲中度潞河。憑君去，問仙翁一枕，黃粱可熟。（以上可能不能實現）

〔賞析〕

　　此詞是送別詩，送友人安家相去河北。上闋是詠史懷古，懷念的對象有：平原君、趙武靈王、娃嬴；下闋是告誡友人：不要狡詐詭譎，

不要有虛幻的夢想，要實事求是。

金縷曲‧久不獲稚存、薇隱書，時二子同客姑孰

〔原文〕

　　往事君應省。記南州、吟聯山騎，昔時遊俊。今得孫郎應勝我，君自不憂孤另。念獨鶴、風淒露警。豈意江潭寥落後，覓一行、征雁都無影。何久不，枉芳訊。

　　縱教懶作長安信。也應憐、長安市上，故人貧病。我夢慣隨江上下，那管蛟龍睡醒。羨二子、相依為命。抵死不沾京洛土，算從頭、作計輸公等。相憶苦，筆難罄。

〔注釋〕

1. 稚存薇隱：指洪亮吉、孫星衍。孫星衍：字淵如，常州陽湖人，乾隆 52 年（1787）一甲二名進士，官翰林院編修、刑部主事、山東督糧道，後主南京鍾山書院。作品有：《芳茂山人詩錄》、《孫淵如外集》、《岱南閣集》。當時兩人同客安徽學使劉權之幕。姑孰：在安徽當塗。

2. 孫郎：指孫星衍。

3. 獨鶴：指洪亮吉，當時洪與黃並稱為猿鶴。

4. 芳訊：對親友音訊的美稱。

5. 京洛土：比喻功名利祿等塵俗之事，語出西晉陸機《為顧彥先贈父》。

6. 公等：你們。

7. 罄：寫盡。

〔譯文〕

　　往事你們應記住：記得在南州，俊彥同遊，騎馬吟詩。如今孫星衍應超過我，你不要擔心孤單。想那洪亮吉淒風露警。難道上一次分手後，沒有你的一點音訊。

　　即使懶於寫信，也應可憐遠在北京。我貧且病，我渴望到你那邊去。羨慕你們相依為命，拼死不求功名利祿等塵俗之事，從開始，佩

服你們；想念你們，筆下情意難盡。

〔賞析〕

這是篇懷念友人的詞。上闋回顧了三人的交往，但現在沒有對方的消息；下闋對對方不求功名利祿等塵俗之事美好品德的讚賞和對朋友們無盡的想念。

金縷曲・送楊才叔試令甘肅

〔原文〕

羨爾抽鞭早。把人間、玉堂金馬，付之一笑。人說用才多錯迕，我說此行偏好。便潘令、輸伊年少。卻怪連宵同按曲，早風前、屢犯伊涼調。是此日，送行稿。

長城盡處河流繞。更經心、洮湟關隴，幾重邊要。昔日羌戎皆錦繡，試擁專城坐嘯。莫認作、功名草草。只我送君眞有淚，爲文章、知己如君少。名山約，莫忘了。

〔注釋〕

1. 楊才叔：指楊芳燦，1778 年他參加廷試五省拔貢，得中第三名，官任甘肅靈州知州、戶部員外郎。楊芳燦的作品集：《芙蓉山館全集》。

2. 玉堂金馬：翰林院。

3. 錯迕：違逆。語出杜甫《新婚別》：人事多錯迕，與君永相望。

4. 潘令：西晉潘岳曾經擔任河陽令。

5. 伊涼調：曲調名，指《伊州》、《涼州》兩曲。

6. 洮湟關隴：中國西北甘肅青海一帶。

7. 專城坐嘯：爲官清閒，不理政事。出自東漢成瑨、岑旺的典故。

8. 名山約：寫著作，留傳後世。語出司馬遷《報任安書》典故。

9. 按曲：一起擊節唱曲。出自唐代李廓《長安少年時》：「雖然長按曲，不飲不曾聽。」

〔譯文〕

羨慕你金榜題名，進駐人間的翰林院。人說用才多違逆，我說此

行偏好。就是潘岳也不如你年輕。卻怪連宵一起擊節唱曲，早在風前經常唱伊涼兩支曲調，這篇文章是送行稿。

長城盡處河流繞。更經心西北部甘肅青海，幾重邊要。昔日羌戎皆錦繡，試著爲官清閒不理政事但政績斐然。莫認作草草功名。只我送君眞有淚，爲文章、知音像你這樣的稀少。莫忘了寫作傳世大作。

〔賞析〕

此詞是作者送別友人去甘肅任官之作。這首詞寫盡了友人的才華、年輕，同時希望友人沉湎於功名，而應努力求學問，寫出更好的文章來藏之名山，以求不朽。

摸魚兒·自題揖樵圖

〔原文〕

記曾聽、春山伐木，丁丁聲度林杪。斧聲漸歇歌聲近，帶得夕陽歸了。君莫笑，我識字無多，不解談王道。名山難到。便到得山中，也愁歧路，片語乞相告。

塵世擾，谷口攜家須早，半生惟爾同調。人間無處容長揖，愁絕蹇驢席帽。休懊惱，判爾許腰身，折向伊曹好。浮生草草。待爛得柯殘，夢醒蕉後，相與出塵表。

〔注釋〕

1. 吳蔚光《小湖田樂府》卷三有《金縷曲·題黃仲則揖樵圖》詞，後一首爲《水調歌頭·立秋日作》詞，本年立秋在閏年六月十五日，故繫於此。

2. 林杪：林梢，林外。

3. 谷口：隱者所居之處。

4. 蹇驢席帽：指跛蹇駑弱的驢子；古帽名。形容寒酸。

5. 待爛得柯殘：運用《述異記》中王質的典故。

〔譯文〕

記曾聽春山伐木，丁丁聲越過林梢。斧聲漸歇歌聲近，帶得夕陽

歸了。君莫笑，我識字不多，不解談王道。名山難到，便到得山中，也愁岔路，片段的話求相告。

塵世煩擾，攜家隱居尚早，半生與你志趣相投。人間無處容納卑躬屈膝，儘管寒酸。不要懊惱，允許你答應彎下腰身，折身問好。人生虛無。世事變化很大，夢醒焦急後，一起超脫塵世。

〔賞析〕

此詞是黃景仁自題《揖樵圖》的一首詞，告訴我們要」人間無處容長揖，愁絕跋驢席帽」，做人要有骨氣，挺起腰杆做人。

另外，「名山難到，……相告」、「休懊惱……曹好」表現了他對理想仕途和政治環境的憧憬。

八歸·題吳枙甫湖田書屋圖，即送其歸里

〔原文〕

生綃一幅，水鄉煙景，圖就無限清感。山腳平拖湖影綠，還被葑田數稜，織成漪簟。白板開扉垂柳處，總付與、水風開掩。論活計、春雨菰蒲，秋稅足菱芡。

見說罟師別久，農經拋卻，誤踏軟紅塵窅。尊香引思，鷗波入夢，茶尾吟邊愁黯。今朝歸計穩，小別斯須袂重攬。煙波樂、莫教句住，好憶臨歧，西山眉黛斂。

〔注釋〕

1. 吳枙甫：吳蔚光，號竹橋，一號執虛，又號湖田外史，江蘇蘇州昭文縣人。
2. 生綃：畫卷，語出韓愈的《桃源圖》。
3. 葑田：湖澤中葑菱集聚處，年久腐化成泥土，水涸成田。
4. 漪簟：晃動的竹席。
5. 白板：不施油漆的大門。
6. 菰蒲：菰和蒲。
7. 菱芡：菱角和芡實。
8. 罟師：漁夫。語出王維《送沈子福歸江東》。

9. 軟紅塵窅：紅塵。

10. 臨歧：面臨歧路，後用爲贈別之辭。

11. 西山眉黛斂：西山爲之動容。

〔譯文〕

　　一幅畫卷，水鄉煙景，給人以無限美感。山腳湖水，一弘碧綠，還覆蓋無數葑田，織成晃動的竹席。垂柳處是木板門用來擋住風。論生計（有）、春雨菰和蒲，菱角和芡實足以交秋稅。

　　聽說漁夫別久拋卻農經，誤踏紅塵。蕁香和鷗波，引人入夢，茶尾邊吟邊發愁。今朝回家打算，一會兒小別再揮袖。風景美、繼續寫文章，好憶分手處，西山爲之動容。

〔賞析〕

　　上闋就《湖田書屋圖》展開描寫，一幅江南水鄉美景呈現在眼前。

　　下闋送別友人，叮囑他不要耽溺於水鄉美景之中，要筆耕不輟。

金縷曲 · 送汪曉山試令江蘇

〔原文〕

　　南國蜚聲價。看紛紛、同時鶚薦，盡居君亞。似此才名眞第一，合遣輪扶大雅。怎百里、屈君腰胯。一笑宰官身已現，問西清、東觀何人者。揮手去，暫相謝。

　　江城此去眞如畫。記前遊、五湖煙水，一帆曾借。鄉郡不分襟帶水，親舍便如官舍。我亦庇、萬間之廈。他日顧隨諸父老，聽清琴、獻頌棠陰下。相與觀，引金斝。

〔注釋〕

1. 汪曉山：汪廷鈇，安徽省徽州府休寧縣人，這年（1778 年）任蘇州府海防同知。

2. 南國：泛指我國南方，出自《楚辭・九章・橘頌》。

3. 鶚薦：舉薦賢才。出自東漢・孔融《薦禰衡表》。

4. 輪扶大雅：輔助德高而有大才的人。出自東漢班固《西都賦》。

5. 宰官：縣官。

6. 西清、東觀：前者是清代宮廷內南書房；後者是國史修撰的地方。分別出自清代趙翼和唐代劉禹錫文章。

7. 分襟：離別。

8. 金斝【音 jiǎ】：斝的美稱。斝，一種酒器，似爵而大。出自金代王子可《生查子》：前聲金斝中，後調銀河底。

〔譯文〕

我國南方不可等閒視之，治理那裡的人都是賢才，但比你都次一等。似此才名眞第一，應派遣你輔助德高而有大才的人。怎百里、委屈你擔任次要官職。一笑縣官身已現，問才華橫溢的人在哪裏。揮手去，暫互相告別。

江城此去眞如畫。記以前曾經遊玩過五湖煙水。鄉郡不因爲離別，親舍便如官舍。我亦栖息於萬間之廈。他日願隨諸父老，聽清琴的樂聲與歌頌您惠政的文章。端起酒杯，一起欣賞。

〔賞析〕

此詞上闋寫了汪廷鈖不同凡響的才華，下闋寫了兩人的友誼以及對好友政績的渴望。

念奴嬌 · 元夜步月

〔原文〕

天街放夜，看香車寶馬，一時流水。風過笑聲多處軟，吹不軟紅塵起。西域燈輪，東京火樹，百變魚龍戲。萬人閙處，蠻王倒跨獅子。

誰道有月空中，斜飛兔腳，圓過今宵矣。便不爲燈須爲月，肯放華心竟死。影忽疑仙，身還是客，踏遍閙坊市。乞天從願，年年今夜如此。

〔注釋〕

1. 此詞寫於 1779 年正月十五元宵節，作者時年 31，寄寓京城。

2. 天街放夜：前者指京城中的街道；後者是從唐朝開始，正月十五前後一日，暫時弛禁，准許百姓夜行。語出唐代韓愈《早春呈水

部十八員外》和北宋高承《事物紀原》。

3. 香車寶馬：華美的車馬。語出王維《同比部楊員外》中：香車寶馬共喧闐。

4. 西域燈輪，東京火樹，百變魚龍戲。萬人鬨處，蠻王倒跨獅子：元宵燈會的熱鬧景象。西域：泛指我國西部地區。燈輪：一種大型的燈彩。東京：指汴州，河南開封。火樹：指繁盛的燈火。魚龍戲：古代百戲雜耍節目。

〔譯文〕

京城裏的街道今日弛禁，看各種華美的車馬，一時間像流水一樣。風過笑聲多處軟，吹不軟紅塵起。我國西部的燈輪，開封的燈火，百變魚龍戲。萬人觀看的是，蠻王倒跨獅子。

誰說空中有月，兔腳斜飛，今宵月亮眞圓。不是爲了看燈而是爲了看月，怎肯放過看熱鬧之心。月影讓人疑似月宮住著仙人一般，我還是京城客，踏遍悠閒之地，向天情願，但願年年今夜如此。

〔賞析〕

詞人於元宵節賞月，觀賞了各種燈火以及雜耍節目，但作者還是清楚地知曉：我還是京城客，他鄉雖美，還是不及家鄉。最後詩人還寫了一個美好的祝願：年年今夜如此。

從此，我們可以看出作者的審美境界與寬廣的胸襟。

減字木蘭花

〔原文〕

（其一）

彩雲成隊，衆裏橫波偏不奈。昨夜窗前，掩袖回燈劇可憐。
新詞解讀，誰道吳兒心似木。笑殺兒曹，只愛當筵脫錦袍。

（其二）

芰房含雨，冷落相憐心最苦。紙閣薰爐，一幅春風鬢影圖。
別筵易醉，酒綠燈紅都是淚。雪壓鞭梢，回指胡同第七條。

〔注釋〕

1. 偏不奈：阻擋不住。
2. 吳兒：吳地少年，這裡指作者。
3. 芰房：荷花池。
4. 紙閣：用紙糊貼窗戶牆壁的房屋，多指清貧者所居。
5. 第七條：指胡同口。
6. 錦袍：做官的人穿的衣服，代指做官的人。

〔譯文〕

（其一）

彩雲成隊，眾裏橫波拿他不住。昨夜窗前，掩袖回燈特別可憐。

解讀新詞，難道我的心已枯槁。可笑我們，只愛在宴會上面對志同道合者。

（其二）

荷花池含雨，冷落相憐心最苦。紙糊的窗戶薰煙的爐子，一幅春風鬢影圖。告別的宴會易醉，燈紅酒綠都是淚。早晨起來雪塞滿第七條胡同口。（化用顧貞觀的詩句）

〔賞析〕

兩首詞共寫了詞人的敏感多情；儘管貧困，但刻苦求學，有一顆悲天憫人的情懷，此情值得關注。

百字令·宿王介子先生齋頭話舊

〔原文〕

荊州初識，記霜清憲府，天寒夢澤。絲竹後堂容我到，醉倒留髡十石。湘月窺簾，岳鐘殷榻，半載長沙客。楚雲千里，回頭都是陳跡。

今日金馬還公，蹇驢老我，相見黃塵陌。住近城南天尺五，一水遙通太液。藥譜圍棋，草堂翦燭，話到東方白。殷勤強飯，蒼生還望安石。

〔注釋〕

1. 王介子：名太岳，字基平，乾隆壬戌進士，官至雲南布政使，左遷司業。
2. 荊州：古代「九州島」之一，東晉定治江陵，明清置府後廢。
3. 夢澤：雲夢澤。
4. 絲竹：絃樂器和竹管樂器，此指音樂。
5. 留髡：留客。
6. 殷榻：殷勤照料。
7. 寒驢：跛驢。
8. 黃塵陌：塵世上。
9. 住近城南天尺五，一水遙通太液：所居之地靠近帝王皇宮。
10. 剪燭：夜談的景象，語出李商隱《夜雨寄北》。
11. 安石：安定如磐石般。

〔譯文〕

初識於荊州，還記得在霜清憲府，天寒雲夢澤。在音樂聲中後我到堂，十石酒醉倒我。後讓我留下的湘地的月亮窺視簾幕，岳地的鐘聲殷勤照料，在那裡我呆了半年。楚雲千里，回頭都是陳跡。

今日公騎寶馬歸來，我這隻跛驢老了，相見塵世上。所居之地靠近帝王皇宮。一水遙通太液池藥譜圍棋，草堂夜談，話到東方白。殷勤留飯，百姓還望安定如磐石般。

〔賞析〕

此詞敘述了詩人跟王介子先生的過去的交往，然後寫了詩人跟主人草堂夜談：談過去，話現在，藥譜圍棋等等，明白如話，不得不佩服作者的功力。

定風波慢·和余少雲

〔原文〕

底因緣、席帽黃塵，五年人海為客。桂老岩空，魚荒水冷，兩地難棲息。素衣緇，黑頭白。臺上黃金慘無色。何益。待重新

整頓，看山雙屐。

　　石歌邊調□，爲消愁、轉助愁千尺。任馬醫脂販，鳴鐘列鼎，那覓牛心炙。杜陵茅，馬卿壁。我更無家可歸得。今夕。且將鉛淚，和伊同滴。

〔注釋〕

1. 詞作於乾隆 46 年春，余鵬翀寓居法源寺。
2. 黃塵：塵世；俗世。
3. 馬醫：治馬病的獸醫。
4. 鳴鐘列鼎：古代富有生活的奢侈。
5. 牛心炙：指生活豪華奢侈。
6. 杜陵：指杜甫在成都建草堂。
7. 馬卿：指司馬相如，字長卿，後人稱爲馬卿。
8. 鉛淚：晶瑩凝聚的眼淚。出自李賀《李憑箜篌引》：「憶君清淚如鉛水。」

〔譯文〕

　　也許是緣分，帶著草帽走在塵世中，五年來在京都爲客。桂樹老岩石空，魚兒荒水裏冷，兩地難棲息。白衣變黑，黑頭髮變白。臺上黃金淒慘無顏色。無用還是，待重新整頓，看穿上登山的雙屐。

　　石歌邊調□，爲消愁、反而愁上加愁。任憑獸醫脂販，生活奢侈，那覓牛心炙。杜甫的草堂，司馬相如的牆壁，我更無家可歸得。今夕且將眼淚跟你一起流淌。

〔賞析〕

　　此詞寫了詞人在京城遭遇到的苦難生活，想改變生活卻無法實現，淪落到無家可歸的地步：好一個愁字了得。

貂裘換酒・潞河舟次

〔原文〕

　　行矣吾何憾。但西山、依依送客，相看未厭。穩買潞河舟一

葉，載去昔時書劍。趁滑笏、半川漪簟。柔櫓一聲塵夢覺，任荒雞、促舞三家店。分芋事，久無驗。

新妝不爲投時豔。問幾輩、飛騰馬價，遭逢狗監。漁弟漁兄相待久，莫負蟹肥酒釅。臕篋裏、宮袍無焰。零落江皐原不恨，奈浮雲、落日光陰澹。從尹卜，學鳧泛。

〔注釋〕

1. 1780 年十月，隨幕主程世淳赴山東學政任，沿途有作。程世淳：字端立，號澄江，安徽徽州府歙縣人。乾隆三年生，道光三年卒。乾隆三十年拔貢，35 年舉人，明年進士。歷任戶部員外郎、禮部郎中、御史。工書，書法二王，有雲姿鶴態。根據張維屏《國朝詩人徵略初編》卷 43。

2. 潞河舟次：潞河即今潮白河，爲北運河的上游；次：停留。

3. 滑笏：動盪不安的水波。

4. 漪簟：平靜的波紋。

5. 荒雞：三更前啼叫的雞，代表著不吉祥的意思，運用祖逖聞雞起舞的典故。

6. 分芋事：出自唐代袁郊《甘澤謠》中明瓚禪師和李泌的典故，深切誡勉的意思。

7. 陰澹：山色暗淡。

8. 鳧泛：向鴨子學泛水。

9. 遭逢狗監：表示受人引薦而得到賞識重用，出自《史記‧司馬相如列傳》。

〔譯文〕

走了，吾沒有遺憾。但西山舍不得我離開，相看不厭。穩買潞河一艘船，載去昔時書劍。趁動盪不安的水波、半川平靜的波紋。划船的人一聲驚醒了睡夢，學習祖逖三更雞叫、促舞三家店的事蹟，（作大官的事）深切誡勉久無驗。

新妝不因爲合乎時代而鮮豔，有幾人受人推薦而得到重用。漁弟漁兄相待久，莫辜負蟹肥酒釅。剩箱裏宮袍無焰。零落江邊原不恨，怎奈浮雲落日光線暗淡。從占卜官學占卜，向鴨子學泛水。

〔賞析〕

此詞寫了潞河停泊的感受：學習祖逖、李泌積極進取的事蹟。

「新妝不爲投時豔。問幾輩、飛騰馬價，遭逢狗監」黃景仁強調堅守自身品格高潔的重要性。

「新妝不爲投時豔」黃景仁不止其立身行事孤傲不群，他的文學創作也另闢新意。這種獨特個性是對乾嘉時期詠物詞流弊的一種挽救，也是對當時詞壇萬馬齊喑局面的一種突破，爲乾嘉詞壇吹進了一股清新之風。「（《論黃景仁詠物詞的個性》）

清平樂·河間曉發

〔原文〕

茅簷土銼，著箇淒涼我。替戾聲催裝上馱，冷雁一繩先過。昨宵翠袖紅絃，知他今夜誰邊。報導郵籤百二，驚回鄉夢三千。

〔注釋〕

1. 土銼：用土做成。
2. 河間：縣名，今屬河北省。
3. 戾聲：乖張的聲音。
4. 一繩：一行。
5. 報導：聽說。

〔譯文〕

用土做成茅簷，留下淒涼的我。替乖張的聲音催裝上馱，一行冷雁先過。

昨宵身穿翠袖彈著樂器的她，知她今夜在哪裏？聽說郵籤百二，吃驚回鄉夢三千回。

〔賞析〕

此詞是詩人由濟南返京師，沿途有作，當爲陸行，時近歲底，北運河已經冰封。昨夜偎紅倚翠，今日奔赴他鄉。物價不定，夢境與現實有巨大的落差，生活在這個世界眞難啊！

塞恆春 · 初九夜金棕亭招飲，病不克赴，詞以柬之

〔原文〕

後日春來也，遲酒伴，將春借。梅皺玉蕾，釀浮花乳，春影如畫。臘薄寒料峭融春冶。便結箇、嬉春社。更紅箋、春詞好，霎時傳遍都下。

頻念苦吟人，似未解春來，孤負清夜。待作討春遊，奈絲騎慵跨。戀銀燈翠斝，相望春城，但愁和、燭奴話。留約聽譙鼓，看春將春打。

〔注釋〕

1. 此詞寫於乾隆 46 年辛丑（1781）作者 33 歲，正月初九日，夜，金兆燕招飲，病不能去，用詞代替。金兆燕：字鍾越，號棕亭，安徽滁州全椒縣人。乾隆 12 年舉人，31 年進士，官揚州府學教授、國子監博士，晚年館於康山草堂，工詩詞，尤精元人散曲，著有《棕亭詩抄》、《棕亭古文抄》、《旗亭記》等。

2. 奈絲騎慵跨：慵懶打不起精神來騎馬。

3. 銀燈翠斝：燈紅酒綠。

4. 燭奴：燭臺。

5. 譙鼓：報更的鼓聲。

〔譯文〕

後天春天來到了，陪伴的是遲酒，將春天借一下。玉蕾初綻，花乳釀浮，春影如畫。剩薄寒，寒冷融和春天的溫暖，便結個嬉春社。換了紅箋、寫好春詞，霎時傳遍都下。

經常想那些苦吟的大詩人，似還不明白春天已來，對不起這清夜。等以後春遊來補償，慵懶打不起精神來騎馬。戀燈紅酒綠，相望春城，只有愁和燭臺對話。留約聽報更的鼓聲，看它將春來傳送。

〔賞析〕

此詞寫的是春天即將來到，詩人想要感受春天的美好，無奈身體不佳，只好相望春城，但愁和燭臺對話。「梅皺玉蕾，花乳釀浮，春影如畫」這是一幅多麼美好的春之圖！這是令人嚮往的美好，即使身

體不行，客觀條件再不好，我們也要有一顆追求美好之心，不枉我們來此世界。什麼愁怨，什麼苦難，這又算的了什麼，與我們偉大的人生目標相比，那簡直是滄海一粟。

御街行・十三夜偕少雲同步燈市

〔原文〕

　　城東昨見青旗轉。陡撲面、風情軟，玉簫吹起試燈人，門巷笑聲烘煖。六街拋得，月華如練，今夜無人管。

　　和君舊是清遊伴，奈往事、心頭滿。無情一片是春雲，隔得兩家天遠。星橋影墮，踏歌聲散，三嘆歸空館。

〔注釋〕

1. 本詞寫於 1781 年正月十三，作者時年 33 歲。
2. 少雲：即余鵬翀，工詩善屬文，尤擅詞曲，也擅長水墨山水畫。
3. 如練：如白絹一樣。
4. 試燈：未到元宵節而張燈預賞。李清照《臨江仙》：試燈無意思，踏雪沒心情。
5. 清遊：清雅遊賞。潘岳《螢火賦》：抱夜光以清遊。
6. 三嘆：多次感嘆，形容慨歎之深。出自《左傳・昭公 20 年》：君子置食之間三歎，何也？

〔譯文〕

　　城東昨見青旗轉，微風吹拂突然撲面，試燈人吹起玉簫，門巷笑聲烘暖。六街拋得，月光如白絹一樣，今夜無人管。

　　和君結伴去清雅遊賞，無奈往事充滿心頭。無情是一片春雲，隔得兩家很遠。星橋影無，踏歌聲散，多次感嘆歸空館。

〔賞析〕

　　一次遊賞，而且是清雅的遊賞，但心裏滿是往事，高興不起來。「星橋影無，踏歌聲散，多次感歎歸空館。」美好的事物怎麼這麼短暫？

月華清・十五夜偕金棕亭、王竹所集少雲法源寺寓齋，因偕步燈市

〔原文〕

　　絲麵搓成，香虀煮熟，招攜同話松院。解事靈妃，早擁一輪天半。是今年、初度逢圓，祝後會、一樽常滿。行散。愛流輝紫陌，分光翠殿。

　　莫道夜蛾心懶。被幾陣衣香，暗中句轉。似水車輪，不遣車中人見。十分清露下，歌聲一例，俊燈前人面。流玩。算年華暢好，忍教輕換。

〔注釋〕

1. 此詞寫於 1781 年正月十五日。
2. 金棕亭：即金兆燕。王竹所：即王初桐，字於揚，原名元烈，字耿仲，江蘇太倉嘉定縣人，王昶從子。諸生。作品：《古香堂叢書》。
3. 香虀：香料。
4. 解事靈妃：懂事的娥皇。語出唐朝王邕《湘靈鼓瑟》：靈妃應樂章。
5. 紫陌：京師郊野的道路。
6. 一例：照例。
7. 忍教輕換：不忍換下。

〔譯文〕

　　絲面搓成，香料煮熟，招攜同話松院。懂事的一輪明月早掛天空，今年月半逢月圓，祝後會酒杯常滿。分手後，喜愛月亮的光輝照耀郊野的道路，格外明亮。

　　莫道夜蛾心懶，被幾陣衣香，暗中句轉。車輪似水，不遣車中人見。月光皎潔，照例是歌聲，各種彩燈在前面。好好遊玩，望年華暢好，年年如此不忍換下。

〔賞析〕

　　詞人跟友人們共賞燈節：十分清露下全是歌聲，各種彩燈在前

面。歌舞升平，好一個太平盛世。

摸魚兒 · 雪夜和少雲，時同寓法源寺

〔原文〕

怪朝來、春陰如許，同雲已閣簷際。擁爐鴿炭頻番換，膚粟漸平還起。禪窟裏。本不稱、春來雪況紛紛地。尋思往事。共燭短更長，寒深屋淺，話凍玉蟾淚。

問家具，經卷藥爐而已。可憐青鬢憔悴。君貧我更貧兼病，愁竟不須迴避。高枕睡。倩屋角、西山與夢通清氣。江鄉風味。漸燕筍登盤，刀魚上筋，憶著已心醉。

〔注釋〕

1. 1781 年二月，移寓法源寺（在北京宣武門外教子胡同南端東側，爲千年古刹），與余鵬翀日相唱和。
2. 鴿炭：青黑色木炭，其色如鴿子。
3. 膚粟：寒冷。
4. 禪窟裏：僧人聚集習禪之所。
5. 話凍玉蟾淚：話《玉蟾淚》。
6. 燕筍：春筍的一種。
7. 江鄉：家鄉。
8. 筋：筷子。
9. 同雲：即「彤雲」，陰雲。

〔譯文〕

怪早晨來春陰像這樣，陰雲已迫簷際。擁爐鴿炭不斷換，皮膚上起的小疙瘩漸平還起。僧人聚集法源寺，本不適合春來。雪紛紛落地，我倆共話往事：在天寒地凍之夜，點燃蠟燭，話《玉蟾淚》。

問家具，有經卷和藥爐就行了。可憐我年青憔悴。君貧我更貧而且多病，愁竟不須迴避。到屋角高枕而睡，夢與西山通清氣，在夢中有家鄉風味：盤中有春筍，刀魚上筷子，我已心醉。

〔賞析〕

此詞寫詩人與余鵬翀在雪夜共話人間冷暖，可歎的是，我不幸的是不僅貧窮，而且多病。當然，最後看到春筍、刀魚這些家鄉特有的東西，眞是無限滋味在心頭：我心已醉。

摸魚兒·疊前韻

〔原文〕

倚松寮、斜陽澹澹，天圍遠樹無際。樹頭漸有歸鴉宿，又被暮鐘敲起。人海裏。只我兩、閒人吟占蕭涼地。十年來事。似病馬依牆，窮猿入檻，悽絕轉無淚。

春漸半，十日九風而已。只愁春也憔悴。韶華不向愁邊好，他日逢花須避。休更睡。共佛火、深宵一榻分雲氣。禪和滋味。歎我已能堪，君眞可惜，還覓市酤醉。

〔注釋〕

1. 松寮：松窗。
2. 蕭涼：蕭條凄涼。
3. 窮猿：困猿。
4. 禪和：參禪之人。
5. 酤：清酒，一夜就熟的酒。
6. 悽絕：極度傷心。
7. 佛火：指供佛的油燈香燭之火，出自唐代孟郊《溧陽唐興寺觀薔薇花》。

〔譯文〕

倚松窗斜陽淡淡，天圍無邊的遠樹。樹頭漸漸有宿歸鴉，又被暮鐘敲起。人海裏只我兩個閒人，吟占蕭條凄涼的詩歌。十年來我似病馬依牆、困猿入柵欄，極度傷心快要無淚。

春漸半，十日九風而已。人憔悴只爲春而愁。年華不再使人更愁，他日逢花須躲避。不要再睡。共深宵供佛的油燈香燭之火，分享一榻

的雲氣。參禪滋味我已能忍受，君眞可惜，還到市場上買清酒而醉。

〔賞析〕

　　余鵬狪的經歷大體跟黃景仁相同，可謂知音。相比較黃景仁，余鵬狪還俗一些，遠遠不及黃的悟道超脫，這從文末讀的出來。

三臺・題亦園

〔原文〕

　　憶當年、蠟屐仙墅。傾倒風流如許。漫相推、年少是僧彌，只意氣、慕君同甫。連宵過，喜聽驚人句。鎭幾度、海棠疏雨。藥砌畔、紫葳蕤生，花架上、碧鬖髿吐。看雲齋、時凝煙霧。卻種此君同住。灑白練、夭嬌似驚虯，愛寫龍孫舊譜。

　　別來曾數載，蘭陵路。都爭識、玉川風度。平原記，紗帽隱囊子山賦。玉杯珠柱。羨吳苑、小令題時，蘭亭右軍作序。把蠻箋、成峽界烏絲，更貴洛陽煙楮。便插簪、散幘成高步。欄杆外、細煮顧渚。只今重話名園，領略煙霞如故。

〔注釋〕

1. 蠟屐：用蠟塗木屐，指悠閒、無所作爲的生活。語出南朝宋劉義慶《世說新語・雅量》
2. 仙墅：神仙的住處。
3. 同甫：同字。
4. 鎭幾度：怎幾度。
5. 葳蕤：枝葉繁盛的樣子。
6. 鬖髿：叢出亂生的樣子。
7. 灑白練、夭嬌似驚虯：灑下白練天嬌像驚龍一樣。
8. 玉川：代指茶。
9. 囊山：海拔 639 米，距福建省莆田市區約 20 公里，是莆田歷史名山，古稱「古囊列山巘」，是莆田 24 景之一，是全省重點旅遊景點之一。
10. 蘭亭右軍：指王羲之，東晉著名書法家。

11. 蠻箋：名貴精美的紙。

12. 烏絲界：也稱烏絲欄，泛指有黑色界格的書畫用紙。

13. 楮：紙。

14. 幘：帽子或者頭巾。

15. 細煮顧渚：邊煮茶邊看風景。

〔譯文〕

　　憶當年，過著悠閒的生活，傾倒很多傑出的人物。隨意推算的是年少和尚，那神氣還是羨慕你同字。整晚喜聽驚人句。幾度疏雨滴答在海棠上面的聲音。藥砌畔紫葉茂盛，花架上碧枝亂生。看雲齋時凝聚煙霧，卻與各種花草同住。灑下白練夭嬌像驚龍一樣，愛寫龍孫舊譜。

　　分別來有幾年，蘭陵路，都爭識茶葉風度。平原紗帽隱囊子山賦。玉杯珠柱，羨吳苑、小令題時，王羲之作序。視當地名貴的紙，更貴於洛陽的紙。便插簪散頭巾，昂起頭走路。在欄杆外邊煮茶邊看風景。至今重話名園，領略和過去一樣無比美好的煙霞。

〔賞析〕

　　此詞通過今昔遊園，黃景仁帶我們領略了與眾不同的嶺南風光：植物豐富多姿、茶葉風姿、名貴的紙張、囊子山風光、名園精彩。表現了作者些許愉悅之心情。

邁陂塘・題湯緯堂吟秋圖

〔原文〕

　　綠陰陰、夏初庭院，何來秋意如許。丹楓黃菊都移到，似聽候蟲無數。聲在樹。有尺五、疏襟約得吟情住。問秋來路。是流水煙村，夕陽漁網，風柳最疏處。

　　賢明府，十載鳴琴單父。筆床茶灶家具。苔窠石徑尋詩坐，剛散竹間衙鼓。吟更苦。任侍史、青童竊笑官何故。圖中如遇。聽閩嶠東西，鼇江上下，爭唱使君句。

〔注釋〕

1. 此詞寫於 1779 年四月，題鄉人湯大奎《吟秋圖》。根據詞尾，推出湯大奎將赴福建連江知縣任。湯大奎：字曾輅，號緯堂，江蘇常州武進人。1728 年出生，1787 年去世。著作：《緯堂詩抄》、《炙硯所談》等。

2. 疏襟：開朗的胸懷。

3. 鳴琴單父：稱頌地方官治績之典，語出劉向《說苑》。

4. 筆床茶灶：士人的恬淡生活。出自《新唐書·陸龜蒙傳》。

5. 苔窠石徑尋詩坐，剛散竹閒衙鼓：閒暇時在小路上吟詩，上班時在衙門裏敲鼓歡愉。

6. 閩嶠：代指福建。

7. 官何故：做官何故苦。

〔譯文〕

夏初庭院綠陰陰，秋天的氣候不可與之相比。楓紅菊黃都移到，好像聽到無數的蟲子在鳴叫。聲音在樹上，有寬廣的胸懷，相約在樹上同時吟唱。問秋天在哪裏？在流水煙村，在夕陽漁網，在風中的楊柳最疏處。

您為官十年治理有方，生活恬淡。閒暇時在小路上吟詩，上班時在衙門裏敲鼓歡愉。吟詩更苦，任憑身邊的人笑問你為何這般痛苦。正如圖中如看到的，在福建東西，閩江上下，人人都唱著讚美你的詩句。

〔賞析〕

這是一首題畫詞，上闋寫了畫面的色彩豐富，景物真是美不勝收。下去寫湯大奎的政績斐然，同時，生活恬淡但有無限情趣。

滿江紅

〔原文〕

靜念平生，忽不樂、投杯而起。無因瀉、長江萬斛，剖胸一洗。識路漫誇孤竹馬，問名久似遼東豕。道飛揚跋扈欲何如，窮

殺爾。

　　褌中蝨，真堪恥。車中婦，伊誰使。向青山慟哭，只應情死。斫地莫哀終有別，問天不應無如已。且浮生、花月醉千場，吾行矣。

〔注釋〕

1. 萬斛：形容容量指多。古代一斛為十斗，南宋末年改為五斗。
2. 孤竹馬：對某種事物熟悉、有經驗的人。語出《韓非子‧說林》。
3. 遼東豕：指知識淺薄、少見多怪。語出《後漢書‧朱浮傳》。
4. 飛揚跋扈：指驕橫放肆、目中無人。
5. 褌【音 kūn】中蝨：見識短淺。
6. 斫地：砍地，表示憤激。
7. 問天：心有委屈而訴問於天。
8. 浮生：人生。典出《莊子‧外篇‧刻意十五》。

〔譯文〕

　　靜想我這一生，忽高興不起來，舉杯站起，因為無法舀起萬斗長江水，將胸一洗。識途也好，問名也罷，不要少見多怪。對於那些驕橫放肆者，我們就沒有必要去理睬了。

　　見識短淺，真是羞恥。車中婦，誰讓她向青山慟哭，最終只落得為情而死。熱血男兒發誓終有別，哪裏想到問天不應。且還是在花月場上醉千場，我滿足了。

〔賞析〕

　　本詞以真切直率之筆，抒發了一個失路才人內心的不平之氣，悲慨憤懣之感，展示黃景仁的狷介、孤獨、憂憤的內心世界。此詞更好的體現了詞人的狂狷，他此生不重名利，視才名為瓦礫，不羨慕「悠悠世上名」，等待他的是坎坷多舛的命運，窮困不堪的生活，但還是醉生夢死，吾滿足了。雖然他落落與人難合，但還有幾位志趣相投的莫逆之交：洪亮吉、汪中、左輔、孫星衍、楊倫等，原來都是一批狂狷之士！

後　記

　　《黃景仁詞的注譯賞析》總算完成了，我長吁一口氣。

　　在碩士就讀期間，我閱讀了柏拉圖的一些作品，依稀記得他曾經對於審查他人心靈的人提出三點要求：知識、善意、勇氣，當然，這三點中：知識應包括眼界，善意應包括公心，勇氣應包括準確。

　　中國傳統批評作品《詩品》中有一句話：搖盪性情，值得玩味。搖盪豈止自身的性情，搖盪應指你所面對的作家作品的性情。《文心雕龍》中「抑揚乎寸心」，得失寸心知，這文學世界就需要你去玩味。

　　中國著名思想家顧炎武在《日知錄》中指出：只管開山取銅，不拾廢銅爛鐵。我現在就在完成前人的思想，也許能裨益於後人。

　　感謝武漢大學魯小俊教授，在事業繁忙之中給我文章指正，同時，寫了激情洋溢的序言。

　　感謝《竹眠詞箋注》的作者遼寧師範大學孫賽男，正因為你打了這樣紮實的基礎，才有了我現在的發展；感謝指導老師劉勇剛教授，沒有你們栽樹，沒有我的陰涼。

　　感謝黑龍江大學許雋超教授，沒有你的《黃仲則年譜考略》和《黃景仁研究數據彙編》，我的文章無法進行。

　　感謝河海大學紀玲妹教授，沒有你的《清代毗陵詩派研究》，《論黃仲則的〈竹眠詞〉》我的文章無法深入。

　　感謝南京師範大學葛恆剛教授，一路走來，是你在前面指路；沒有你的相伴，我不會寫下去。

　　感謝南京師範大學潘大春教授，是你搭建平臺，高瞻遠矚指點方向；感謝南師大文學院劉熒教授在百忙中題寫書名。

　　感謝李奇校長，沒有你的智慧，拙作可能會擱淺。

　　感謝我校的各位領導，感謝我的同事王俊峰老師及我的各位同事，不顧夏熱多涼，幫我排憂解難；感謝崔曉春老師等等。

　　感謝我的家人：去年去世的祖母（想起她對我的學業勉勵與生活關愛，我眼含熱淚），我的父母、我的妻子和一雙兒子：是你們的奉獻精神，讓我走到現在。

　　感謝顧林進先生，是你默默地幫助讓我堅持下去；否則，我的寫作無法進行。

　　感謝南京圖書館，三年來多次往返其間，感謝南京市地震局吳長慧先生，是你的幫助讓我的寫作夢成為現實。

　　感謝我的中學老師王麗雲校長、郝魯懷老師；大學老師趙春丹部長、同學陸建銀先生、尹進軍先生、周生先生、王美成先生、劉桂群先生等等，感謝你們的一路相伴。

　　感謝我的學生吳蕾等，是你們提供了寶貴的建議，讓我把文章修改得盡善盡美。

　　感謝陳俊驥先生、薛海波先生在最後的整理、編輯過程中，敬獻良策。

附錄：一根常青藤結出的兩個
苦瓜——18世紀中國黃景仁
與德國荷爾德林的詩歌及探究

一、作家時代背景和身世

　　18世紀末的德國，儘管表面上還有一個名稱「神聖羅馬帝國」，實際上是一個分散的局面，當時共有 314 個大小的邦國，但各自為政，還受專制統治，中央權力幾乎不存在，所以，當拿破崙入侵時，這個帝國根本無力抵擋，最後戰敗，普魯士被迫割讓一半的國土給法國，賠款 1.5 億法郎，神聖羅馬帝國轟然解體不復存在。所以，歌德感慨說：「沒有一個城市，甚至沒有一塊地方，使我們堅定地指出，這就是德國」；席勒的感歎：「德意志？它在哪裏？我找不到那塊地方。」

　　荷爾德林（1770～1843）出生在 1770，他跟黑格爾同年出生，謝林出生 1775 年（比他們晚出生 5 年），巧合的是三人在就讀神學院期間，曾共居一室，但三人都痛恨神學教育。這期間，康德思想衝擊著荷爾德林，漸漸地詩人質疑神學教條，開拓擺脫基督教桎梏的自由思想，這時候古希臘的文化提供了他學習的機會。他把古希臘的神話引入自己從小就被灌輸的路德教信仰之中，把希臘神話看做真實存在的力量。他一心渴慕祖國的未來更加美好，正如他在信中說：「我熱

愛的對象是全人類。」「比起專制的寒天雪地，美德之花必將在自由的神聖光輝下綻放得更加絢爛：這是我最深切的希望，也是使我堅強不屈、充滿活力的信念」，他回顧的是古希臘，如一股清流，希臘流淌過德國文化，為所有自命生不逢時乾渴者送來一捧清泉。他無限仰慕希臘文化，然而卻又低調，他是這樣描述自己的成就：「我像一隻鵝一樣，雙腳踩在現代的水域裏，毫無用處地拍著翅膀，想飛往希臘的天空」。

荷爾德林有著苦難的後天環境：兩歲時，他父親去世。母親不久後改嫁，但養父在他九歲時離開這世界，死亡猶如烏雲籠罩著他的童年。後來，他寫給母親的一封信就是明證：「我感覺到自己孤兒般的處境，心如錐刺，每天又看著你的悲傷的淚水。那是我第一次領會到生命沉重，這份沉重再也沒有離開過我，反而隨歲月流逝，愈加強烈。」

黃景仁（1749～1783）則生活在乾隆盛世，在乾隆晚年，中國經濟總量占世界首位，人口占世界的三分之一，江南發展尤快，而黃景仁則生長在常州武進。但另一方面，清朝政府大興文字獄，強化思想統治，官吏腐敗，人民貧富懸殊，矛盾深化。文人除科舉之外，別無好的出路。詩歌壇上，宋詩派影響漸漸大；袁枚的性靈說獨佔風騷，但又煙消雲散。

黃景仁長到 16 歲時，他的父兄及祖父母都相繼亡故，幸好得到母親屠氏的悉心教養，接著在童子試（3000 人）中奪得第一名，並結識了摯友洪亮吉（18 歲），後來又投身邵齊燾門下（19 歲），很受其關注。

二、詩人情結

（1）母愛與尊師情結

荷爾德林寫母親的詩很少，我手頭只有《歸鄉——致親人》、《故鄉》兩篇，中有「哦，故城的聲音，母親之聲！你感動著我，喚起我久違的往事。」「就在母親的屋子裏，我和兄弟姐妹親熱地擁抱，我

將和你們交談」。詩人荷爾德林四歲時，母親改嫁。但在以後的回憶錄中，他講道「頭頂上的天空終於要放晴了」。

相比於東方，西方很少有尊師的傳統，這方面的題材也很少。

黃景仁的母愛主題的詩很隱晦，只有四五首，如：離別時寫的「白髮愁看淚眼枯」；在他鄉「今日方知慈母憂」、「誰與高堂寄消息，此身已度井陘來！」；瀕死，「作太夫人書，目已暝」。當然，詩人的母愛情結還可從《題洪稚存機聲燈影圖》、《新安程孝子行》等詩篇中有所反應。

尊師是中國文化優秀傳統的一個內容，而黃景仁的詩詞中懷念師恩的作品很多，他拜邵齊燾爲師，老師也將他視爲「孔融小友」，贈詩相勉勵。這方面內容較多，略舉一二：如想先生當日，也曾憑弔；此時弟子，空哭青山。

（2）早戀情結

兩位詩人都在 16 歲就發生初戀。

荷爾德林 16 歲時，就與朋友的表妹交心，但三年後，他取消了婚約，他在一篇文章中是這樣寫的：「我性格古怪，心境不穩，專注事業，我這輩子不可能從平穩的婚姻生活中得到幸福。」

黃景仁的初戀對象是表妹，反應在《如夢令》（曉遇）、《奴兒慢》（春日）、《醉春風》（幽約）、《浪淘沙》（幽會）【參見拙作《黃景仁注譯賞析》中】

總而言之，兩位那個世紀的大詩人都有初戀情結，荷爾德林是典型的德國式的「多情卻被無情惱」，而黃景仁則是典型的「薄命憐卿甘作妾，傷心恨我未成名」。

（3）詩人的疒病磨難

荷爾德林由於父親早逝，母親改嫁，小時候的身體就不好；再加上他天生憂鬱，多愁善感，所以，一旦遇上意外就引起崩塌。當聽說他心儀的女人離開人世時，他瘋了，一直到死（40 年）。當謝林見到

他時，鼻酸哽咽。這麼有才華的人，竟變得如此瘋癲：完全不修邊幅，邋遢到不堪入目的地步。這時，醫生已放棄對他的治療，就連他的母親也放棄了他，所幸的是一名酷愛他作品的木匠願意收留這個瘋子，他在這個陌生人的屋簷下度完了整整 36 年的餘生，但荷爾德林一直堅持寫詩，直至生命的盡頭。

　　而東方的黃景仁呢？他的貧病更爲突出：小時候，他家貧孤露，時常抱病，塾師：「一身寥落已自憐，況復疾病來相纏。」他 20 歲以前，在途中得病，一方面「事有難言天似海」，但還自信「豈有生才似此休」、「草堂風雪看吳鉤」。但經過八次科舉失利之後，舉家赴京：全家如一葉，飄墮朔風前，實則傷心過度。他 20 歲就自知不永，25 歲就對洪亮吉說「我先若死」，33 歲「病寢一木榻」。

三、東西方兩位作家有代表性愛情詩篇

（1）荷爾德林的詩歌《無題》

我每天走著不同的道路，時而
走向林中的草地，時而到泉邊
時而到薔薇盛開的山岩上，
從山上眺望原野；可是
麗人啊，日光下到處看不到你，
微風中消失了那些語言，
溫柔的語言，從前我在你身旁。
是！你已遠去了，幸福的面龐！
你的生命的妙音絕響了，我再也
聽不到了，唉！你們而今安在，
迷人的歌唱，從前曾經用
天神的寧靜安慰我心靈的歌唱？
多麼久遠！哦，多麼久遠！青春
衰老了，甚至在當時對我

微笑過的大地也面目全非了。

哦，別了！我的靈魂每天離開你，

又回到你身邊，我的眼睛爲你

流淚，它又炯炯地向著

你所停留的那邊眺望。

（2）黃景仁《綺懷》

幾回花下坐吹簫，銀漢紅牆入望遙。

似此星辰非昨夜，爲誰風露立中宵。

纏綿思盡抽殘繭，宛轉心傷剝後蕉。

三五年時三五月，可憐杯酒不曾消。

（3）含義及理解

荷爾德林的這首《無題》，是寫給女友貢塔爾得（他家教孩子的母親）的。這首詩詩人寫出了女友的迷人歌唱再也無法聽到，女友再也回不到詩人的身旁，最後，僅落得無盡的思念。事情的發展就是這麼奇妙：反而在憂愁之中比快樂更能激發詩人的創作，荷爾德林在這場無疾而終的有緣之分的愛情之中，收穫一首一首令人難忘的詩篇，他把他的沮喪換做一行行的詩詞，抒發自己的情懷。這段情節過程精彩，甚至連荷爾德林的好友鬱鬱寡歡的黑格爾（他在神學院的同學）也被拉進這段三角戀，充當中間人，幫助這對戀人安排約會，交換情書。當然，但結果令人痛惜，正如詩人在《永別》中所寫：「我們對自己瞭解得是在太少了！在我們心中其實駕馭著神靈。背叛神靈？賦予了我們一切的他，創造意義與生命的他，激發並保護我們感情的他——唯此，唯此我不能爲。」（《永別》是詩人回到老家後寫的）

黃景仁的這首《綺懷》詩，從字面上看：明月相伴，花下吹簫，美好的相遇只是開始。那伊人所在的紅牆盡在咫尺，卻如天上的銀河一般，遙不可及。今夜已不是昨夜，昨夜的星辰：記錄著花下吹簫的浪漫故事；而今夜，卻一人煢煢獨立。重重思念宛轉心傷將自己重重

包圍像春蠶吐絲、蠟燭流淚盡頭是死、是滅亡。再度沉湎於往事回憶之中，那種美好釀成苦澀的酒，而這種苦澀是無法治癒的。這首詩同樣寫出有情人未成眷屬的悲劇，但經過黃景仁形象的描摹，寫出了刻骨銘心的傷痛，成為與李商隱《無題》、陸游《沈園》等媲美的愛情篇章。

東西方的這兩位詩人，家世的孤苦、身體的羸弱多病、愛情的失落，使他們形成了易於傷感的、內向型的性格與心態。他們的才華與這樣的性格相結合，使他們的感情也極其細膩，創作也極其豐富。就拿黃景仁來說，他一生創作了大量的詠物詩、詠史懷古詩、愛情詩，其中成就最高的是愛情詩。

他們人生的悲劇命運在他們的愛情詩中表現得較為突出，也真是人生的悲劇使他們只能以委婉的方式在藝術中追求愛情的自由。他們悲劇的人生與他們淒美的愛情詩形成某種對照。我們可以把他們看作是一種理想與現實的關係，因此：他們的愛情詩並不是僅僅在表達愛情，而是充滿著對理想天空的仰望和對苦難生活的直視。

他們的愛情詩不僅僅在描寫愛情，總是與不幸命運有著某種聯繫，其中隱含著更深的傷痛。

兩位天才，生前不但人不逢時，而且詩歌也不逢時，豈不怪哉？

250 年後，我們再看東西方兩位大詩人的人生歷程與輝煌的文學成就，不勝唏噓。「寶筏先登開覺路，錦箋餘習且多情」（姚鼐《別夢樓後次韻卻寄》），他們的成就是有目共睹的：他倆是多情的種子，儘管是流星，但仍擦亮 18 世紀東西方的詩歌天空。

〔注釋〕

1. 《兩當軒集》，黃景仁著，上海古籍出版社
2. 《黃仲則詩選》，止水選注，香港三聯書店
3. 《黃仲則研究資料》，黃寶樹，上海古籍出版社
4. 《紀念詩人黃仲則》，黃寶樹，學林出版社

5. 《夜無虛席——與文學大師相愛》，張永義著，現代出版社

6. 《哲》，李煒著，袁秋婷翻譯，上海三聯書店

7. 《兩根藤上的一雙苦瓜——俄納德生和清黃仲則》，李錫胤，黑龍江大學校報

8. 《悲劇人生中的淒美愛情》，霍飛著

9. 《黃景仁詞的注譯賞析》（黃景仁的詞解讀），朱元明著

書生

　　乾隆年間，同是書生，黃景仁和洪亮吉卻是兩種不同的命運。博通載籍、慨然有用世之志的黃景仁，卻是久困場屋，蹉跎早逝。這位文壇奇才與曹雪芹同時稍晚，也是貧病交加，未曾得到幾縷盛世的陽光。「全家都在風聲裏，九月衣裳未剪裁」，這是黃景仁的記事詩，一色白描。「語語沉痛，字字心酸」。更為心酸的是他在《雜感》中的名句：十有九人堪白眼，百無一用是書生。這是對「讀書無用論」的一種極端表述。

　　但洪亮吉卻不一樣。他有幸考中進士，選入庶常館，留在翰林院，也多有沉抑下僚者。他曾以才學得到乾隆帝關注，庶吉士未畢業即欽派考差，接著出任貴州學政，「兩年前尚一書生，持節今看萬里行」是何等的意氣風發！但是他的孤傲為和珅所不喜，上升之路被堵住。心高氣傲的書生常會缺少耐心，著急後便會冒傻氣，當即請假表達不滿，再次獲得批准。臨行時，奏上一本，這是清代中期的一道名疏。嘉慶帝怒其有誹謗之語，將他下獄審訊，發配新疆，自己卻將此疏置於御案上，反覆閱讀。

　　韓愈曾經從三方面論書生：即習學詩書禮樂、修行仁義、遵守法度。「留取丹心照汗青」說的是書生；「仗義半從屠狗輩，負心都是讀書人」，斥的也是讀書人；高山流水、范張雞黍，是讀書人同聲相應、同氣相求的典範，而文人相親相斥的例子也不勝枚舉。不管書生中出過多少庸人和敗類，都不能說是讀書之誤，而恰恰在於不能領悟與踐行書中精義。

　　書生群體從來都是混淆駁雜的，才深才淺，得意失意，高潔卑污，正邪兩賦等等對於真正的讀書人，「書生」二字是極尊貴極潔淨的，寄託甚多：孟郊「春風得意馬蹄疾，一日看盡長安花」，不光寫登科後的喜悅，還傳達出兼濟天下的抱負；蘇軾「粗繒大布裹生涯，腹有詩書氣自華」，則體現了困境中的道德底線與文化自信；洪亮吉劫後餘生，仍寫下「畢竟詞臣解韜略，平蠻萬里仗書生」的豪邁與飛揚；龔自珍呼喚「真書生」，實際上那個時代的真正讀書人成為珍寶。

　　我幸福，做一名書生。坐擁書城，徜徉書海，享盡人類文明之成果。興之所至，拿起筆來，縱橫五千年，跨越幾萬里，抒發感慨；同時與志同道合者交往。豈不快哉？

　　但願有來生，我還做一書生！